reverie

Ali Kassemyar

SELBST IN **DUNKELSTER** NACHT

Roman

reverie

1. Auflage 2023
Originalausgabe

Gesetzt aus der Stempel Garamond
von GGP Media GmbH, Pößneck
Druck und Bindung von CPI books GmbH, Leck
Printed in Germany
ISBN 978-3-7457-0410-5
www.harpercollins.de

Klimaneutral
Druckprodukt
ClimatePartner.com/15109-2009-1001

FSC
MIX
Papier
FSC® C083411

Liebe Leser:innen,

dieses Buch enthält potenziell triggernde Inhalte.
Deshalb findet ihr am Romanende eine Themenübersicht,
die demzufolge Spoiler enthalten kann.

Wir wünschen euch das bestmögliche Erlebnis
beim Lesen dieser Geschichte.

Euer Team von reverie

Was man tief in seinem Herzen besitzt,
kann man nicht durch den Tod verlieren.

Johann Wolfgang von Goethe

Für alle,
die einen geliebten Menschen verloren haben.

PLAYLIST

Ed Sheeran – Supermarket Flowers
Lewis Capaldi – Before You Go
Benson Boone – In The Stars
Michael Schulte – The Love You Left Behind
Zoe Wees – Hold Me Like You Used To
LEA, 01099, Zachi & Gustav – Eigentlich
Zoe Wees – Girls Like Us
Benson Boone – GHOST TOWN
Lewis Capaldi – Hold Me While You Wait
Alessia Cara – Scars To Your Beautiful
Andra Day – Rise Up
Ruth B. – Dandelions

PROLOG

Kieran

Sekunden.

Manchmal brauchte es nicht länger, um ein Leben auf den Kopf zu stellen. Während in einem Moment noch alles gut war, stand im nächsten die Welt in Flammen. Alles brach in sich zusammen, und man konnte nichts tun, als dem Feuer dabei zuzusehen, wie es sich ausbreitete, bis man spürte, dass es sich in die tiefsten Winkel der Seele fraß.

Ich versuchte, dieses quälende Gefühl zu verdrängen, während ich an einer ruhigen Stelle am Ufer des Lake Beverly saß. An meinem Lieblingsort, weit abseits von Northlake City und Creekwood Hill, weil ich hier immer ein wenig abschalten konnte, wenn das Leben in der Stadt zu viel für mich wurde.

Ich starrte auf den See hinaus und sah das Mondlicht und die Sterne, die sich auf der Wasseroberfläche reflektierten und sie zum Schimmern brachten. Dieser Ort hatte etwas seltsam Friedliches an sich, und wie von selbst schossen die Erinnerungen an Avery und mich an diesem See an die Oberfläche meines Bewusstseins.

Ich dachte an all die unzähligen Male, die ich mit meiner besten Freundin an diesem See gesessen und einfach nur geredet hatte. Oder an die warmen Tage, an denen wir uns bis auf die Unterwäsche ausgezogen hatten, um nachts in diesem See zu schwimmen.

Es waren kostbare Erinnerungen, die ich immer hüten würde, doch auch sie verblassten, als ich mit einem Mal wieder das Brennen der Flammen in mir spürte.

Aus dem Nichts überrollten mich all die Gefühle, die ich seit Tagen zurückzuhalten versucht hatte. Die Schuldgefühle, der Kummer – und so verdammt viel Schmerz. Ich wusste, dass ich ihn verdient hatte, weil ich Unverzeihliches getan hatte, doch je länger ich ihm ausgesetzt war, desto unerträglicher wurde es.

Mein Blick schweifte zur rechten Seite des Lake Beverly und blieb an den fernen Lichtern hängen, die noch vereinzelt in Creekwood Hill brannten. Diese Stadt hatte mir so viel gegeben, aber in diesem Moment spürte ich, dass sie mir vermutlich noch viel mehr genommen hatte.

Ich konnte nicht dahin zurückkehren. Ich wusste, dass es feige von mir war. Dass ich wegrannte, statt mich den Konsequenzen meiner Handlungen zu stellen, aber es ging nicht anders. Meine Gefühle überwältigten mich, und in diesem Moment gewann der Fluchtinstinkt.

Mochte sein, dass es nicht richtig war, aber mein kaputtes Herz ließ mir keine andere Wahl.

Auf dem Weg nach Hause schrieb ich Avery eine Nachricht. Vielleicht die letzte, die sie je von mir bekommen würde.

Dann packte ich meine Sachen und ging.

KAPITEL 1

Liora

Bald würde ich wahnsinnig werden. Es war nur noch eine Frage der Zeit.

Ich zog die Handbremse an. Dann umklammerte ich das Lenkrad mit beiden Händen und lehnte meine Stirn mit einem erschöpften Seufzen dagegen. »Ich weiß nicht, wie lange ich das noch aushalte, Jo.«

Im nächsten Moment spürte ich, wie Jo sich mir auf dem Beifahrersitz entgegenlehnte, die Hand auf meinen Rücken legte und vorsichtig Kreise zog. »Ich fürchte, du hast keine andere Wahl.«

Als ich meinen Blick wieder nach vorne richtete, sah ich, wie die Möbelpacker eine riesige Couch durch unsere Haustür quetschten. So, wie sie es seit zwei Tagen mit allen erdenklichen Möbeln taten. Von Beginn an hatte mich der Lärm, den sie verursacht hatten, kaum zur Ruhe kommen lassen.

»Ich hoffe, sie sind bald fertig.«

Jo verzog das Gesicht. Dann nickte sie. »Lange kann es nicht mehr dauern.«

Ich atmete laut aus, weil es offensichtlich war, dass sie nicht einmal selbst an ihre Worte glaubte.

»Wir könnten natürlich auch versuchen, die Wartezeit mit ein paar Pizzen zu überbrücken.« Sie lächelte mich an und wackelte verlockend mit den Pizzakartons in ihrer Hand, wodurch sich der verführerische Duft immer weiter im Auto ausbreitete. »Na? Was sagst du?«

Ich grinste. Jo schaffte es jedes Mal, mich auf andere Gedanken zu bringen. Ich betrachtete sie, sah die braunen Augen, das blonde Haar, in das sie wie immer Blumen eingeflochten hatte, und die Sommersprossen, die in einem perfekten Durcheinander ihr Gesicht besprenkelten.

Sie erinnerte mich so sehr an Eliza.

Gott, ich vermisste sie!

Eliza war vermutlich der einzige Mensch gewesen, der mich ohne Worte verstanden hatte. Der mich in meine höchsten Höhen katapultiert und mich aus meinen tiefsten Tiefen gezogen hatte. Und jetzt war sie weg. An manchen Tagen fühlte ich mich deswegen unfassbar allein.

Aber solange Jo da war, war ich es nicht.

Ich wusste nicht, woher sie die Kraft nahm, für uns beide stark zu sein. Schließlich war Eliza ihre Tochter gewesen. Andere Mütter wären an diesem Verlust zerbrochen, doch sie hatte sich an meine Seite gestellt und beschützte mich seitdem genauso, wie sie Eliza beschützt hatte. Sie war wie eine zweite Mutter für mich geworden. Besonders seit ich von zu Hause ausgezogen war und nun die halbe Stadt zwischen mir und meinen Eltern lag.

»Okay.«

Wir schlängelten uns im Treppenhaus an den Möbelpackern vorbei, bis wir vor meiner Wohnungstür im zweiten Stock standen. Ich schloss die Tür auf, und noch bevor sie hinter uns wieder zugefallen war, hörte ich, wie Jo sich mit den Pizzen auf das Sofa setzte.

»Ich bin so was von erledigt«, seufzte sie in ein Kissen, als ich durch die Tür schritt. »Die letzten Tage waren unfassbar anstrengend. Mir tut einfach jeder einzelne Knochen im Körper weh.«

Ich schenkte ihr ein aufmunterndes Lächeln. »Morgen fängt der neue Florist bei uns an. Es kann nur besser werden.«

»Du hast recht.«

Ich setzte mich neben sie auf das Sofa, öffnete den ersten Karton und nahm mir ein Stück Pizza heraus. »Ich hoffe nur, dass du ihn nicht nach zwei Wochen feuerst.«

»Ich denke nicht, dass so was wie mit Hannah noch mal passieren wird.«

»Du kannst sie immer noch anrufen und bitten, wieder zurückzukommen. Sie war wirklich gut …«

»Und total unhöflich«, schnitt Jo mir das Wort ab. »Du bist manchmal einfach zu gut für diese Welt, Liora. Ich weiß es wirklich zu schätzen, dass du Hannah nicht verraten wolltest, aber du hättest direkt zu mir kommen sollen. Sie hatte kein Recht dazu, so mit dir zu reden.«

»Ich weiß. Aber du warst in den letzten Wochen so gestresst, weil wir einfach zu wenig Unterstützung im Laden hatten. Da wollte ich nicht, dass wir meinetwegen noch weniger werden.«

»Du hast nichts getan, Liora! Es lag an Hannah und ihrem vorlauten Mundwerk. Sie hätte niemals so mit dir umgehen dürfen.«

Ich wollte Jo widersprechen, doch ihr Blick brachte mich zum Schweigen. Und eigentlich hatte sie recht. Ich hatte es Hannah durchgehen lassen, mich verbal zu attackieren, weil ich es gewohnt war, ausgegrenzt und verletzt zu werden. Die Highschool konnte ein grausamer Ort sein, wenn man von der Norm abwich. Ich war als Außenseiterin abgestempelt worden, nur weil mein Körper nicht dem Schönheitsideal entsprochen hatte. Weil ich – der Meinung anderer zufolge – etwas zu viel gewogen hatte. Doch ich hatte dieselben Gefühle, die jeder andere auch hatte. Ich spürte Freude und Trauer. Liebe. Und den Schmerz, wenn Menschen mich aufgrund meines Übergewichts verurteilt oder mit abschätzigen Blicken betrachtet hatten.

Es war traurig, wie solche Erfahrungen einen für den Rest des Lebens prägten.

»Danke, Jo.«

»Jederzeit.« Sie lächelte.

Wir aßen unsere Pizzen auf und sahen fern. Und wie jedes Mal war der Fernseher nur ein leises Hintergrundgeräusch, das zwischen unseren Unterhaltungen und unserem lauten Lachen unterging. Ich liebte es, dass wir uns auch außerhalb der Arbeit hin und wieder sahen. Und dass wir die Dinge taten, die Eliza und ich ebenfalls getan hatten.

Irgendwann schlief Jo auf meinem Sofa ein. Sie hatte eine Decke um ihren Körper geschlungen, was bedeutete, dass ich sie vor morgen früh nicht würde aufwecken können, aber das war okay. Seit Elizas Tod übernachteten wir hin und wieder beieinander, und ich hatte gelernt, dass ich ihr einfach ein Kissen unter den Kopf schieben und sie schlafen lassen musste.

Ich ging zum Fenster und ließ die Jalousien herunter, damit das ins Zimmer fallende Licht Jo nicht weckte.

Vollmond.

Es war wunderschön, fast schon geheimnisvoll, wie das Licht durchs Fenster schien und den Raum flutete. Ein paar Sekunden lang hielt ich inne und sah nach draußen. Dann lief ich zur Tür.

Manchmal, wenn die Nächte besonders schön waren, setzte ich mich unten auf die kleine Stufe vor der Haustür und schaute in den Himmel. Und jedes Mal liebte ich es, denn der Nachthimmel sah nie gleich aus. Es gab immer etwas Neues zu entdecken, und ich wollte alles sehen, was er zu bieten hatte.

Im Vorbeigehen schlang ich eine Decke um meinen Körper und schlüpfte in meine Pantoffeln – es war mittlerweile so spät, dass mich ohnehin niemand sehen würde. Dann eilte ich die Treppen hinab und drückte die Haustür auf.

Wo jemand auf meiner Stufe saß.

Er drehte sich um. Das blasse Licht der Straßenlaterne legte sich auf sein Gesicht, und ich schaute in Augen, die finsterer waren als die dunkelste Nacht. Schwarze Locken lugten unter der Kapuze des breiten Hoodies hervor. Ein säuberlich gestutzter

Dreitagebart betonte die markanten Gesichtszüge des Fremden, und als sich sein Blick mit meinem verfing, legte sich seine Stirn in Falten. Etwas Hartes umspielte seine Züge. Er musterte mich wortlos, und ich konnte nicht anders, als zurückzustarren.

Es war komisch, irgendwie unangenehm, doch gleichzeitig fiel es mir schwer, meinen Blick von ihm zu lösen.

»Kann ich dir helfen?«, fragte ich irgendwann, weil er nicht aufhörte, mich anzusehen.

Er führte die Hand an seinen Mund, nahm einen Zug von einer Zigarette und blies den Rauch Richtung Himmel. »Schon gut.« Seine Stimme klang tief, ein wenig rau und doch warm.

»Suchst du jemanden?«

Er schüttelte langsam den Kopf, ohne den Blick von mir abzuwenden. Er beobachtete mich, als würde er sich auf jede einzelne meiner Bewegungen vorbereiten wollen.

Und dann kam mir ein ganz anderer Gedanke. »Du bist der neue Nachbar, stimmt's?«

Er kniff die Augen zusammen. Ein paar Sekunden lang sagte er nichts, also setzte ich mich neben ihn. Ich hatte damit gerechnet, dass er zur Seite rücken würde, doch er tat es nicht. Stattdessen blieb er reglos sitzen und heftete seinen Blick auf die Straße vor uns.

»Ja, bin ich«, antwortete er irgendwann.

Ich lächelte ihn an, doch er schien es nicht zu registrieren. »Ich wohne im Stockwerk über dir.«

»Schön für dich.«

Es breitete sich eine unbehagliche Stille zwischen uns aus, also fing ich an zu reden. Ich erzählte von meinem Umzug hierher, der tatsächlich auch noch gar nicht so lange zurücklag, von den Nachbarn, die ich mochte, und von denen, die mir das Leben schwer machten, doch ich fragte mich, ob er mir überhaupt zuhörte. Er saß nur wortlos auf der Stufe, zog an seiner Zigarette und schien mit seinen Gedanken ganz woanders zu sein.

»Ich bin übrigens Liora.«

»Freut mich«, sagte er, doch ich war nicht sicher, ob er es wirklich so meinte. Er sah zur Seite, und wieder war da dieser finstere Blick, der mich unerwartet traf. Die Traurigkeit in seinen Augen raubte mir für den Bruchteil einer Sekunde den Atem.

»Wieso habe ich dich in diesem Stadtviertel noch nie gesehen?«

Er seufzte schwer. »Ich komme nicht aus dieser Gegend, Liora.«

»Wo kommst du dann her?«, hakte ich nach.

»Aus einer anderen Stadt.«

»Und wieso hast du diese andere Stadt verlassen?«

»Du bist ganz schön neugierig.« Seine Hände ballten sich zu Fäusten. Ein Muskel in seinem Kiefer zuckte.

»Du musst es mir natürlich nicht erzählen«, schob ich schnell hinterher.

»Schon klar.«

Er sah mir in die Augen, und mit einem Mal schienen die Sekunden viel zu langsam zu vergehen. Sein Blick war intensiv, und ich traute mich kaum zu atmen. Ich schluckte schwer, als er sich zu mir vorbeugte, doch im nächsten Moment stand er auf und schob sich durch die Haustür.

Ich atmete tief durch, doch mein Körper spannte sich sofort wieder an, als ich bemerkte, dass er in der Tür stehen blieb und mir über seine Schulter hinweg einen knappen Blick zuwarf.

»Ich bin übrigens Kieran.«

Kieran … »Okay«, antwortete ich mit einem leichten Lächeln auf den Lippen.

Er nickte. Dann stieg er die Stufen empor, ohne sich noch einmal umzudrehen.

Und aus irgendeinem Grund konnte ich nicht damit aufhören, ihm nachzusehen.

KAPITEL 2

Liora

Der Duft von Rosen hüllte mich ein, als ich die letzten Schnittblumen in die Vasen stellte und die Tür für die Kunden aufschloss.

»Sehr gut, Snowflake«, lobte Jo mich. Sie warf einen Blick auf ihre Armbanduhr. »Pünktlich wie immer.«

Ich ließ meinen Blick durch das *Golden Flower* schweifen, um mich zu vergewissern, dass wirklich alles in Ordnung war.

Ich liebte diesen Ort, seit ich ihn das erste Mal zusammen mit Eliza betreten hatte. Wir waren damals sieben Jahre alt gewesen, und weil Jo sich als Angestellte nicht hatte freinehmen können, hatte sie uns nach der Schule einfach hierhergebracht. Wir hatten zwischen Blumen und Pflanzen gespielt. Hatten Erinnerungen gesammelt, die jetzt, wo Eliza weg war, noch kostbarer geworden waren. Und nun, vierzehn Jahre später, hatte Jo den Laden endlich übernommen, und ich durfte für sie arbeiten.

Manchmal jagte mir diese Tatsache ein wenig Angst ein. Wir befanden uns noch ganz am Anfang und hatten in den letzten beiden Monaten, seit sie die Inhaberin war, oft genug gespürt, wie hart Neuanfänge sein konnten. Nichts fiel einem in den Schoß. Aber das war okay. Schließlich war das hier immer unser Wunsch gewesen, und ich wusste, dass wir zusammen auch diesen Neuanfang bewältigen würden.

Seit wir den Laden vor zwei Monaten zur Neueröffnung renoviert hatten, war er zum beliebtesten Blumenladen in Northlake City geworden.

Neben der gläsernen Eingangstür prangten riesige Schaufenster, in denen unsere Schnittblumen auf verschiedenen Podesten ausgestellt waren. Ich hatte sie farblich sortiert. Ganz links befanden sich Rosen und Gladiolen, die in einem kräftigen Rot erstrahlten. Direkt daneben zarte orangefarbene Tulpen, welche immer weiter zu einem weichen Gelb verblassten. Auf der rechten Seiten hatte ich lilafarbene und blaue Blumen positioniert. Ich mochte es, wie sich die kleinen und feinen Blüten des Flieders mit dem ähnlich geformten Rittersporn zu einem violettblauen Meer zusammenschlossen.

In der Mitte der Verkaufsfläche befand sich ein langer Tisch aus Holz, auf dem wir größere Topfpflanzen, leere Vasen und andere Dekoartikel positionierten. An den Wänden reihten sich deckenhohe Regale, die bis auf den letzten Zentimeter mit weiteren Topfpflanzen vollgestellt waren. Da das *Golden Flower* nicht sonderlich groß war, standen die Blumen so eng beieinander, dass es war, als würde man in einer Blumenwiese versinken, wann immer man durch den Laden lief.

Rose schob den Vorhang zum Aufenthaltsraum beiseite und trat in den Verkaufsraum. In ihren blonden Locken hingen Weidenzweige, und ihre Augenringe verrieten, dass sie in der letzten Nacht vermutlich nicht allzu viel geschlafen hatte.

»Hinten ist auch alles klar. Ich habe das ganze Equipment aufgeräumt und die Blumen in der Kühlung sortiert, falls euch vorne die Schnittblumen ausgehen.«

»Danke, Rose.«

»Ich bin dann im Aufenthaltsraum, wenn ihr mich braucht.«

Jo erwiderte nichts, woraufhin Rose sich zurückzog.

Ich trat hinter die Theke, wo Jo gerade an einem kleinen Zweig herumspielte.

»Wann kommt der Neue?«

»Ich habe ihn gebeten, um zehn hier zu sein. Dann können wir beide vorher noch die Aufträge und Vorbestellungen abarbeiten.«

»Klingt gut.«

Jo seufzte. »Ich hoffe, es wird alles laufen. Die Überstunden häufen sich schon jetzt.«

»Hin und wieder würden wir es auch allein hier schaffen«, erwiderte ich, doch Jo schüttelte den Kopf.

»Ich weiß. Schließlich habt ihr bei der Besten gelernt.« Sie zwinkerte mir zu. »Trotzdem wäre es sehr viel Verantwortung für euch. Nicht dass ich euch das nicht zutrauen würde. Aber ich glaube, es wird mir leichter fallen, euch mit der Arbeit alleinzulassen, sobald der Neue hier ist und wir ihn vernünftig angelernt haben, damit ihr in meiner Abwesenheit zumindest zu dritt seid.«

Ich nickte. »Dann lass uns mal schauen, wie es mit ihm wird.«

Die erste Stunde verging relativ stressfrei. Jo kümmerte sich um den anstehenden Papierkram, während ich mich mit dem Blumenarrangement für eine bevorstehende Hochzeit auseinandersetzte. Da nicht viel los war, ließ Rose sich kaum blicken.

Ich lief unzählige Male im Kreis, kombinierte verschiedene Blumen, verwarf meine Ideen und drehte beinahe durch, bis ich auf das perfekte Arrangement stieß: eine Kombination aus rosafarbenen Tulpen, pinken Pfingstrosen und schneeweißen Maiglöckchen. Aufgrund der verschiedenen Blüten hatte ich nicht gedacht, dass sie zusammenpassen würden, doch die vergleichsweise kleinen Maiglöckchen umspielten die auffälligeren und größeren Tulpen und Pfingstrosen perfekt.

Ich versuchte oft, Blumen, die auf den ersten Blick total unterschiedlich wirkten, miteinander zu kombinieren, und meistens war ich selbst davon überrascht, wie stimmig das Ergebnis ausfiel. Vermutlich lag es einfach an meinem Gespür für diese Dinge. Ich konnte selbst nicht genau sagen, woher es kam, aber die Inspiration überfiel mich in manchen Momenten aus dem Nichts.

»Das ist wirklich gut.«

Ich fuhr zusammen, weil ich Jo nicht hatte kommen sehen. »Schleich dich bitte nicht so an«, sagte ich, während ich meine Hand gegen mein pochendes Herz drückte.

»Tut mir leid, aber ich wollte unbedingt sehen, woran du gerade arbeitest. Und ich muss sagen, bisher sieht es wunderschön aus.«

»Danke.« Ich warf einen zufriedenen Blick auf die Notizen, die ich mir gemacht hatte. »Es waren nur ein paar erste Ideen. Aber mir gefallen sie bisher auch sehr gut.«

»Das freut mich. Ich hoffe wirklich, dass er die gleiche kreative Ader hat wie du.« Jo nickte Richtung Eingangstür.

Ich drehte mich um … und erstarrte.

Diese Augen, die schwarzen Locken, der perfekte Dreitagebart.

Was macht Kieran hier?

Eine tiefe Falte grub sich in seine Stirn, als er die Eingangstür aufdrückte und mich bemerkte.

»Moment mal. *Du* bist mein neuer Arbeitskollege?«, fragte ich perplex.

Er zuckte mit den Schultern und sah sich um. »Ich kann zumindest keinen anderen entdecken.«

Jos verwirrter Blick huschte zwischen uns hin und her.

Mein neuer Nachbar war also gleichzeitig mein neuer Arbeitskollege. Ich wusste nicht, was ich davon halten sollte. Bis gestern hatte ich diesen Mann noch nicht einmal gekannt, und nun würde ich ihm sowohl beruflich als auch privat andauernd begegnen.

»Ihr kennt euch bereits?«, platzte es nach ein paar Sekunden aus Jo heraus.

»Kann man so sagen, ja«, antwortete ich. Und dann erzählte ich ihr kurz von unserem Zusammentreffen letzte Nacht, während Kieran sich flüchtig im *Golden Flower* umsah.

Wieder huschte Jos Blick zwischen uns hin und her. Dann

räusperte sie sich. »Das ist doch schön, dass ihr euch schon kennt. Das macht die Zusammenarbeit sicherlich leichter. Würdest du ihm dann kurz den Laden zeigen?«

Ich führte Kieran auf der Verkaufsfläche herum und erklärte ihm unseren Arbeitsalltag. Er sprach kein Wort, doch ich erkannte am Funkeln seiner Augen, dass es ihm hier gefiel.

»Gibt es noch etwas, was du wissen möchtest?«, fragte ich, nachdem wir uns einmal durch den Laden gearbeitet hatten.

»Ich glaube nicht.«

»Dann zeige ich dir jetzt unseren Aufenthaltsraum.«

Wir liefen an der Theke vorbei und schoben den dahinterliegenden Vorhang beiseite.

Der Raum – den wir sowohl für unsere Pausen als auch hin und wieder zum Binden von Blumensträußen verwendeten – war nicht sonderlich groß und nur spärlich möbliert. An der hinteren Wand stand ein großer Arbeitstisch, auf dem wir unzählige Boxen mit verschiedenen Arbeitswerkzeugen positioniert hatten. Durch das darüberliegende Fenster fiel Sonnenlicht in den Raum. Die linke Raumseite beherbergte lediglich einen Kühlschrank und eine kleine Herdplatte sowie eine weitere Tür, die zu unserer Kühlung führte, in der wir überschüssige Schnittblumen lagerten. Rechts stand eine alte Couch, die Rose gerade in Beschlag nahm.

Als sie uns bemerkte, richtete sie sich auf. Sie ließ ihren Blick über Kieran wandern, und mit einem Mal war da diese Entschlossenheit in ihrem Blick, die ich nur zu gut kannte. Dieser Ausdruck, der verriet, dass sie ein neues Ziel gefunden hatte.

Im nächsten Moment stand sie bereits vor Kieran und hielt ihm die Hand hin. »Ich bin Rose«, stellte sie sich vor.

»Kieran«, antwortete er, ohne ihr die Hand zu reichen.

Wieder musterte sie ihn, und ich konnte es ihr nicht verübeln. Er trug ein eng anliegendes schwarzes T-Shirt, das seine breiten Schultern betonte. Eine Silberkette hing ihm um den Hals, und an seiner rechten Hand erkannte ich zwei Ringe. An seinem rechten Handgelenk prangte ein Tattoo, doch ich konnte den Schriftzug nicht entziffern.

Rose ließ ihre Hand sinken und räusperte sich. Dann wandte sie sich mir zu. »Ich kann ab hier übernehmen. Du solltest dich nicht überarbeiten, Liora.«

Ich runzelte die Stirn, weil ich mir ziemlich sicher war, dass dahinter mehr steckte als ihre Sorge um mein Wohlergehen. Aber ich widersprach ihr nicht. Ich war schon schuld daran, dass Hannah nicht mehr hier arbeitete. Ich wollte nicht schon wieder in einen Konflikt mit einer Arbeitskollegin geraten und Jo damit Probleme machen.

Fast schon beiläufig legte Rose ihre Hand auf Kierans Schulter. Er zuckte unter ihrer Berührung zusammen. »Soll ich dir den Rest zeigen?«

»Nein.«

»Nein?«, wiederholte Rose unsicher.

»Liora macht das schon.«

Ich unterdrückte ein Grinsen. Rose war es nicht gewohnt, dass ihr ein Wunsch ausgeschlagen wurde. Mit ihren perfekten blonden Locken und den stechend blauen Augen bekam sie von Männern immer das, was sie wollte. Aber anscheinend nicht von Kieran.

Rose warf mir einen Blick aus zusammengekniffenen Augen zu, doch sie holte tief Luft und atmete betont laut wieder aus. »In Ordnung.«

Ich wollte etwas sagen, um die Situation zu entschärfen, doch ich wusste nicht, was. Und bevor ich einen klaren Gedanken hätte fassen können, war sie auch schon nach vorn in den Laden verschwunden.

»Komisches Mädchen«, merkte Kieran fast schon beiläufig an, ehe er sich wieder mir zuwandte.

Ich lächelte. »Sie ist eigentlich ganz nett … glaube ich. Zumindest solange sie ihren Willen bekommt.«

Kieran nickte. Dann sah er sich im Raum um.

»Würdest du mir zeigen, wie du Blumensträuße bindest?«, fragte ich, als wir an der Arbeitsplatte standen. Vielleicht wirkte diese Frage komisch, doch jeder Florist hatte seine ganz eigene Technik. Und ich wollte wissen, welche seine war.

Er sah mich skeptisch an. »Klar, kann ich machen.«

Ich öffnete die Tür zur Kühlung, und er wählte die Blumen aus, die er benötigte. Ich war erstaunt, als er nach blauen und weißen Rosen griff.

»Ein Rosenstrauß?«

»Meine Lieblingsblumen.«

Meine auch.

»Weißt du, was mir besonders gut an ihnen gefällt?«, fragte er und fokussierte sich auf die zarten Blütenblätter, über die er vorsichtig mit seinen Fingern fuhr.

»Was denn?«

»Es ist zwar streng genommen die gleiche Blume, aber je nach Farbe kann sie eine ganz unterschiedliche Bedeutung haben. Weiße Rosen stehen für die Unschuld, cremefarbene für Wertschätzung und gelbe wiederum für die Freundschaft. Ich finde das irgendwie faszinierend. Und ich glaube auch, dass Rosen deswegen die wahrscheinlich beliebtesten Blumen sind. Man kann praktisch alles mit ihnen ausdrücken, was man vielleicht nicht so gut in Worte fassen kann.« Während er von den Blumen erzählte, hatte ich das Gefühl, dass er sich selbst wie eine Blüte im Sonnenlicht öffnete. Etwas an seiner Haltung veränderte sich – auf eine gute Art und Weise.

»Stimmt, du hast recht«, antwortete ich ein wenig erstaunt über sein Fachwissen.

Kurz noch musterte er fast schon verträumt die Rosen in seinen Händen. Dann setzte er sich in Bewegung, und wir stellten uns wieder an die Arbeitsplatte im Aufenthaltsraum. Ich beobachtete jeden einzelnen seiner Schritte. Er griff nach einer blauen Rose, die er als Mittelpunkt auswählte. Die anderen Rosen ordnete er dann im farblichen Wechsel spiralförmig an, wobei er jede Blume mit ein wenig Blattwerk von der nächsten trennte. Dabei spannten sich die sehnigen Muskeln seines Unterarms bei jeder seiner Bewegungen an. Seine Adern traten hervor, und ich schluckte schwer. Kieran griff nach dem Pflanzenband und umwickelte den Strauß, um ihn zu stabilisieren. Dann reichte er mir das fertige Endprodukt.

»Wow, bei dir sitzt wirklich jeder Handgriff«, stellte ich fest.

»Ja. Ich bin schon seit einigen Jahren Florist.«

»Wieso hast du dich dazu entschieden, den Arbeitsplatz zu wechseln?«

Er zuckte mit den Schultern, statt mir zu antworten, und ich fragte mich, wieso er verstummte, wenn ich ihn auf seine Vergangenheit ansprach. Ich wusste weder, wo er herkam, noch weswegen er seine Heimatstadt verlassen hatte.

»In welchem Blumenladen genau hast du denn vorher gearbeitet?«, versuchte ich mein Glück erneut.

Er seufzte laut auf. »Ich glaube kaum, dass du die einzelnen Blumenläden in Creekwood Hill kennst.«

Überrascht zog ich die Augenbrauen in die Höhe. »Du kommst aus Creekwood Hill?«

»Ja.«

Ich kannte nicht viele Menschen, die von dort kamen, obwohl die Stadt nur wenige Meilen südlich von Northlake City lag. Vielleicht lag es daran, dass der weitläufige Lake Beverly sie voneinander trennte, doch eigentlich stellte der kein Hindernis dar. Jede Stunde fuhr eine Fähre zwischen den Städten hin und her.

Ich warf Kieran einen Seitenblick zu und sah, wie sich seine Muskeln anspannten. Seine Hände hatten sich zu Fäusten geballt, und ich bemerkte ein Zucken an seinem Kiefer – genauso wie gestern Nacht.

Ich beschloss, das Thema fallen zu lassen und mich wieder seinem Blumenstrauß zuzuwenden. »Nicht schlecht. Also wirklich gut«, lobte ich ihn.

»Danke, Liora.«

»Wie es aussieht, hat Jo mit deiner Anstellung die richtige Entscheidung getroffen.«

»Das wird sich noch zeigen.« Mit einem Mal verfinsterte sich seine Miene. Ich kannte diesen Ausdruck. Genauso sah ich mich im Spiegel, wenn die Zweifel mich an meinen schlechten Tagen plagten.

Aber Kieran … Er konnte doch unmöglich dieselben Zweifel haben.

Oder?

KAPITEL 3

Liora

Als mein Wecker am nächsten Morgen zum dritten Mal klingelte, überwand ich mich endlich dazu aufzustehen, um ihn auszuschalten. Verschlafen rieb ich mir die Augen, doch es half nichts. Ich hatte letzte Nacht viel zu wenig geschlafen, denn ich war erst gegen ein Uhr wieder zu Hause gewesen.

Nach der Schicht im *Golden Flower* waren Jo und ich noch zusammen zu ihr gefahren. Da sie nicht so viel Zeit gehabt hatte, mit Kieran zu arbeiten, hatte sie meine ehrliche Meinung über ihn und seine Arbeitsweise wissen wollen. Und ich hatte ihr gesagt, dass ich wirklich beeindruckt war.

Ja, Kieran hatte etwas Abweisendes an sich. Er hatte es nicht so mit vielen Worten. Aber wenn er im *Golden Flower* stand, umgeben von Blumen, und dabei Sträuße band, schien sich etwas an seiner Haltung zu verändern. Er blühte ein kleines bisschen auf. Das war etwas, was ich sowohl von Jo als auch von mir kannte. Das, und die Tatsache, dass ich diese Leidenschaft für den Job so schnell an ihm hatte erkennen können, war Beweis genug, dass es die richtige Entscheidung gewesen war, ihn einzustellen.

Ich blieb noch ein paar Sekunden im Bett liegen, doch als ich wieder einzuschlafen drohte, richtete ich mich auf und ging ins Bad. Ich putzte mir die Zähne, stellte mich unter die Dusche –

eiskaltes Wasser, um besser wach zu werden – und zog mich anschließend in meinem Schlafzimmer an.

Ich probierte es mit einer lockeren Jeans und einem schwarzen Top, doch als ich mich im Spiegel betrachtete, fühlte ich mich unwohl. Ich hatte das Gefühl, dass der tiefe Ausschnitt und der nur knapp über dem Bund der Hose endende Saum zu viel von mir zeigten. Zu viel Körper. Zu viel Haut.

Unsicherheit stieg in mir auf.

Deswegen zog ich das Top wieder aus und entschied mich für ein etwas weiteres T-Shirt.

Nachdem ich mich fertig angezogen hatte, ging ich in die Küche, um zu frühstücken. Ich bekam kaum etwas runter, aber das war okay. Ich packte den restlichen Bagel ein, um ihn später auf der Arbeit zu essen. Dann ging ich zur Wohnungstür, zog mir Schuhe und Jacke über und verließ die Wohnung. Ich nahm die Stufen nach unten, und in dem Moment, als ich in dem Stockwerk unter mir ankam, hörte ich, wie eine Tür ins Schloss fiel.

Kieran.

Er sah mich an, murmelte ein leises »Hey« zur Begrüßung und wandte sich dann Richtung Treppe.

»Warte«, hielt ich ihn auf, bevor er gehen konnte.

Er blieb stehen und warf mir einen fragenden Blick über seine Schulter hinweg zu. »Ja?«

»Du hast jetzt mit mir zusammen Schicht, stimmt's?«

Er drehte sich in meine Richtung. »Genau.«

»Dann lass uns doch zusammen hingehen.« Ich wusste nicht, ob das für ihn okay war, aber mir war es wichtig, ein gutes Verhältnis zu ihm zu haben. Er war mein Arbeitskollege und mein Nachbar. Ich wollte mich mit einem Menschen, den ich zukünftig vermutlich verdammt oft sehen würde, gut verstehen.

Doch er schien das anders zu sehen. »Ich würde lieber allein gehen.«

»Aber wir müssen doch in die gleiche Richtung«, versuchte ich es erneut, doch er schüttelte bloß den Kopf.

»Mir egal.«

Seine Worte trafen mich. Er schien unter keinen Umständen mit mir reden zu wollen, obwohl ich ihm doch nichts getan hatte. Aber ich wollte mich ihm auch nicht aufdrängen, weswegen mir wohl nichts anderes übrig blieb, als seine Entscheidung zu akzeptieren.

»Okay. Dann sehen wir uns auf der Arbeit?«

»Ist das eine Frage?«

»Nein, schon gut.« Ich hielt kurz inne. »Bis gleich.«

Ein paar Wimpernschläge lang war es still zwischen uns, während sein Blick über mich glitt. Etwas in seinen Augen ließ mich die Luft anhalten.

Irgendwie überkam mich das Bedürfnis, noch irgendetwas zu ihm zu sagen.

Doch dazu ließ er es nicht mehr kommen, denn im nächsten Moment drehte er sich um und ging.

Ich war froh, als ich endlich beim Laden ankam. Kieran war die ganze Zeit über vorgelaufen, und ich war ihm mit ein paar Metern Abstand gefolgt. Ich hatte mich gefühlt, als würde ich ihn verfolgen.

»Guten Morgen!«, rief Jo, als Kieran und ich mit ein paar Sekunden Verzögerung nacheinander das *Golden Flower* betraten.

Er brummte zur Antwort.

»Guten Morgen!«, antwortete ich.

Sie musterte mich kurz. »Müde?«

»Ein bisschen. Ich war gestern erst spät zu Hause.«

Sie grinste. »Es stand dir jederzeit frei zu gehen. Ich habe dich zu nichts gezwungen.«

Ich winkte ab. »Schon gut, ich werde es überleben.«

»Was kann ich machen?«, schaltete sich Kieran in diesem Moment ein.

Jo wandte sich ihm zu. »Heute Morgen kam eine neue Lieferung Schnittblumen. Ich habe sie erst einmal in die Kühlung gebracht. Kontrollier bitte, ob wir hinten welche haben, die vorne nicht mehr in den Vasen stehen.« Sie deutete Richtung Schaufenster, wo nach einem kurzen Kundenansturm gestern ein paar Blumen ausgegangen waren.

Kieran nickte ihr knapp zu, bevor er in den Aufenthaltsraum Richtung Kühlung ging.

»Und welche Aufgabe kann ich übernehmen?«

Jo dachte kurz nach. »Wir haben keine fertigen Rosensträuße mehr. Die laufen eigentlich immer ganz gut. Es kann nicht schaden, welche auf Vorrat zu haben. Vielleicht bindest du noch welche?«

»Klar. Welche Farben?«

»Vorzugsweise Rot-Weiß und Rosa-Weiß. Die kommen am besten an.«

Ich griff nach dem Haargummi, das ich um mein Handgelenk trug, und band mir meine Haare schnell zu einem hohen Zopf. »Ich leg dann mal los!«

»Danke, Snowflake.«

Ich ging nach hinten und steuerte ebenfalls die Kühlung an. Dort fand ich Kieran, der mitten im Raum stand und an einer Nelke roch. Unwillkürlich lächelte ich. »Gefällt sie dir?«

Kieran blickte auf. Es war komisch, doch hier drin wirkte sein Blick weicher als sonst. »Nelken riechen toll.«

»Sehe ich auch so. Wobei ich das, glaube ich, zu so ziemlich jeder Blume sagen würde.«

»Ja, genau.« Kieran schloss noch einmal kurz die Augen und sog den Duft der Nelke in sich auf. Dann sah er mich wieder an. »Kann ich dir helfen?«

»Ich soll für Jo ein paar Rosensträuße binden. Ich wollte mir nur ein paar Blumen nehmen.«

Kieran deutete wortlos auf die linke Raumseite, wo sich die Rosen in einem deckenhohen Regal stapelten.

Ich ging hinüber, griff nach dem kleinen geflochtenen Korb, der neben dem Regal stand, und legte vorsichtig die Blumen hinein, um sie ja nicht zu beschädigen. Als ich gerade wieder die Kühlung verlassen wollte, hörte ich Kierans Stimme hinter mir.

»Darf ich dir zusehen?«

Ich drehte mich überrascht um. »Du willst mir zusehen?«

Er zuckte mit den Schultern, als wäre es eine Kleinigkeit. Dabei hatte ich nicht erwartet, dass er sich für meine Arbeit interessieren würde. »Gleiches Recht für alle. Ich will sehen, wie du Sträuße bindest.«

Ich hielt noch kurz inne und ließ seine Bitte auf mich wirken. Dann stimmte ich ihm mit einem Nicken zu. Wir verließen die Kühlung, und ich stellte mich an die Arbeitsplatte.

Ich nahm die erste rote Rose aus dem Korb und wählte sie als Mittelpunkt des Straußes aus. Doch anders als Kieran fuhr ich nicht in einem spiralförmigen Muster fort. Ich bevorzugte es, dem Strauß kein festes System zugrunde zu legen. Ich ordnete die restlichen roten und weißen Rosen in einem Durcheinander an und trennte sie mit ein wenig Schleierkraut voneinander.

Mir fiel auf, dass Kieran jeden meiner Schritte genau beobachtete. Und als ich kurz zur Seite sah und sich unsere Blicke kreuzten, war da wieder dieses Funkeln in seinen Augen. Seine Züge wirkten weicher als sonst, und ich fragte mich, woran das lag. Doch bevor ich genauer darüber nachdenken konnte, senkte ich den Blick wieder.

Ich stabilisierte den Strauß und band ihn mit einem Pflanzenband fest. Dann reichte ich ihn Kieran. »Und, was sagst du?«

Kieran nahm den Strauß entgegen und betrachtete ihn prüfend. Er drehte ihn leicht, sah ihn von allen Seiten an, und dann glaubte ich, einen seiner Mundwinkel zucken zu sehen. »Deine Sträuße tragen auf jeden Fall eine andere Handschrift als meine.«

»Ist das gut oder schlecht?«

Ein paar Sekunden lang schwieg er und drehte den Strauß weiter in seinen Händen. Dann sah er auf, und es gefiel mir, dass er diesmal nicht so verschlossen und abweisend wirkte. »Gut. Mir gefällt deine Technik.«

»Danke. Das hab ich alles von Jo.«

»Okay.« Einen kurzen Moment lang blieb er unschlüssig vor mir stehen. Dann deutete er über seine Schulter hinweg Richtung Kühlung. »Ich mache dann mal weiter.«

Bevor ich etwas erwidern konnte, drehte er sich um und ging. Aber das war okay. Es fühlte sich wie ein kleiner Erfolg an, diese Unterhaltung mit ihm geführt zu haben. Mochte sein, dass Kieran abweisend war, aber es war schön, dass zumindest die Blumen ihm halfen, sich hin und wieder ein wenig zu öffnen.

KAPITEL 4

Kieran

Avery; 07:15 Uhr
Guten Morgen, Kieran.
Bitte sag mir, wo du steckst.

Avery; 09:34 Uhr
Kieran? Langsam mache ich mir Sorgen.

Avery; 13:27 Uhr
Es ist langsam nicht mehr witzig, Kieran.
Melde dich!

Avery; 18:49 Uhr
Fuck! Dann halt nicht! Aber bete zu Gott, dass ich dich nicht in die Finger kriege! Kannst du dir überhaupt vorstellen, wie ich mich fühle? Ich vermisse dich, und ich mache mir Sorgen. Von meiner Wut auf dich mal ganz zu schweigen. Aber ich befürchte, dass ich an der Situation gerade nichts ändern kann, wenn du mich nicht lässt. Du wirst schon wissen, was du tust – hoffe ich.
Ich hab dich lieb.
Happy Birthday.

Ich schaltete mein Handy aus und legte es beiseite, weil ich es nicht mehr ertragen konnte, Averys Nachrichten zu lesen.

Glaubte sie wirklich, ich wüsste nicht, wie sie sich gerade

fühlte? Seit Tagen fraß das schlechte Gewissen mich auf. Gleichzeitig war mir klar, dass ich es verdient hatte.

Nachdem ich Avery eine Abschiedsnachricht geschrieben hatte, hatte ich einfach meinen Koffer gepackt und war verschwunden. Meine restlichen Möbel hatte ich von Möbelpackern abholen lassen, um ihr ja nicht noch einmal über den Weg zu laufen.

Mein Plan war aufgegangen, doch ich hatte nicht mit dem stechenden Gefühl in meiner Brust gerechnet, das sich seit meinem abrupten Aufbruch in mir ausbreitete. Ich vermisste Avery mindestens genauso sehr, wie sie mich zu vermissen schien. Und ich hatte das Gefühl, dass etwas fehlte. Vielleicht würde es mir jetzt besser gehen, wenn ich mich angemessen von ihr verabschiedet hätte, doch ich wusste, dass ich dann niemals hätte gehen können. Ich liebte Avery wie eine Schwester. Sie war alles, was ich noch hatte, und ich hätte nicht in ihre Augen sehen und ihr Lebewohl sagen können. Also hatte ich sie einfach feige zurückgelassen.

Am liebsten würde ich in meinem Bett versinken und mich tagelang nicht mehr blicken lassen. Aber dafür war es noch zu früh. Ich musste vorher noch etwas erledigen.

Ich kniete mich vor mein Bett, um eine kleine Holzkiste darunter hervorzuziehen. An dreihundertvierundsechzig Tagen im Jahr sperrte ich sie aus meinem Bewusstsein aus. Doch heute war der eine Tag im Jahr, an dem ich es mir erlaubte, sie zu öffnen.

Ich setzte mich auf mein Bett und griff mit zitternden Fingern nach dem Deckel. Dann atmete ich tief durch. Es würde wehtun, aber ich wollte sie unter keinen Umständen vergessen. Ich *musste* an sie denken, weil es sonst niemand tat. Das war ich ihnen schuldig, denn sie hatten es nicht verdient, in Vergessenheit zu geraten.

Bevor ich es mir anders überlegen konnte, öffnete ich die Kiste. Ich spürte einen Stich in meiner Brust, als ich auf die Fotos blickte. Fotos, die ein Leben zeigten, das mir längst nicht mehr gehörte. Ein Leben, das mit der Zeit zu einer verblassten Erinnerung geworden war.

Ich griff nach dem ersten und zog es aus der Kiste. Augenblicklich trat ein vorsichtiges Lächeln auf meine Lippen, als meine Eltern und ich mir entgegensahen. Es zeigte den Tag meines fünften Geburtstages. Meine Eltern trugen kleine Partyhüte und das breiteste Grinsen, das ich je gesehen hatte. Ich stand vor unserem Esstisch und führte gemeinsam mit meinem Dad ein Kuchenmesser an die Torte. Es war eine meiner kostbarsten Erinnerungen, weil es der erste Geburtstag war, der mir wirklich im Gedächtnis geblieben war.

Das zweite Foto war einige Jahre später entstanden. Ich war darauf ungefähr zehn Jahre alt. Es zeigte meine Eltern und mich vor der Tür unseres neuen Hauses. Das war der Tag unseres Umzugs gewesen, und ich hatte noch zu gut im Kopf, wie aufgeregt ich gewesen war. Ich hatte mich so sehr auf alles Neue gefreut. Doch da hatte ich noch nicht wissen können, was mich noch alles erwarten würde.

Und dann war da noch ein Foto. Ich blickte in die leuchtenden Augen meiner Eltern, nachdem ich meinen Highschoolabschluss geschafft hatte.

Ich bin so stolz auf dich, Kieran, hallte die Stimme meines Vaters in meinem Kopf nach.

Und mit einem Mal spürte ich ein Brennen in meinen Augen. Ich versuchte, es wegzublinzeln, doch ich scheiterte. Warme Tränen flossen über mein Gesicht und verfingen sich in meinem Bart. Mir war alles entrissen worden, was mir je wichtig gewesen war. Und ich hatte nichts tun können, um es zu verhindern. Ich war vollkommen machtlos gewesen.

Es war fünf Jahre her. Wieso tat es immer noch so weh? An manchen Tagen fragte ich mich, ob der Schmerz jemals nachlassen würde. Doch vielleicht war es gut, dass er nicht nachließ. Vielleicht erinnerte er mich an die Fehler, die meine Eltern gemacht hatten, um mich davon abzuhalten, dieselben zu begehen.

Ich sah mir die restlichen Fotos an. Ich weinte und lachte, ich fühlte, und ich litt. Denn heute war der einzige Abend, an dem ich alles fühlen wollte. Es waren Tage wie diese, an denen ich mich besonders einsam fühlte. An denen ich realisierte, wie sehr mir die beiden wirklich fehlten. Die Sehnsucht fraß mich auf, aber war die Sehnsucht nach einem Menschen nicht nur deshalb so groß, weil man ihn so sehr geliebt hatte? Und obwohl es wehtat, war ich dankbar, denn es waren diese Momente, die mich daran erinnerten, wie sorglos und schön mein Leben einmal gewesen war. Dass auch ich einmal geliebt worden war. Und manchmal musste man genau das wissen, wenn man das Gefühl hatte, sich in der Dunkelheit zu verlieren.

Ich hatte keine Ahnung, wie viel Zeit vergangen war, als ich die kleine Kiste wieder schloss.

»Wir sehen uns nächstes Jahr, Mom und Dad. Ihr fehlt mir. Ich hab euch lieb«, flüsterte ich beinahe lautlos.

Dann schob ich die Kiste wieder unters Bett.

Ich ging in die Küche, öffnete den Kühlschrank und zog einen kleinen Cupcake heraus, auf dem ich eine Geburtstagskerze positionierte. Dann stellte ich mich vor einen Spiegel und sah mir selbst in die Augen.

Waren meine Augen schon immer so traurig gewesen?

Ich zündete die Kerze an.

Ich wünsche mir …

Dann pustete ich sie aus und beobachtete die aufsteigenden Rauchschwaden.

»Happy Birthday, Kieran«, flüsterte ich in die einsame Stille.

KAPITEL 5

Kieran

Ich war froh, dass der nächste Arbeitstag halbwegs erträglich vorbeiging. Es war so viel los, dass ich mich ganz und gar in meinem Tun verlieren konnte. Ich band Sträuße, beriet Kunden, bewässerte ein paar der Pflanzen und war so beschäftigt, dass ich weder mit Liora noch mit Jo oder Rose in Gespräche verwickelt wurde.

Ich hatte nichts gegen sie. Eigentlich glaubte ich sogar, dass sie ganz nett waren. Aber ich war nicht nach Northlake City gekommen, um Freunde zu finden. Ich wollte einfach nur meinen Job machen. Und Tage, an denen ich mich voll und ganz darauf konzentrieren konnte und so beschäftigt war, dass mir nicht einmal die Zeit zum Nachdenken blieb, waren mir die liebsten.

Am Abend kam ich vollkommen erledigt zu Hause an. Ich zog mir die Schuhe aus und legte mich erst mal ein paar Minuten hin, um mich zu entspannen. Dann ging ich in die Küche, um mir ein Sandwich zu machen, als es an der Tür klopfte.

Ich ging in den Flur, und als ich die Tür öffnete, sah ich in die eisblauen Augen von Liora.

»Hey, ich hoffe, ich störe dich nicht?«

Ich sah sie stirnrunzelnd an. »Was ist los?«

»Ich brauche deine Hilfe.«

»Meine Hilfe?«

Sie nickte und deutete auf eine kleine Mappe, die sie in der Hand hielt. »Es geht um einen Auftrag für eine Hochzeit, der heute reinkam. Es ist ziemlich eilig, und ich komme damit irgendwie nicht weiter. Ich dachte, vielleicht könntest du mir dabei helfen?«

Wenn ich ehrlich war, dann hatte ich nicht gerade das Bedürfnis, mit ihr zu reden. Doch gleichzeitig war da das Interesse an dem Auftrag. Ich wollte sehen, welche Wünsche die Kundin geäußert hatte und weshalb Liora damit derart überfordert zu sein schien.

Ich trat einen Schritt zur Seite und machte eine einladende Geste mit dem Arm. »Komm rein.«

Sie betrat den Flur, zog sich die Schuhe aus und ließ sich dann von mir direkt in die Küche führen. Dann sah sie sich mit großen Augen um.

Meine Küche war schlicht eingerichtet. Heller Holzboden, dunkle Küchenzeile. An der Wand stand ein kleiner Tisch mit zwei Stühlen. Ich gab nicht viel auf ausgefallene Dekoration und bunte Farben. Das Einzige, was mir dennoch wichtig war, waren die Pflanzen, die ich im ganzen Raum verteilt hatte.

Sowohl auf der Fensterbank als auch auf dem kleinen Regalbrett über der Küchenzeile standen kleine Töpfe mit roten Strauchrosen, und von der Decke hingen zwei Ketten, an deren Enden ich Töpfe mit blauen Mauritiusblumen befestigt hatte.

Blumen waren für mich weit mehr als Deko. Sie waren ein kleines Stück meiner Vergangenheit. Sie erinnerten mich an meine Mom. Daran, wie wir zusammen im Garten gearbeitet hatten. Wie sie mir verschiedene Blumen gezeigt und mich in ihrer Sprache unterrichtet hatte. Jede Blume hatte ihre eigene Bedeutung, und ich hatte nichts mehr geliebt, als sie gemeinsam mit meiner Mom zu erkunden.

»Es ist wirklich schön hier«, bemerkte Liora, die sich noch immer umsah.

»Danke.« Ich deutete auf einen der Stühle, und sie nahm Platz. Ich setzte mich auf den anderen. Dann griff ich über den Tisch hinweg nach der Mappe, die sie vor sich auf den Tisch gelegt hatte. »Lass mich mal sehen.«

»Sie möchte eine Sommerhochzeit. Und sie soll außergewöhnlich sein. Keine Klischees wie Rosen. Etwas Einzigartiges«, erklärte Liora, während ich mich durch ihre bisherigen Ideen las.

Als ich sah, dass sie das Wort »Rosen« durchgestrichen hatte, kam mir ein ganz neuer Gedanke. »Warte! Wie wäre es, wenn wir statt Rosen für die Deko weißen Lisianthus wählen? Sieht zwar etwas aus wie eine Rose, ist aber deutlich kleiner und unauffälliger. Um einen härteren Kontrast in Form und Farbe reinzubringen, kombinieren wir die mit blauen Edeldisteln und gelben Craspedien. Ich denke, dass sich ihre kugelige Form als Akzent gut einfügen wird. Und zum Schluss runden wir das mit rosafarbenen Pfingstrosen ab. Die gehen zwar ein wenig in Richtung Klischee, aber das Gesamtbild wird durch die Kombination trotzdem einzigartig sein. Ich weiß, wir spielen da mit harten Kontrasten, aber ich glaube, es könnte gut aussehen. Was denkst du?«

Sie sah ein paar Sekunden lang wortlos an mir vorbei, als würde sie versuchen, sich meine Vorschläge bildlich vorzustellen. Dann hellte sich mit einem Mal ihre Miene auf. »Oh mein Gott! Ich glaube, das könnte wirklich funktionieren.«

Ich zuckte zusammen, als sie mir die Mappe aus der Hand riss.

»Hast du einen Stift?«

Ich stand auf, öffnete eine der Schubladen und reichte ihr einen Kugelschreiber.

Mit einem Klicken sprang die Miene hervor, und Liora fing an, wild irgendwelche Notizen in die Mappe zu kritzeln. Sie schien mich gar nicht mehr zu beachten. Es war, als wäre sie vollständig abgetaucht.

Ich sah ihr noch eine Weile dabei zu, wie sie ihre Gedanken auf das Papier niederschrieb, und ich musste zugeben, dass mich ihre Leidenschaft für diesen Beruf berührte. An meinem alten

Arbeitsplatz hatten die anderen Floristen diesen Job aus der Notwendigkeit heraus gemacht, Geld zu verdienen. Für sie war es nichts Besonderes gewesen.

Bei Liora war es anders. In diesem Moment wurde deutlich, wie sehr sie Blumen wirklich liebte. Sie brannte für diesen Job, und in dieser Hinsicht erinnerte sie mich an mich selbst.

»Fertig.« Sie legte den Stift zur Seite und sah mich an. Ihre sonst so blassen Wangen waren gerötet, und ihre Augen wirkten ein wenig geweitet.

»Sehr gut.«

»Schaust du noch einmal drüber?«

Ich nickte und nahm ihr die Mappe ab. Dann überflog ich ihre Notizen, und mir gefiel, wie sie sich innerhalb einer Minute schon ein grobes Konzept für das gesamte Blumenarrangement der Hochzeit überlegt hatte. Von Tischgedecken bis hin zum Brautstrauß. »Sieht gut aus.«

Sie lächelte. »Okay, super.« Sie griff nach der Mappe, und in diesem Moment streiften ihre Finger meine.

Ich hatte keine Ahnung, woran es lag, aber an der Stelle, an der ihre Haut meine berührt hatte, breitete sich ein Kribbeln aus.

Ich wusste nicht, ob sie es auch spürte, doch im nächsten Augenblick zog sie blitzschnell ihre Hand zurück und starrte verlegen nach unten. »Dann lasse ich dich am besten wieder allein. Ich wollte dich nicht lange stören.«

»Schon in Ordnung.«

»Okay.« Sie räusperte sich kurz. Dann schob sie den Stuhl zurück und stand auf. Sie ging Richtung Tür, zog sich die Schuhe wieder an und trat dann in den Hausflur. »Danke für deine Hilfe, und entschuldige die Störung. Ich hab das nur irgendwie nicht mehr aus dem Kopf bekommen.«

»Alles gut.«

»Okay … Dann bis morgen.«

»Bis morgen.« Ich schloss die Tür und ging wieder zurück in die Küche, um mein Sandwich zu machen. Komischerweise musste ich dabei immer wieder an diesen Moment mit Liora denken.

Es war schön, dass es noch Menschen wie sie gab. Menschen, die eine Leidenschaft für etwas hatten. Die für etwas brannten.

Menschen, die die Liebe zu Blumen zu schätzen wussten.

KAPITEL 6

Liora

Die nächsten Tage lernte ich auf der Arbeit eine Menge über Kieran.

Ich lernte, dass er lieber in Ruhe für sich arbeitete statt mit anderen zusammen.

Ich lernte, dass er sofort abblockte, wenn man ihn auf etwas Privates ansprach.

Und dann lernte ich, wie ich ihn zum Reden bringen konnte. Denn die einzigen Male, die er freiwillig mit mir gesprochen hatte, waren gewesen, als es um Blumen ging.

Wir befanden uns allein auf der Verkaufsfläche des *Golden Flower*, weil Jo gerade im Aufenthaltsraum telefonierte. Kieran rückte die Töpfe in den Regalen zurecht, und ich nahm mir einen Bund getrockneten Lavendel aus einer Vase und roch daran. Ich liebte diesen Duft.

Aus dem Augenwinkel nahm ich wahr, wie Kieran mich beobachtete. »Alles gut?«, fragte ich.

»Ich mag den Duft von Lavendel auch.«

Ich war überrascht, dass er von sich aus das Gespräch suchte, doch ich versuchte, es mir nicht zu sehr anmerken zu lassen, sondern mich stattdessen an die Grenzen heranzutasten. Ich hielt den Bund hoch. »Was kannst du mir dazu sagen?«

»Lavendel steht für Ruhe und Ausgeglichenheit. Außerdem für Eleganz und Weiblichkeit.«

Ich zog staunend die Augenbrauchen hoch. Dann deutete ich auf einen kleinen Topf, in dem sich eine Hyazinthe befand. »Und die?«

»Hoffnung und Erneuerung«, antwortete er, ohne zu zögern.

Ich ließ meinen Blick durch die Gegend schweifen und wählte für die letzte Frage eine Narzisse aus.

Er sah die weißen Blüten der Narzisse fast schon mitleidig an. »Gleichgültigkeit, Gefühllosigkeit, Egoismus.«

»Du kennst die Sprache der Blumen«, stellte ich erstaunt fest.

»Klar.«

»Ich bin beeindruckt.« Ich glaubte einen seiner Mundwinkel zucken zu sehen, doch vielleicht bildete ich es mir nur ein.

»Was ist mit dir?« Er kam auf mich zu, zog eine Iris aus einer Vase und hielt mir die leuchtend violette Blume hin. Er stand so dicht vor mir, dass ich den Kopf in den Nacken legen musste, um ihn anzusehen. Er war wirklich riesig. Und dann war da sein herber Geruch, der sich mit dem blumigen Duft der Iris vermischte.

Kieran roch verdammt gut.

Ich versuchte, mich davon nicht aus der Bahn werfen zu lassen, und nahm ihm die Blume ab. »Sie stehen für Glück, Hoffnung und Reichtum.«

»Sehr gut.«

»Wo hast du das gelernt?«, fragte ich ihn, weil er mit seinem Wissen irgendwie mein Interesse geweckt hatte.

Sein Blick verfinsterte sich ein wenig, und er machte einen Schritt zurück. »Meine Mom hat es mir beigebracht.«

Am liebsten hätte ich genauer nachgefragt, doch ich hatte das Gefühl, dass wir uns gefährlich nah an einer Grenze befanden. Und ich wollte sie auf keinen Fall überschreiten.

Kieran wurde langsam warm mit uns, das war deutlich zu erkennen, und auch das Arbeitsklima wurde immer entspannter. Aber genauso gut wusste ich, dass zu schnelle Schritte das Gegenteil bewirken konnten, also hielt ich mich zurück. Ich wollte ihn nicht bedrängen, sondern warten, bis er von sich aus anfing, mehr zu erzählen.

»Okay.«

Er nickte. »Ich mache dann mal weiter.« Er wandte sich wieder seiner Arbeit zu.

Den Rest des Tages sprachen wir kaum noch miteinander. Doch jedes Mal, wenn ich ihn dabei erwischte, wie er an einer Blume roch oder fast schon andächtig über die Blätter einer Pflanze fuhr, sah ich, wie seine Seele immer mehr aufblühte.

Er verlor sich immer weiter im *Golden Flower*.

KAPITEL 7

Kieran

Wie zur Hölle konnte ein Mensch dermaßen … lieb sein? Ich hatte keine Ahnung, aber Liora bewies, dass es möglich war.

»Wie finden Sie den hier?«, fragte sie mit einem freundlichen Lächeln den älteren Herrn, der nach einem Blumenstrauß für seine Frau gesucht hatte.

Er nahm den Strauß entgegen und musterte ihn. »Der ist wirklich schön. Vielen Dank!«

»Kann ich sonst noch etwas für Sie tun?«

»Das wär's erst mal, danke.« Der Mann bezahlte, und Liora sortierte das Geld in die Kasse ein.

»Dann wünsche ich Ihnen noch einen schönen Tag. Ich hoffe, dass Ihrer Frau die Blumen gefallen.«

Augenblicklich trat ein Lächeln auf sein Gesicht. »Davon bin ich überzeugt. Ihnen auch einen schönen Tag.«

Er verließ den Laden, und Liora setzte sich wieder auf den Hocker neben Jo, die Blumen in Lioras Haar einflocht, wie sie es sonst bei sich selbst tat.

Ich beobachtete Liora schon, seit unsere Schicht angefangen hatte. Und ich war erstaunt, wie jedes Wort, das sie sprach, jede Geste und jeder Blick ihre Mitmenschen zum Lächeln brachte. Es war, als könnte ihr kein Mensch widerstehen. Sie hatte einfach dieses gewisse Etwas, das sie liebenswürdig machte. Nicht nur wenn sie wie gerade aufmerksam und freundlich mit unseren Kunden umging. Besonders fiel es auf, wenn man sah, wie sie sich Jo gegenüber verhielt.

»Ich meine es wirklich ernst«, sagte Liora, während Jo weitere Blumen in ihr Haar einarbeitete. »Du kannst ruhigen Gewissens mit Kaden ins Kino gehen.«

Jo seufzte, als wüsste sie, dass Liora nicht so schnell lockerlassen würde. »Ich weiß nicht. Kieran ist gerade einmal seit ein paar Tagen da, und außerdem ist Rose heute krank.«

»Das stimmt zwar, aber Kieran weiß wirklich, was er tut. Glaub mir. Wir kriegen das auch zu zweit hin. Heute ist ja auch nicht viel los.«

»Und was ist, wenn der Laden auf einmal von einer Horde Kunden überrannt wird?«

»Das wird wohl kaum einfach so aus dem Nichts passieren«, entgegnete Liora. »Außerdem sind wir zwei erfahrene Floristen, die das geregelt kriegen. Stimmt doch, oder?«

Beide sahen mich an, und ich nickte.

»Siehst du? Wir werden alles im Griff haben.«

Ich beobachtete ihre Unterhaltung stumm, und ich fragte mich, in welchem Verhältnis sie zueinander standen. Es war deutlich zu erkennen, dass Jo für Liora mehr war als nur eine Chefin. Sie gingen auf eine vertraute Art und Weise miteinander um. Eine, die über ein bloßes Arbeitsverhältnis hinausging.

Nach rund zehn Minuten gab Jo endlich nach.

»Okay, ich werde Kaden anrufen und ihm sagen, dass wir heute Abend ins Kino gehen.« Sie hielt kurz inne und warf Liora einen ernsten Blick zu, den diese mit einem breiten Lächeln quittierte. »Aber wenn hier auch nur die kleinste Kleinigkeit außer Kontrolle geraten sollte, rufst du mich an. Verstanden?«

»Versprochen.«

»Sehr gut.« Sie atmete kurz durch. »Irgendwie freue ich mich drauf. Seit ich den Laden übernommen habe, hatte ich viel zu viel zu tun, um mich von Kaden zu einem Date ausführen zu lassen.«

Liora lachte. »Nennt man das immer noch Date, obwohl man miteinander verheiratet ist?«

»Natürlich. Die besten Dates sind die mit dem eigenen Ehemann.« Sie zwinkerte Liora zu.

Jo fixierte die aufwendige Blumenflechtfrisur mit einem Haargummi. »Fertig. Es ist wunderschön geworden.«

Liora drehte sich in ihre Richtung, und ich sah, wie mit einem Mal etwas Warmes in Jos Zügen lag, als Liora lächelte.

Ein atemberaubendes Lächeln.

Und zum ersten Mal hatte ich das Gefühl, meinen Blick nicht von ihr abwenden zu können. Ich betrachtete ihren hellblonden Zopf, der über ihren Rücken fiel. Ihre Haut war blass, und das Leuchten ihrer eisblauen Augen erinnerte mich an den Lake Beverly. Und als sich ein Blütenblatt aus dem Ansatz ihres Bauernzopfes löste und ihr aufs Gesicht fiel, zog sie die Nase kraus, nur um kurz darauf wieder Jo anzulächeln.

Ich hatte lange nicht mehr erlebt, dass zwei Menschen so herzlich miteinander umgingen, wie Jo und Liora es taten. Selbst meine Laune hellte sich dadurch etwas auf.

Jo verschwand im Aufenthaltsraum, um zu telefonieren. Ein paar Minuten später verließ sie samt Handtasche und Trenchcoat den Laden – natürlich nicht, ohne uns vorher noch letzte Anweisungen zu erteilen.

Die nächsten zwei Stunden arbeiteten Liora und ich schweigend nebeneinander. Ich goss alle Pflanzen, bei denen es wieder Zeit war, und räumte hinten auf, während Liora die Kunden und Kundinnen bediente.

»Du schlägst dich gar nicht mal so schlecht«, sagte sie irgendwann.

»Danke.«

»Ich hoffe, es ist für dich okay, dass ich Jo weggeschickt habe. Sie stand in der letzten Zeit sehr unter Druck. Ich dachte, es würde ihr guttun.«

»Das macht mir nichts. Wir kommen ja klar.«

»Okay, gut.«

»Du scheinst gut auf sie aufzupassen«, stellte ich fest.

Ihre Mundwinkel zuckten. Wir arbeiteten jetzt seit ein paar Tagen zusammen, aber es war das erste Mal, dass ich sie auf etwas Privates ansprach. Ich konnte mir selbst nicht erklären, warum mich auf einmal die Neugier gepackt hatte.

»Jo ist die Mom meiner besten Freundin, Eliza.« Als sie die Worte aussprach, veränderte sich etwas an ihrem Ausdruck. Für den Bruchteil einer Sekunde war da etwas in ihren Augen gewesen, was mir bekannt vorkam. Etwas, was sich wie Gift unter ihre Lebensfreude gemischt hatte. Und obwohl ich sie kaum kannte, konnte ich mich jetzt nicht mehr zurückhalten.

Ich verengte die Augen. »Aber?«

Liora runzelte verunsichert die Stirn. »Was, aber?«

»Da gibt es etwas, was du mir nicht erzählst.«

»Woher willst du das wissen?«

»Ich weiß es einfach.«

Und dann war es still.

Die Sekunden vergingen, und wir taten nichts, als uns gegenseitig Blicke zuzuwerfen, bis sie schließlich nachgab.

»Eliza ist verstorben.«

Ich musterte Liora und sah, wie ihre Schultern einsackten. Ihr Blick richtete sich auf den Boden, und sie umklammerte den Schneeflockenanhänger an ihrer Halskette, während sie sichtlich um Fassung rang.

Ich war kein Mensch, der gut mit Gefühlen umgehen konnte. Trotzdem keimte da dieser Impuls in mir auf, gegen den ich mich nicht wehren konnte. Ich trat einen Schritt näher an sie heran. Dann legte ich meine Hand auf ihren Rücken und zog langsame Kreise.

Im ersten Moment versteifte sie sich. Fast so, als verstünde sie nicht, was hier gerade passierte. Dann lockerte sie sich wieder und lehnte sich meiner Berührung entgegen. Ein warmes Gefühl überkam mich, weil ich gerade etwas Gutes für einen Menschen tat. Weil ich jemandem in seiner Trauer beistand. Den Gedanken, dass es sich möglicherweise nur so gut anfühlte, weil Liora dieser jemand war, verdrängte ich.

»Das tut mir wirklich leid«, flüsterte ich leise. Und ich meinte es genauso. Schließlich wusste ich nur zu gut, wie Verlust sich anfühlte. Es war, als würde man einen Teil von sich verlieren, den man niemals wiederbekommen würde.

Sie zögerte. Dann wischte sie sich die Tränen, die ganz plötzlich gekommen waren, von den Wangen und versuchte sich an einem Lächeln, das ihr nicht so recht gelingen wollte. »Schon gut. Ich habe es akzeptiert. Aber manchmal tut es trotzdem noch unfassbar weh. Ich frage mich, ob es wohl jemals ganz vergehen wird.«

»Ich fürchte, nicht. Aber es wird leichter werden, glaub mir.«

Wieder lächelte sie, doch es sah irgendwie verkrampft aus. »Ist das nicht nur eine Floskel?«

»Es ist die Wahrheit, auch wenn es einem am Anfang schwerfällt, daran zu glauben. Sosehr es auch wehtut, das Leben geht weiter. Und irgendwann merkt man, dass man den Schmerz immer besser überwinden kann.«

»Klingt fast so, als würdest du aus Erfahrung sprechen«, stellte sie fest.

Ich hielt kurz inne, weil ich nicht wusste, ob ich wirklich mit ihr darüber reden wollte. Doch auf der anderen Seite fühlte es sich … richtig an. Aus irgendeinem Grund hatte ich das Gefühl, sie würde mich verstehen. Wir waren zwar grundverschieden – sie das Licht, ich die Dunkelheit –, doch da waren auch Dinge, die uns verbanden. Sie verstand meine Leidenschaft für Blumen. Und sie hatte genau wie ich einen wichtigen Menschen verloren.

Es war seltsam, doch in diesem Moment war mir das genug, um mich ihr zu öffnen. »Meine Eltern«, sagte ich knapp, obwohl ich insgeheim ein kleines bisschen hoffte, sie würde nicht näher darauf eingehen.

»Verstehe. Das tut mir leid.«

»Schon gut.«

Ein paar Sekunden standen wir schweigend nebeneinander.

Dann sah Liora mir in die Augen, und mit einem Mal stahl sich ein Lächeln auf ihr Gesicht.

Verwirrt blickte ich sie an. »Wieso lächelst du?«

»Weil das gerade vielleicht das längste Gespräch gewesen ist, das wir bisher miteinander geführt haben. Und wir arbeiten schon seit ein paar Tagen zusammen.«

»Da könntest du durchaus recht haben«, sagte ich, und ich fragte mich, wie meine Stimme nach diesem Gespräch noch immer so teilnahmslos klingen konnte.

»Ich habe immer recht.«

»Tun das nicht alle Frauen?«

»Ganz dünnes Eis, mein Freund«, warnte sie mich.

»Seit wann sind wir Freunde?«

Mir fiel erneut auf, wie schön sie war, wenn sie lächelte – was sie praktisch immer tat.

»Seit wir uns solche Dinge anvertrauen?«

»Das macht uns nicht zu Freunden, Liora«, beharrte ich. Denn das war die Wahrheit. Ich war kein Mensch, der Freunde hatte. Ich hatte eine Familie gehabt, die sich praktisch selbst zugrunde gerichtet hatte. Ich hatte eine beste Freundin gehabt, die fast schon wie eine Schwester war, und ich hatte sie verlassen, weil ich feige war. Menschen wie ich waren rastlos und viel zu impulsiv. Es war nur eine Frage der Zeit, bis ich auch diesen Ort in Flammen aufgehen lassen und verschwinden würde. Weil ich aus irgendeinem Grund immer alles kaputt machte und weil ich nie stark genug war, um mich der Verantwortung zu stellen.

Luke war die einzige Verantwortung, die ich kannte. Und selbst ihm gerecht zu werden, fiel mir an manchen Tagen schwer. Da konnte ich auf weitere Freunde gut verzichten.

»Okay, Kieran.«

Den Bruchteil einer Sekunde hatte ich beinahe geglaubt, sie hätte nachgegeben, doch der selbstgefällige Ausdruck auf ihrem

Gesicht verriet mir, dass sie meinen Protest nicht akzeptierte. In ihren Augen waren wir Freunde, doch sie würde noch früh genug begreifen, dass man mit Kieran Montgomery nicht befreundet sein konnte.

Vielleicht hatte ich einen Fehler gemacht. Ich hätte nicht weiter nachfragen dürfen, was sie und Jo verband. Dann hätte sie mir weder von ihrer besten Freundin erzählt, noch hätte sie von meinen Eltern erfahren. Es hätte bis auf unsere Leidenschaft für Blumen keinerlei Verbindung zwischen Liora und mir gegeben. Doch jetzt war es zu spät, denn wir teilten noch mehr miteinander: Wir wussten beide, was Verlust war.

Gleichzeitig bewunderte ich sie dafür, wie sie mit ihrem Verlust umging. Sie hatte dunkle Tage erlebt, und trotzdem stand sie jetzt vor mir und strahlte. Ich hingegen wurde von meinen eigenen Schatten aufgefressen.

»Hast du dich gut eingelebt?«, fragte sie plötzlich und riss mich aus meinen Gedanken.

»Ich weiß nicht, ob ich sagen würde, dass ich mich eingelebt habe, aber mittlerweile weiß ich, wo die Lichtschalter sind, wenn es das ist, was du meinst.«

»Das ist doch schon mal ein Anfang.«

Ich zuckte mit den Schultern. »Es ist in Ordnung. Die meiste Zeit über bin ich sowieso hier.«

»Ja, das ist mir schon aufgefallen. Aber wenn du irgendwann einmal einen Tag für dich brauchen solltest, um entspannt mit einer Tasse Tee und einem guten Buch im Bett zu liegen, musst du Jo nur Bescheid geben. Sie ist da sehr entgegenkommend.«

»Ich mag keinen Tee.«

Empört sah sie mich an, und beinahe hätte ich bei dem Ausdruck auf ihrem Gesicht gelacht. »Wie kann man keinen Tee mögen?«

»Irgendwelche vertrockneten Kräuter, die in heißem Wasser herumschwimmen, das ich dann trinken soll? Nein danke.«

»Lass das bloß nicht Tessa hören!«

Ich nickte, obwohl ich keine Ahnung hatte, wer das sein sollte. Aber ich wollte auch nicht zu viele Fragen stellen. Als ich hergezogen war, hatte ich mir vorgenommen, niemanden zu nah an mich heranzulassen. Aber Liora hatte etwas an sich, was mich faszinierte. Und etwas, wovon ich das Gefühl hatte, dass es meinen Vorsatz gefährden würde. Ich musste aufpassen, egal, wie leicht es mir gerade gefallen war, mit ihr zu reden.

»Wieso hast du dich eigentlich für Northlake City entschieden?«, fragte sie.

Wie konnte ein Mensch nur so neugierig sein?

»War die nächstgelegene Stadt.« Ich mied ihren Blick.

»Das ist alles?«

Ich nickte.

»Das ist ein komisches Auswahlkriterium.«

»Mag sein ... Ich glaube, ich sollte langsam mal meine Pause machen.«

Sie schnaubte, und als ich sie einen kurzen Moment lang ansah, erkannte ich ihre Frustration. Doch es war zu ihrem Besten. Auch wenn sie es vielleicht nicht verstand.

Ohne ein weiteres Wort zu sagen, schob ich den Vorhang hinter der Theke zur Seite und machte es mir auf der Couch im Aufenthaltsraum gemütlich. Das Licht der untergehenden Sonne schien durch das Fenster und legte sich auf meine Haut. Ich erlaubte es mir, meinen Kopf auszuschalten und einfach zu entspannen. Obwohl ich heute nicht allzu viel zu tun gehabt hatte, fühlte ich mich fix und fertig, was vermutlich daran lag, dass ich den ganzen Tag über nicht ein einziges Mal gesessen hatte.

Ich wäre beinahe eingeschlafen, da rief Liora nach mir. »Kieran?«

Ich drehte mich in ihre Richtung, wo sie im Türrahmen lehnte. »Hm?«

»Du bist nur hier, weil Northlake City die nächstgelegene Stadt gewesen ist?«

Ich runzelte die Stirn, während ich versuchte zu verstehen, worauf sie hinauswollte. »Das sagte ich doch.«

»Heißt das, dass du die Stadt nicht kennst?«

»Nein. Sollte ich?«

»In Northlake City gibt es viele schöne Orte, die du gesehen haben solltest.«

»Vielleicht ja irgendwann mal.«

»Auf keinen Fall. Ich hoffe, dass du noch nicht allzu müde bist. Wir machen nach Ladenschluss einen Stadttrip.«

»Nein«, sagte ich sofort, doch sie schüttelte nur den Kopf.

»Sorry, aber das akzeptiere ich nicht. Northlake City hat total viel zu bieten. So viel, dass ich dir vermutlich nicht alles heute zeigen kann, aber zum Glück gibt es ja noch morgen. Und übermorgen. Und ganz viele weitere Tage.« Sie lächelte, und ich merkte, wie mein Widerstand zu bröckeln begann.

»Ich möchte wirklich nicht«, sagte ich halbherzig. Wenn ich ehrlich war, dann hätte ich mir in diesem Moment nicht mal selbst geglaubt, und ich wusste, dass auch sie mich durchschaut hatte.

»Du willst, und wir werden gehen. Ich hoffe, du hast eine Jacke dabei. Abends wird es immer etwas kühler, aber es gibt viele Orte, die in der Dunkelheit sogar noch schöner sind als am Tag.«

»Okay.«

»Okay?«

»Okay«, wiederholte ich etwas grimmiger.

»Perfekt! Ich freu mich.«

Ein tiefes Seufzen entfuhr mir. Ich hatte mich von ihr fernhalten wollen. Doch stattdessen würde ich nun einen Stadttrip mit ihr unternehmen.

Das lief nicht nach Plan.

Und trotzdem war da mit einem Mal dieses Gefühl in mir, das mir verriet, dass es mir insgeheim vielleicht dennoch gefiel.

KAPITEL 8

Liora

Kieran schwieg.

Und irgendwie bedrückte es mich.

Seit wir das *Golden Flower* verlassen hatten, hatte er kein Wort mehr gesagt, obwohl ich immer wieder versucht hatte, ein Gespräch anzufangen. Doch anscheinend musste mir sein Brummen als Antwort auf meine Fragen genügen.

Wir liefen durch die Straßen von Northlake City, und ich dachte an die Seite von ihm, die er mir vorhin für einige wenige Momente gezeigt hatte. Eine Seite, die empfindlicher war als das, was er sonst so von sich zeigte. Und ich wunderte mich, wieso er diesen Teil von sich vor der Welt versteckt hielt.

An der nächsten Kreuzung bogen wir rechts ab.

»Ich hoffe, es ist nicht mehr weit«, raunte Kieran genervt.

»Nur noch fünf Minuten.«

»Okay.«

Ich warf ihm einen Seitenblick zu, und unwillkürlich fragte ich mich, woran er wohl gerade dachte. Sein Blick war konzentriert auf die Straße vor uns gerichtet. Unzählige Menschen zogen an uns vorbei, denn Northlake City war eine Stadt, die nie schlief, aber Kieran schien das alles nicht zu interessieren. Er beachtete weder die anderen Leute noch die zahlreichen Geschäfte und Bars, die unseren Weg säumten. Lauter

Straßenlärm schlug uns entgegen, doch er ließ sich davon nicht beirren.

Fünf Minuten später blieben wir vor einem kleinen Lokal stehen.

»Darf ich vorstellen? *Dave's Diner!*«

Kieran hob skeptisch eine Augenbraue. »Das verstehst du unter *mir Northlake City zeigen*? Du schleppst mich in das nächstbeste Diner?«

Ich schüttelte den Kopf. »Es ist nicht das nächstbeste Diner. Es ist das allerbeste.«

»Großartig.« Er wirkte nicht gerade begeistert, aber das war mir egal. Er würde die Vorzüge dieses Orts schon noch kennenlernen.

Wir traten ein, und sofort schlug mir der himmlische Duft frisch gebackener Pizza entgegen. Ich liebte diesen Laden, seit ich das erste Mal hier gewesen war. Mein Blick wanderte über die alten, an der Wand aufgereihten Holztische, die an je zwei Seiten rote Ledersitzbänke stehen hatten. Ein Schachbrettmuster zog sich über den Boden, und an der hinteren Wand des Diners befand sich eine weitläufige Theke, hinter der zwei Kellnerinnen mit um die Taille gebundenen roten Schürzen standen. Durch das schmale Fenster an der Tür hinter der Theke erkannte ich Dave, der gestresst in seiner Küche auf und ab lief.

Ich ging zu meinem Stammplatz, und Kieran folgte mir, ohne ein einziges Wort zu sagen. Als wir uns setzten, ließ er seinen Blick durch das Diner gleiten. Seine harte Miene entspannte sich etwas, und ich war froh, dass er mir vertraute und dem Laden eine Chance gab, obwohl die Einrichtung ihre beste Zeit eindeutig hinter sich hatte.

»Glaub mir, das Essen hier ist echt gut.«

»Hoffentlich, denn ich hab wirklich Hunger.«

Einen Moment glaubte ich, etwas in seinen dunklen Augen aufblitzen zu sehen, doch es war so schnell wieder verschwunden, dass ich nicht sicher war, ob ich es mir vielleicht nur eingebildet hatte.

Kieran griff nach der kleinen Speisekarte, die auf dem Tisch lag. »Hier gibt es ja wirklich alles – Pizza, Burger, Pasta, Nachtisch.«

»Und alles schmeckt fantastisch! Ich könnte dir nicht mal etwas empfehlen, weil ich mich gar nicht entscheiden könnte.«

Im nächsten Moment stand auch schon die Kellnerin an unserem Tisch, und wir teilten ihr unsere Bestellung mit – Kieran wählte Spaghetti bolognese, ich entschied mich für eine Käsepizza.

Als wir wieder allein waren, sah ich zu Kieran, der aus irgendeinem Grund angespannt wirkte. Er hatte seine Augen starr auf den Tisch gerichtet und die Hände zu Fäusten geballt.

»Ist alles okay?«

Er zuckte zusammen. Dann klärte sich sein Blick, und er nickte, als wäre nichts gewesen.

»Sicher?«

»Ja.«

»Worüber hast du nachgedacht?«

»Nichts Besonderes.«

»Kieran.«

»Liora.«

Mein Blick bohrte sich in seinen, und es war, als würden wir uns duellieren. Seine Augen waren so dunkel, dass ich mich in ihnen zu verlieren glaubte. Endlos und fast schon schwarz. Es war seltsam, doch je länger wir uns ansahen, desto mehr bekam ich das Gefühl, dass er sich langsam entspannte. Bis er irgendwann nachgab und den Kopf senkte.

»Okay, hör bitte auf, mich so anzustarren«, murmelte er.

Das brachte mich zum Lachen. »Entschuldigung, aber du hast es herausgefordert.«

»Ich kapituliere.«

»Heißt das, du verrätst mir, woran du gedacht hast?«

»Nein.«

Ich wollte gerade wieder anfangen, mit ihm zu diskutieren, als die Kellnerin erneut an unseren Tisch trat.

»Eure Bestellung.«

Die Teller wurden vor uns abgestellt, und als ich wieder zu Kieran schaute, hatte dieser sich bereits seinem Essen gewidmet. Er nahm den ersten Bissen und seufzte.

Ich lachte. »Klingt so, als ob du das mit dem Hunger ernst gemeint hast.«

»Ich war kurz vorm Verhungern.«

»Dann hoffe ich, dass *Dave's Diner* deinen Ansprüchen genügt.«

Er war so auf sein Essen fixiert, dass er mich kaum noch wahrzunehmen schien. Stattdessen schob er sich schon die nächste Gabel in den Mund. »Verdammt, das schmeckt gut.«

»Ich wusste, dass es dir gefallen wird.« Ich nahm ein Stück meiner Pizza und legte es auf seinen Teller.

Er hob den Blick und sah mich fragend an.

»Hier, probier mal. Die ist der Hammer.«

»Ist schon okay. Du musst das nicht tun.« Er wollte mir das Stück zurückgeben, doch ich protestierte.

»Keine Sorge, ich kenne alle Gerichte hier in- und auswendig. Bin ständig mit Jo hier.«

Kieran nickte und widmete sich wieder seinem Essen. Nachdem er seine Spaghetti vernichtet hatte, griff er nach dem Pizzastück, das ich ihm gegeben hatte. Und als er den Kopf hob und mich ansah, sah ich es.

Kieran lächelte.

Nur ganz leicht, aber das war genug.

»Wohin schleppst du mich jetzt schon wieder?«, klagte Kieran, seit wir vor gut einer Viertelstunde das Diner verlassen hatten, und ich hätte mir eigentlich denken können, dass sein Lächeln nur eine Ausnahme gewesen war. Aber er konnte es. Er konnte lächeln, und ich nahm mir vor, diese Seite von ihm häufiger zum Vorschein zu bringen.

»Das wirst du noch früh genug erfahren.«

Er rollte mit den Augen. »Meine Beine tun weh.«

»Als ob. *So* viel sind wir heute noch gar nicht gelaufen. Ich werde dich ganz sicher nicht tragen, tut mir leid«, sagte ich schulterzuckend.

»Das könntest du auch gar nicht.«

Ich blieb stehen und drehte mich zu ihm. Und als uns nur noch wenige Zentimeter voneinander trennten, erkannte ich wieder einmal, wie groß er war. Ich musste meinen Kopf in den Nacken legen, um ihm in die Augen zu sehen. Und zum ersten Mal erkannte ich eine kleine Narbe unter seiner rechten Augenbraue, die mir bisher noch nicht aufgefallen war. Ich hob die Hand, deutete auf die Stelle, und Kieran beobachtete meine Bewegungen mit erschreckender Genauigkeit.

Etwas an seiner Haltung veränderte sich, und er schien die Luft anzuhalten.

»Wo hast du die her?«, fragte ich.

Kieran zuckte zusammen, und etwas Dunkles umspielte mit einem Mal seine Züge. Er baute sich vor mir auf, und sein unerbittlicher Blick ruhte auf mir.

»Lass das«, knurrte er leise.

Ich biss mir auf die Unterlippe. Hätte ich ihn nicht fragen dürfen? Ich verstand nicht, wieso er so abweisend darauf reagierte, doch anscheinend hatte ich eine Grenze überschritten.

»Tut mir leid«, flüsterte ich.

Kieran sah mich noch ein paar Herzschläge lang an, und es war so still zwischen uns, dass ich beinahe mein Blut in den Ohren rauschen hörte. Dann nickte er, und sein Gesichtsausdruck entspannte sich wieder.

Ich drehte mich um, und wir liefen schweigend weiter, vorbei an überfüllten Bars und Restaurants. Ich liebte es, dass Northlake City eine derart lebendige Stadt war, und fragte mich, ob die Menschen jemals schliefen. Aber eigentlich war mir dieser ständige Lärm recht. Ich war nicht gerne allein, und man musste in dieser Stadt nur einen Fuß vor die Haustür setzen, um sofort von Menschen umgeben zu sein.

Nach ein paar Minuten erreichten wir den Sky Tower. Wir blickten stumm an ihm hinauf, und ich konnte es kaum abwarten, wieder dort oben zu sein, wo die Sterne zum Greifen nah schienen.

»Hätte ich mir eigentlich auch denken können«, merkte Kieran an, ohne sich von dem Turm abzuwenden. »Schließlich ist das Teil so riesig, dass man es schon von *Dave's Diner* aus sehen kann.«

»Darauf hättest du durchaus kommen können, stimmt.« Ich wippte nervös von einem Fuß auf den anderen, weil ich mich darauf freute, mit Kieran dort oben zu stehen. Es fühlte sich besonders an, diesen Ort mit jemandem zu teilen, der ihn noch nicht kannte.

»Wie hoch ist der?«

»Wenn du es ganz genau wissen willst, hundertsiebenundzwanzig Meter hoch.«

Kieran stieß ein anerkennendes Pfeifen aus. »Das sind eine Menge Meter.«

»Es wird dir noch viel mehr vorkommen, wenn du erst einmal dort oben stehst.«

Kieran riss die Augen auf. »Man kann da hoch?«

»Ja, und es ist atemberaubend.«

»Meinst du? Wenn ich da runterfalle, war's das mit mir.«

»Dir passiert nichts.«

Er deutete mit dem Finger Richtung Himmel. »Dein Wort in Gottes Ohr.«

Ich lachte. »Bist du bereit?«

»Wofür genau? Mich da hochzuschleppen oder eventuell in den Tod zu stürzen?«

»Dafür, die ganze Umgebung aus hundertsiebenundzwanzig Metern Höhe zu betrachten. Außerdem gibt es einen Lift, keine Sorge.«

Er sah mich skeptisch an, nickte dann widerwillig und atmete kurz durch. Dann ging er auf die Aufzüge zu, und ich lief ihm hinterher. Die Metalltüren glitten auf, und wir stiegen ein. Es dauerte eine gefühlte Ewigkeit, bis wir die Turmspitze erreicht hatten.

»Wahnsinn«, hauchte Kieran, der ein paar Schritte auf die Aussichtsplattform hinausgetreten war. Und er hatte recht.

Von hier oben erkannte man die funkelnden Lichter der Stadt, und mit einem Mal wirkte alles so winzig. Vor uns lag der Lake Beverly, und auf ihm bewegte sich ein kleiner leuchtender Punkt – die Fähre, die Northlake City und Creekwood Hill miteinander verband. In der Ferne sah ich ein schwaches Leuchten, das ich Kierans Heimat zuordnete.

»Ich hoffe, es gefällt dir«, sagte ich, doch Kieran schien mich gar nicht zu hören. Stattdessen ging er ein paar Schritte nach vorn, bis er am Rand der Aussichtsplattform ankam. Dort stützte er sich am Sicherheitsgeländer ab.

Ich trat neben ihn, und ein paar Augenblicke lang schien die Welt stillzustehen. Da waren nur wir und die Stadt, die uns zu Füßen lag.

»Es ist … wirklich schön«, erwiderte er, ohne sich von dem Ausblick abzuwenden.

»In Creekwood Hill brennen kaum noch Lichter«, stellte ich fest.

»Stimmt, aber es ist auch nur eine sehr kleine Stadt, und meistens ist dort nicht viel los. Spätestens um 22 Uhr sind die Straßen leer und verlassen.« Er zog sein Handy aus der Hosentasche und warf einen Blick auf das Display. »Halb elf. Mich wundert es, dass überhaupt noch Lichter brennen.«

»Klingt ziemlich … düster«, sagte ich leise.

Kieran schüttelte den Kopf. »Nicht unbedingt. Es hat etwas Friedliches, aber manchmal fühlt man sich unfassbar einsam, das stimmt schon. Es ist fast so, als wäre niemand da. Als wäre man der einzige Mensch in dieser verdammten Stadt.«

»Fühlst du dich denn einsam?« Die Frage hatte meinen Mund

verlassen, ehe ich darüber hatte nachdenken können. Aber ich bereute es nicht. Ich wollte, dass er mit mir über seine Gefühle redete, denn ich hatte den Verdacht, dass er das viel zu selten tat.

Ein paar Sekunden lang sagte er nichts. Dann zuckte er mit den Schultern, und ich war überrascht, wie vertraut mir diese Geste in den letzten Tagen geworden war.

»Ist das ein Ja?«

»Fühlen wir uns nicht alle ab und zu ein wenig einsam? Ich glaube, das ist vollkommen normal. Aber es geht mir gut.«

»Vermisst du deine Eltern?«

Kieran versteifte sich neben mir, und ich hielt den Atem an, weil ich nicht sicher war, ob ich gerade nicht zu weit gegangen war. Doch dann nickte er. »Ja.«

»Ich vermisse Eliza auch. Dieser Turm hier ist der Ort, an den ich komme, wenn es zu schlimm wird. Von hier oben habe ich das Gefühl, dass die Welt winzig ist, und damit erscheinen auch meine Probleme viel kleiner. Außerdem bin ich näher am Himmel, und das gibt mir das Gefühl, näher an Eliza zu sein.«

»Du glaubst, dass sie dort oben ist?«

»Du nicht?«

»Keine Ahnung.«

»Versuch, daran zu glauben. Schließ die Augen und versuch dir vorzustellen, dass du jetzt hundertsiebenundzwanzig Meter näher am Himmel und an deinen Eltern bist. Dann ist das Heimweh gar nicht mehr so groß.«

Kieran sah mich verwirrt an. »Heimweh?«

»Zumindest nenne ich das immer Heimweh, wenn ich Eliza vermisse. Ich bin der festen Überzeugung, dass *Zuhause* ein Mensch ist und kein Ort. Und Eliza war mein Zuhause. Sie war ein Mensch, der mich ohne Worte verstanden hat. Ich habe mich bei ihr immer aufgehoben gefühlt, und manchmal bekomme ich extremes Heimweh, weil mir mein Zuhause fehlt. Hier oben ist es immer ein wenig erträglicher.«

»Verstehe.«

Ich schenkte ihm einen zuversichtlichen Blick.

Er nickte und schloss die Augen. Ich betrachtete sein Profil, und, Himmel, er war wunderschön. Die schwarzen Locken, die ihm in die Stirn fielen und im Wind tanzten. Die gerade Nase und die geschwungenen Wimpern. Alles an diesem Mann schien perfekt zu sein.

Kieran entspannte sich langsam. Und hier oben, zwischen Wolkendecke und Erdboden, schien er mit einem Mal viel ausgeglichener.

Ich hatte keine Ahnung, wie viel Zeit vergangen war, doch irgendwann öffneten sich Kierans Lider flatternd, und er sah in den wolkenverhangenen Himmel. »Ich vermisse euch«, flüsterte er, und mein Herz brach.

Meine Hand glitt fast schon automatisch über das Sicherheitsgeländer, bis sie sich auf seine legte. Ich spürte seine warme Haut unter meinen Fingerspitzen.

Er umschloss meine Hand und streichelte kurz mit dem Daumen über meinen Handrücken. Dann entglitt ihm ein leiser Laut, der einem fassungslosen Lachen ähnelte. »So traurig hatte ich mir die Stadtführung nicht vorgestellt.«

Ich ließ seine Hand los, setzte mich auf den Boden und lehnte mich mit dem Rücken gegen das Sicherheitsgeländer. Dann klopfte ich auf den freien Platz neben mir.

Kieran nahm Platz, und sein Blick folgte meinem in Richtung des sternenbedeckten Nachthimmels.

»Jetzt musst du mir zur Wiedergutmachung etwas Lustiges erzählen«, forderte er.

Ich hatte schon gelernt, dass es nicht Kierans Art war, von sich aus lockere Gespräche zu beginnen. Vermutlich war das nur seine Art, das Gespräch in eine andere Richtung zu lenken, weil er für die bisherige noch nicht bereit war. Was okay war. Er hatte sich mir gegenüber bereits mehr geöffnet, als ich erwartet hatte, und es war in Ordnung, wenn er für den nächsten Schritt noch Zeit brauchte.

»Mir fällt tatsächlich etwas ein. Aber wenn Jo erfährt, dass ich dir das gesagt habe, bringt sie mich um.«

Er drehte den Kopf in meine Richtung und hob fragend eine Augenbraue. »Jetzt bin ich neugierig.«

»Versprichst du, ihr nichts zu verraten?«

»Wenn es sein muss.«

»Okay. Du musst wissen, Jo hat unter Umständen ein wenig Höhenangst. Und als wir das erste Mal zusammen hier waren, hat sie nicht damit gerechnet, dass es *so* hoch sein würde. Na ja … Ihr ist von der Höhe ein wenig schlecht geworden, und dann hat sie sich vor Dutzenden Leuten mitten auf der Aussichtsplattform übergeben.«

Ein paar Sekunden lang sah er mich fassungslos an. Dann legte er den Kopf in den Nacken und lachte laut los.

Es war das erste Mal, dass er in meiner Gegenwart auf diese Art und Weise lachte. Einfach losließ. Und ich liebte es. Der Klang berührte etwas tief in mir.

»Bitte sag mir, dass das nicht wahr ist.«

»Ich fürchte schon. Glaub mir, es war ihr verdammt peinlich. Wir sind sofort wieder gegangen, und Jo ist ganze zwei Jahre nicht mehr hier hochgekommen.«

»Verdammt, ich glaube, ich kann Jo nie wieder mit normalen Augen sehen.«

Ich boxte ihm spielerisch gegen den Arm. Es sollte nur ein Spaß sein, doch als ich die harten Muskeln seines Oberarms unter meiner Faust spürte, geriet ich kurz ins Stocken.

Mir war schon auf der Arbeit häufiger aufgefallen, dass Kieran schöne, muskulöse Arme hatte.

Aber das hier war nicht der richtige Zeitpunkt, um über so was nachzudenken. »Du solltest dir Mühe geben, dass sie nicht merkt, dass du was weißt. Keine komischen Blicke und erst recht kein Lachen. Das fällt sonst auf mich zurück.«

»Ich kann dir nichts versprechen.«

»Du hast es schon versprochen.«

Er hob die Hand und zeigte seinen Zeige- und Mittelfinger, die sich überkreuzten. Ein selbstgefälliges Grinsen zeichnete sich auf seinem Gesicht ab.

»Das zählt nicht.« Ich sah ihn finster an.

Ein paar Sekunden lang hielt er meinem Blick stand. Dann gab er nach und hob beschwichtigend die Hände. »Schon gut, ich reiße mich zusammen. Wenn sie zwei Jahre den Sky Tower gemieden hat, weil es ihr so peinlich war, schmeißt sie mich am Ende noch raus, um dieser Geschichte zu entgehen.«

»Du solltest nichts riskieren.«

»Allerdings.«

»Jetzt schuldest du mir auch eine Story.«

Kieran sah mich skeptisch an. »Tu ich das?«

Ich nickte.

Er nahm sein Kinn zwischen Daumen und Zeigefinger und sah mich nachdenklich an. »Ich habe es bei meinem letzten Job tatsächlich geschafft, einen Kaktus eingehen zu lassen.«

Ich runzelte die Stirn. »Das soll etwas Lustiges sein?«

Er zuckte mit den Schultern. »Ich bin Florist. Wenn du es so siehst, ist es schon lustig.«

»Das zählt nicht.«

»Für den Moment muss es reichen.«

Ich verschränkte die Arme vor der Brust und warf Kieran von der Seite einen gespielt bösen Blick zu.

Sein Mundwinkel zuckte verdächtig. Dann stieß er mir mit dem Ellbogen in die Seite. »Guck nicht so. Vielleicht erzähle ich dir wann anders mehr.«

Ich hatte keine Ahnung, woran es lag, doch mein Herz geriet kurz ins Stolpern.

Er und ich hatten es noch nie geschafft, ein derart lockeres Gespräch zu führen. Ein kleiner Teil von mir hoffte, dass wir das schon bald wiederholen würden. Es war schön, diese andere Seite von Kieran kennenzulernen.

KAPITEL 9

Liora

Am nächsten Tag fragte ich mich, ob ich mir die letzte Nacht vielleicht nur eingebildet hatte. Hatte ich wirklich zusammen mit Kieran auf dem Sky Tower gestanden und auf die leuchtende Stadt zu unseren Füßen geschaut? Und hatten wir wirklich dort oben gesessen und diese Gespräche miteinander geführt?

Eigentlich war ich mir ziemlich sicher, dass dieser Abend wirklich so abgelaufen war, doch Kieran zeigte nichts von der Person, die er gestern Nacht gewesen war. Ganz im Gegenteil. Er war genauso abweisend wie zuvor.

Wir arbeiteten schon seit zwei Stunden an den Blumenarrangements für die anstehende Hochzeit, und er gab sein Bestes, mich nicht zu beachten. Er sah mich nicht an, er sprach nicht mit mir, und wenn sein Blick mich dann doch einmal streifte, wandte er sich schnell wieder ab, noch bevor ich reagieren konnte. Dabei gab es so viel, was ich ihm am liebsten gesagt hätte. Und noch mehr, was ich ihn fragen wollte, denn da war so einiges, was ich noch nicht über ihn wusste. Und aus irgendeinem Grund wollte ich nach letzter Nacht mehr über diesen verschlossenen Mann wissen, der im Grunde genommen vielleicht gar nicht so finster war, wie er die Welt glauben ließ.

Nachdem wir den Brautstrauß und die Tischgestecke fertiggestellt hatten – ich liebte diese Kombination aus rosafarbenen Tulpen und weißen Sternenhyazinthen für den Brautstrauß sowie die weißen Maiglöckchen und Nelken für die Tische –, beluden wir den Lieferwagen, um die Blumen rechtzeitig zur Feier zu schaffen.

»Möchtest du mit Kieran fahren, Rose?«, fragte ich, als wir allein im Aufenthaltsraum standen, weil ich nicht sicher war, ob Kieran mich dabeihaben wollte. Er gab mir das Gefühl, dass er Abstand brauchte, und ich wollte ihn nicht bedrängen.

Ein verschmitztes Grinsen erschien auf Rose' Gesicht. Ich wusste, dass sie diese Situation als eine weitere Möglichkeit sah, um Kieran näherzukommen.

Ich dachte an seine kräftigte Hand, die ich letzte Nacht kurz gehalten hatte. Dachte an den Klang seiner tiefen Stimme, die mich in ihren Bann gezogen hatte. Es war wirklich nicht verwunderlich, dass Rose es auf ihn abgesehen hatte.

Sie nickte, und ich wandte mich seufzend ab. Vermutlich war es besser so.

Gerade als ich durch den Vorhang treten wollte, wurde er beiseitegeschoben, und Kieran betrat den Raum. Sein Blick bohrte sich in meinen, und mit einem Mal fiel mir das Atmen schwer. Ich blieb reglos stehen, sah ihn an und studierte seine Züge. Seine Miene war undurchdringlich, doch ich hatte letzte Nacht einen Bruchteil dessen gesehen, was darunterlag.

»Bereit?«

Ich runzelte die Stirn.

»Wir müssen los, Liora.«

»Ich werde mit dir fahren«, schaltete Rose sich in diesem Moment ein. Sie trat ein paar Schritte näher an Kieran heran, und er wich instinktiv ein Stück zurück.

Rose' Lächeln verrutschte. Die Situation war ihr sichtlich unangenehm, und ich fühlte mich vollkommen fehl am Platz.

»Das war Lioras Auftrag. Sie hat sich um alles gekümmert, und sie sollte auch mitkommen.«

Einen Moment lang zögerte Rose. Dann nickte sie mit einem gequälten Ausdruck auf dem Gesicht.

Als wir im Auto saßen, atmete ich erleichtert aus.

»Wieso hast du das gemacht?«, fragte ich, während Kieran losfuhr und den Wagen durch die Straßen von Northlake City manövrierte. Er fixierte den Weg vor uns, doch ich bemerkte die flüchtigen Seitenblicke, die er mir zuwarf.

»Weil es richtig war.«

»Ich bin sicher, dass Rose das nicht so sieht.«

Er zuckte mit den Schultern. »Das mag sein. Aber mir gefällt es nicht, wie sie mit dir umgeht. Vielleicht merkst du es nicht, aber sie sieht dich an, als würde sie über dir stehen. Dabei ist das nicht der Fall. Das hast du nicht verdient.«

Ich nickte, während sich langsam ein warmes Gefühl in meinem Brustkorb ausbreitete.

An der Location angekommen, übergaben wir die Blumen und machten uns wieder auf den Rückweg. Und obwohl wir nicht mehr miteinander sprachen, hatte ich das Gefühl, dass die Stille zwischen uns nicht mehr so angespannt war wie am Anfang. Je mehr Zeit ich mit Kieran verbrachte, desto mehr schien sich das Ganze zwischen uns aufzulockern. Er wurde immer offener, und das gefiel mir.

***

Am Sonntag wachte ich wie immer viel zu früh auf und machte mich nach dem Zähneputzen auf den Weg zu Tessa, die im Stockwerk unter Kieran wohnte. Ich hatte keine Ahnung, wie es dazu gekommen war, doch das gemeinsame Teetrinken mit ihr war zu einer Art Sonntagsritual geworden.

Ich klopfte an ihre Tür, und im nächsten Moment wurde diese auch schon aufgerissen.

»Pünktlich wie immer, mein Kind«, sagte sie, während sie mich mit einem warmen Lächeln bedachte. Ihre waldgrünen Augen funkelten, und das graue Haar hatte sie zu einem Knoten auf dem Kopf zusammengebunden.

Ich umarmte sie zur Begrüßung. Dann trat ich in ihr Wohnzimmer und setzte mich auf das Sofa.

Ich erinnerte mich noch gut an den Tag, an dem ich das erste Mal hier gewesen war. Die außergewöhnliche Einrichtung hatte mich im ersten Moment überwältigt. Gleichzeitig hatte ich sie nicht ganz verstanden. Das kleine Wohnzimmer war nur spärlich möbliert, dafür umso ausgefallener dekoriert. An den Wänden hingen Traumfänger in allen erdenklichen Farben. Auf der hölzernen Kommode standen bunte Kristalle, die zu verschiedenen Formen angeordnet worden waren. In der Mitte des kleinen Couchtisches thronte eine Kristallkugel, und in der gläsernen Vitrine auf der anderen Raumseite befanden sich verschiedene Räucherstäbchen, Kräuter und andere Zutaten, die ich nicht kannte. Das deckenhohe Regal in der Ecke war bis zum Rand gefüllt mit Büchern über Sternzeichen, Wahrsagung und Rezepte.

Manche Menschen hielten Tessa für verrückt, doch ich teilte diese Meinung nicht. Es war okay, an Dinge zu glauben, die für die meisten Menschen nicht zugänglich waren. Obwohl ich ihre Überzeugungen nicht teilte, respektierte ich sie.

Tessa kam mit einer Kanne Tee und zwei Tassen aus der Küche, die sie bis zum Rand befüllte, bevor sie neben mir Platz nahm. »Ich freue mich, dass du hier bist, Snowflake.«

Ich lächelte und umfasste den Schneeflockenanhänger an meinem Hals. »Welchen Tee gibt es heute?«

»Pfefferminz.«

»Den liebe ich.«

»Ich weiß.« Ihre Mundwinkel zuckten, und ein warmes Gefühl breitete sich in meiner Brust aus.

Es war schon komisch, wie gut wir uns verstanden. Tessa war einundsiebzig Jahre alt und damit mehr als dreimal so alt wie ich. Sie war früher als Hellseherin tätig gewesen und genoss mittlerweile ihre wohlverdiente Rente. Und obwohl sie mit diesem Beruf an Überzeugungen festhielt, die sich meiner Vorstellungskraft entzogen, waren wir auf einer Wellenlänge.

»Danke.« Ich warf ihr ein knappes Lächeln zu, bevor ich die Tasse an den Mund führte und vom Tee probierte. Ein genießerisches Seufzen kam über meine Lippen.

Sie nippte an ihrer Tasse, sah dann auf und hielt meinen Blick mit ihrem fest. »Gibt es Neuigkeiten, von denen du mir erzählen möchtest?«

Ich stellte die Tasse auf dem Couchtisch ab. »Hast du etwas Bestimmtes im Sinn?«

»Sollte ich?«

»Tessa!«

Ein wissendes Lächeln umspielte ihre Lippen. »Vielleicht solltest du mich lieber fragen, ob ich *jemand* Bestimmten im Sinn habe.«

Ich runzelte die Stirn. »Was meinst du?«, fragte ich, weil Tessas Aussagen immer viel zu verworren und uneindeutig waren. Sie sprach selten aus, was sie meinte. Meistens drängte sie einen mit Fragen und Anspielungen in die Richtung, in die sie das Gespräch lenken wollte.

»Ach, was sollte eine alte Frau, die kaum ihre Wohnung verlässt, schon meinen?«

Ich seufzte, weil ich es hasste, wenn sie so mit mir spielte.

Sie lachte. »Schon gut. Ich werde dir sagen, worauf ich hinauswill. Ich bin sicher, du kannst mir helfen, ein wenig Licht ins Dunkel zu bringen.«

»Okay.«

Sie sah mich an, und ihr feines Lächeln verblasste. »Erzähl mir doch ein wenig von dem jungen Mann, der seit Neuestem in der Wohnung über mir wohnt.«

Ich erstarrte.

Sie konnte uns doch unmöglich gesehen haben, oder? Wir waren nur ein einziges Mal zusammen heimgekommen, und das war Freitagnacht gewesen. Um diese Uhrzeit musste sie doch schon längst geschlafen haben.

»Wie … wann … Ich verstehe nicht.«

»Ach, Liora, du weißt doch, dass ich alles sehe.«

»Das ist unmöglich«, antwortete ich, doch sie tat meine Bemerkung nur mit einem Nicken ab, bevor sie einen weiteren Schluck von ihrem Tee nahm.

»Ich warte noch immer auf eine Antwort«, sagte sie und stellte ihre Tasse ab.

Ich nahm ebenfalls noch einen Schluck und nutzte die Gelegenheit, mir meine nächsten Worte zurechtzulegen. »Sein Name ist Kieran.«

Tessa schmunzelte.

»Er ist Florist und kommt ursprünglich aus Creekwood Hill. Seit Anfang der Woche arbeitet er bei uns im *Golden Flower*.«

»Das ist gut zu wissen, aber nicht ganz das, was ich mir erhofft hatte.«

Ich legte den Kopf schief und sah Tessa fragend an. »Wie meinst du das?«

»Ich will mehr über *ihn* wissen. Sag mir, was ihn ausmacht. Was macht ihn besonders?«

»Woher soll ich das wissen?«

»Snowflake!«

»Was denn?«

Stille. Wir sahen uns schweigend an, bis ich unter ihren unnachgiebigen Blicken seufzend nachgab.

»Irgendwie berührt mich seine Leidenschaft für die Floristik. Das mit den Blumen ist für ihn nicht einfach nur ein Job. Das finde ich wirklich beeindruckend.«

Tessa nickte sichtlich zufrieden, und ich fuhr fort.

»Aber da ist noch mehr. Manchmal verwirrt mich sein Verhalten. An manchen Tagen ist er aus irgendeinem Grund total abweisend. Dann spricht er kaum, sieht mich nicht an, und manchmal glaube ich, er wäre am liebsten nicht einmal im selben Raum wie ich. Ich weiß, dass er seine Eltern verloren hat, und auch wenn ich die genauen Umstände nicht kenne, glaube ich manchmal, dass ihn das hat erkalten lassen. Trotzdem gibt es diese andere Seite an ihm, die er aber lieber verstecken möchte. Zumindest fühlt es sich so an. Und dann sind da Momente, in denen er sich von seiner offenen Seite zeigt. Ich würde so gerne wissen, wieso seine Laune ständig umschlägt. Und wieso er sich so oft verschließt, obwohl ich weiß, dass er auch anders kann.«

»Das waren viele Worte dafür, dass du bis eben noch nicht darüber reden wolltest«, merkte Tessa an. »Noch dazu ein reges Durcheinander.«

Ich ließ mich gegen die Rückenlehne fallen. »Es ist nun mal auch verdammt kompliziert.«

»Du wirst noch früh genug begreifen, dass das Leben leider immer kompliziert ist, mein Kind.« Sie schüttelte bedauernd den Kopf, doch das warme Lächeln, mit dem sie mich stets bedachte, war noch da.

»Aber wieso muss es für manche Menschen schwerer sein als für andere?«

»Diese Frage kann ich dir leider nicht beantworten. Vielleicht ist das ja der Reiz des Lebens? Nie zu wissen, was passiert. So kann man immer daran glauben, dass ein Weg voller Glück vor einem liegt. Würden alle Menschen die gleichen Erfahrungen sammeln, dann wäre das Leben doch furchtbar langweilig, oder etwa nicht?«

Ich nickte, obwohl ich nicht wirklich zufrieden war. Womöglich hatte sie recht, doch das machte es nicht weniger unfair.

»Was würdest du dir für ihn wünschen?«

»Ich weiß nicht, ob …«

»Beantworte einfach die Frage, Liora«, unterbrach sie mich.

Was wünschte ich ihm? Ich wusste, was Verlust bedeutete. Seit Eliza weg war, war selbst das Atmen schwerer geworden. Und er hatte seine Eltern verloren. Ich konnte mir kaum ausmalen, wie groß sein Schmerz sein musste …

»Ich wünsche Kieran, dass es leichter wird«, sagte ich nach ein paar Sekunden, ohne darüber nachzudenken.

Tessa lächelte ihr warmes Lächeln. »Er hat großes Glück.«

»Wieso?«

»Er hat jemanden, der sich Gedanken um ihn macht«, antwortete sie, als wäre damit alles gesagt.

»Ich bin nicht einmal sicher, ob er das überhaupt will«, gab ich kleinlaut zu.

Tessa schüttelte den Kopf. »Es ist nicht immer eine Frage des Wollens. Manche Dinge sind einfach so, wie sie sind. Und niemand kann etwas daran ändern. Du und Kieran, ihr seid euch sehr ähnlich, gleichzeitig aber auch komplett unterschiedlich, und mein Gefühl sagt mir, dass ihr euch perfekt ergänzt. Eure Wege gehören zusammen, glaub mir.«

Moment… Wollte sie etwa sagen… »Kieran und ich?!«, platzte es im nächsten Augenblick aus mir heraus.

»Kieran und du«, bestätigte Tessa.

»Das wird niemals passieren.« Ich war selbst davon überrascht, welch bitteren Geschmack die Worte auf meiner Zunge hinterließen, aber sie waren die Wahrheit. Zumindest redete ich mir das ein, weil ich nicht enttäuscht werden wollte.

Wieder lächelte Tessa dieses wissende Lächeln. »Der Junge, dessen Aura dunkler als schwarz ist, und das Mädchen, dessen Seele heller als weiß leuchtet. Das Schicksal hat einen interessanten Humor.«

»Ich glaube, du verrennst dich da in etwas.«

»Das Leben gibt uns immer wieder Zeichen. Man muss nur aufmerksam genug sein, um sie zu sehen und zu deuten.«

»Zeichen?«, hakte ich nach, obwohl ich nicht einmal wusste, ob ich wirklich wissen wollte, wovon sie sprach.

Sie nickte, ohne mich aus den Augen zu lassen.

»Was auch immer für Zeichen du gesehen zu haben glaubst, das ist doch alles nur ein Zufall«, flüsterte ich.

»Ist es das wirklich?«

Ich wusste nicht, was ich davon halten sollte. Ich war neugierig, gleichzeitig fürchtete ich mich vor einer Antwort. Was, wenn Tessa recht hatte? Aber vermutlich gab es nur einen Weg, um wirklich sicherzugehen, dass Tessa falschlag: Ich musste mit Kieran weitermachen wie bisher. Ihn näher kennenlernen, denn dann würde sich mit der Zeit herausstellen, dass da nichts zwischen uns war. Da war ich mir sicher.

KAPITEL 10

Kieran

Wie war es möglich, dass es Orte gab, die man gleichermaßen liebte und hasste? Orte, die man vermisste, obwohl man wusste, dass man eigentlich nicht wieder dorthin zurückwollte. Ich verstand es nicht, doch ich konnte nicht abstreiten, dass es mir genauso ging, wenn ich an meine Heimat dachte.

Ich stand an der Reling und umklammerte das kühle Metall, während mein Blick vom Lake Beverly unter mir bis nach Creekwood Hill wanderte.

Je näher wir dem Hafen kamen, desto mehr versteifte ich mich. Es war, als würde ein schweres Gewicht auf meiner Brust liegen, das mich erdrückte. Doch ich hatte keine andere Wahl. Auch wenn ich es nicht täglich tat, musste ich hin und wieder zurück. Ich hatte mich dazu verpflichtet, und ich würde ganz sicher keinen Rückzieher machen.

Eine halbe Stunde später stand ich vor dem Creekwood Hill Medical Center. Es war ein riesiges Gebäude, das sich dem Himmel entgegenzustrecken schien. Weiße Fassade, makellos saubere Fenster. Alles wirkte so unfassbar steril und leer. Ich hasste Krankenhäuser. In meinen Augen waren es Orte voller Leid, und normalerweise machte ich einen großen Bogen drum herum. Doch für Luke musste ich wohl oder übel eine Ausnahme machen.

Ich schritt durch die große Eingangstür und lief links an der Anmeldung vorbei. Dann stieg ich in den Aufzug, der mich in den dritten Stock brachte. Dort tat sich ein langer Gang vor mir auf. Der Geruch von Desinfektionsmitteln schlug mir entgegen, während ich mich dem Zimmer 107 näherte.

Vor der richtigen Tür blieb ich stehen. Ich atmete tief durch, während die Anspannung in mir zunahm. Meine Handflächen wurden feucht, und in mir breitete sich ein bedrückendes Gefühl aus.

»Du schaffst das, Kieran«, flüsterte ich mir zu. »Er braucht dich.«

Im nächsten Moment drückte ich die Klinke langsam runter und öffnete die Tür, die leise quietschte. Als ich im Raum stand und sie sich hinter mir wieder schloss, bemerkte ich, dass jemand aufgeräumt haben musste. Das Spielzeug, das ich immer mitbrachte, war säuberlich sortiert in Boxen untergebracht, die sich auf dem kleinen Nachttisch stapelten. Anders als bei meinem letzten Besuch flogen keine offenen Chipstüten herum, und außerdem waren da keine Klamotten, die den sterilen Krankenhausboden bedeckten. Dafür entdeckte ich eine Vase, in der ein paar orangefarbene Tulpen standen.

»Er schläft«, murmelte plötzlich eine Stimme.

Als ich nach links sah, entdeckte ich eine Krankenschwester, die auf einem Stuhl saß und mit ihren Fingern über den Einband eines Kinderbuches fuhr. Sie hatte dunkles Haar, doch ihre Augenfarbe konnte ich nicht erkennen, weil die zugezogenen Vorhänge kaum Licht ins Zimmer ließen. Ich glaubte sie bei meinen letzten Besuchen hin und wieder gesehen zu haben.

»Meine Schicht fängt gleich an, aber ich wollte ihm vorher noch eine Geschichte vorlesen. Irgendwann ist er dabei eingeschlafen«, erklärte sie, während sie aufstand und auf mich zukam.

»Danke«, flüsterte ich.

»Ich bin Lia.«

»Kieran.«

Sie hielt mir das Buch hin, und ich griff danach.

»Wieso haben Sie das gemacht?«, fragte ich. Ich schätzte ihre Geste, doch ich verstand sie nicht.

Sie seufzte. »Ich weiß nicht, ob das ein guter Beweggrund ist, aber ich habe Mitleid mit dem Jungen. Außer Ihnen ist niemand für ihn da, soweit ich das in den letzten Tagen richtig beobachtet habe. Ich wollte, dass er weiß, dass er hier nicht allein ist.«

Ich öffnete den Mund, wusste aber nicht, was ich darauf erwidern sollte. Und im nächsten Moment hatte sie auch schon die Tür geöffnet und war verschwunden.

Ich setzte mich auf den Stuhl, auf dem sie bis eben gesessen hatte, und richtete meine Aufmerksamkeit auf das Bett und die zerzausten Laken, unter denen Luke lag. Mein Herz zog sich zusammen, als er sich bewegte und mein Blick auf das Pflaster fiel, das über seinem linken Ohr am Schädel befestigt worden war. Dort, wo zuvor die Drainage gewesen war, damit das Blut hatte abfließen können.

Ich wusste nicht, wie lange ich schon stumm dagesessen und ihn beobachtet hatte, als er sich langsam regte und das zerknüllte Laken, das halb über seinem Gesicht gelegen hatte, von sich zog.

»Kieran?«, flüsterte er, während er mich mit flatternden Augenlidern ansah. Im Halbschlaf tastete er an sein Gesicht und rieb sich über die Augen, als wollte er sich vergewissern, dass er nicht bloß träumte.

Ich sprang auf und ging zum Bett, wo ich mich neben ihn setzte und nach seiner Hand griff. »Wie geht's dir, Kleiner?«

Er zögerte und sah mich an, als könnte er nicht glauben, dass ich wirklich hier war. »Ich hab dich vermisst.«

»Ich hab dich doch erst vor ein paar Tagen besucht.«

»Trotzdem.«

Ich verstärkte den Druck um seine Hand ein wenig. Den schmerzhaften Stich in meinem Herzen ignorierte ich. »Ich bin doch jetzt da.«

Mit der freien Hand rieb er sich erneut über die verschlafenen Augen. Einen Moment hielt Luke in seiner Bewegung inne. Dann sah er mich aus diesen warmen braunen Kinderaugen an und grinste breit. »Was hast du mir mitgebracht?«

Ich lächelte. »Gar nichts?«

»Kieran!«, rief er voller Enttäuschung. Er sah dabei so unfassbar niedlich aus. Die großen Augen, der Schmollmund und die zitternde Unterlippe, von der er wusste, dass sie seine Geheimwaffe war.

»Okay, schon gut!«

Ich stand auf und griff in die Tüte, die ich vor dem Bett abgestellt hatte. Ich ließ mir extraviel Zeit, weil ich es viel zu sehr genoss, wie Lukes Augen sich voller Vorfreude weiteten, während er versuchte, einen Blick auf das Geschenk zu erhaschen.

»Bist du bereit?«, fragte ich, während ich langsam ein kleines Paket aus der Tüte hervorzog.

»Ja, ja, ja!«

»Okay. Aber du musst die Augen schließen. Es ist schließlich eine Überraschung.«

»Kieran …«, wollte er widersprechen, doch ich ließ seinen Protest nicht zu.

»Du kennst die Regeln.« Ich zwinkerte ihm zu, und er schloss die Augen. Ich erkannte das verdächtige Zucken seiner Mundwinkel.

Ich drückte ihm das Paket in die Hände und bedeutete ihm, die Augen zu öffnen.

Im ersten Moment erstarrte er und musterte das Paket wortlos. Dann brach ein lauter Freudenschrei aus ihm heraus, während er es aufriss und die Popcornmaschine hervorholte. »Kieran, das ist so cool! Können wir damit Popcorn machen?« Er sah mich aus hoffnungsvollen Augen an, und ich nickte.

»So viel Popcorn, wie du willst.«

»Juhu! Ich will gleich anfangen. Wir können einen großen Eimer nur für uns beide machen. Oder wir machen zwei Eimer, einen mit Salz und einen mit ganz viel Zucker. Aber wir könnten auch für alle anderen Kinder hier Popcorn machen. Oder für das ganze Krankenhaus. Vielleicht sogar für die ganze Welt! Vielleicht kann ich damit mein eigenes Kino aufmachen, wenn ich groß bin.«

Ich lachte laut auf. »Ganz langsam, Luke. Vielleicht fangen wir erst mal damit an, für dich selbst Popcorn zu machen, bevor wir die ganze Welt damit versorgen.«

»Mom hat immer gesagt, man muss große Ziele haben.«

Etwas in mir zog sich schmerzhaft zusammen. Und es wurde noch schlimmer, als ich mit einem Mal den unendlich traurigen Ausdruck in seinen Augen sah. *Fuck!* Ich war ein erwachsener Mann, und an manchen Tagen kam ich kaum ohne meine Eltern zurecht. Luke war noch ein Kind. Er hatte das nicht verdient.

Ich griff nach seiner Hand und drückte sie ganz leicht. »Deine Mom war eine schlaue Frau.«

Er lächelte, doch es war ein trauriges Lächeln, das seine Augen nicht erreichte. »Meine Mom war die Schlauste von allen.«

Ein paar Sekunden lang schwiegen wir, und unsere Atemzüge fühlten sich in dieser ohrenbetäubenden Stille viel zu laut an. Dann griff ich nach der Popcornmaschine, weil ich ihn ein wenig ablenken wollte. Vielleicht wusste er es noch nicht, doch das hier war erst der Anfang. Das Fehlen seiner Eltern würde noch verdammt lange wehtun, und ich wollte ihm so viele unbeschwerte Momente wie möglich schenken.

Ich schloss die Maschine an, zog eine Packung Maiskörner aus der Tüte und gab sie in die Heiztrommel, die auf Knopfdruck mit einem leisen Brummen zum Leben erwachte. Gebannt beobachteten wir, wie aus den Maiskörnern kleine weiße Flocken wurden. Im Zimmer entfaltete sich ein herrlicher Duft.

»Schmeckt es dir?«, fragte ich Luke, als er sich eine Handvoll Popcorn mit Salz, das ich in weiser Voraussicht ebenfalls mitgebracht hatte, in den Mund schob.

Er nickte. »Genauso gut wie Kinopopcorn.«

Er war so verdammt stark, und er wusste es noch nicht einmal. Er hatte Grauenvolles durchgestanden, und trotzdem hatte er seine kindliche Unbeschwertheit nicht ganz verloren.

»Wie lange muss ich noch hierbleiben?«, fragte er irgendwann, nachdem uns eine Schwester wegen einiger Untersuchungen unterbrochen hatte.

»Ich fürchte, das wird noch eine Weile dauern, Kleiner.«

»Oh.« Er mied meinen Blick, aber ich sah die Enttäuschung, die darin lag. Dann versuchte er, sich aufzurichten, doch seine Gesichtszüge verkrampften sich, bevor er wieder in die Matratze seines Krankenhausbettes sank.

Ich zuckte zusammen. »Alles gut?« Ich wollte gefasst klingen, um ihm keine Angst einzujagen, doch ich konnte nichts gegen den alarmierten Unterton in meiner Stimme tun.

»Mein Kopf tut weh«, gab er mit gepresster Stimme zu, während er sich an den Kopf fasste. Mein Herz brach.

Ein stechender Schmerz machte sich bemerkbar, als meine Fingernägel sich in meine Handflächen gruben. Aber es ging ihm schon schlecht genug, da wollte ich ihn nicht auch noch belasten. Ich musste mich beherrschen. Um Lukes willen.

Ich rief nach einer Krankenschwester, und Lia kam, um Luke zu untersuchen. Sie führte einen Reflextest mit ihm durch, kontrollierte seine Pupillen und erhöhte nach einer kurzen Absprache mit dem behandelnden Arzt die Dosis seiner Schmerzmittel, bevor sie mich anschließend um ein Gespräch vor der Tür bat.

»Ich weiß, Sie sind nicht sein gesetzlicher Vertreter, und ich sollte nicht mit Ihnen darüber reden …«

»Wieso tun Sie es dann?«, unterbrach ich sie.

»Weil es das Richtige ist. Das Jugendamt hat sich zwar eingeschaltet, doch anscheinend hält es keiner von denen für nötig, bei ihm vorbeizuschauen, solange er hier noch in Behandlung ist. Sie sind demnach der Einzige, der Luke je besucht. Der sich wirklich kümmert. Also wollen Sie es hören oder nicht?« Als ich nicht antwortete, fuhr sie fort. »Er muss sich schonen«, erklärte sie mir. »Vermutlich hat er sich einfach zu hektisch bewegt, als er sich aufrichten wollte. Das kann passieren, und in diesem Fall war es auch nicht weiter schlimm, aber es ist wichtig, dass er sich ausruht.«

Ich nickte, weil ich zu nichts anderem fähig war.

»Er hatte eine ernst zu nehmende Hirnblutung, und obwohl wir die kritische Phase überwunden haben, heißt das nicht, dass nichts mehr passieren kann. Er muss gut auf sich aufpassen, damit er so schnell wie möglich wieder gesund wird. Das bedarf auch der Unterstützung eines Erwachsenen. Er ist noch ein Kind und versteht nicht, was mit ihm passiert. Wir können hier im Moment nicht viel mehr tun, als regelmäßig die Routine-Checkups durchzuführen. Vielleicht sollten Sie noch einmal mit ihm reden, um ihm zu verdeutlichen, wie wichtig das alles hier ist.«

»In Ordnung.« Ich zögerte. »Wenn irgendetwas sein sollte … Würden Sie mich dann bitte sofort anrufen?«

»Natürlich.« Sie reichte mir Stift und Papier, und ich schrieb ihr meine Nummer auf. Dann nahm sie den Zettel entgegen, wandte sich ab und wollte gerade gehen, als ich ihren Namen rief und sie stehen blieb. Sie drehte ihren Kopf und sah mich über ihre Schulter hinweg an.

»Danke, dass Sie für ihn da sind.«

Ihre Mundwinkel zuckten ganz kurz. Gleichzeitig war da dieser finstere Schatten, der für einen Sekundenbruchteil über ihr Gesicht huschte. »Ist doch selbstverständlich.« Dann ging sie.

Als ich zurück ins Zimmer kam, war Luke bereits eingeschlafen. Seine Atmung war ziemlich ruhig, und ich war froh, dass er anscheinend keine Schmerzen mehr hatte.

Ich setzte mich ans Bett, strich ihm mit größter Vorsicht durch seine dunkelbraunen Locken und hoffte, dass alles besser würde. Dass es ihm bald wieder gut gehen würde.

Da waren so viele offene Fragen. Wie würde es mit ihm weitergehen? Wer würde sich um ihn kümmern, jetzt, wo seine Eltern nicht mehr für ihn da waren?

Ich schob diese Gedanken beiseite. Jetzt gerade wollte ich einfach nur für Luke da sein.

Er war nicht allein, solange ich noch am Leben war. Wir hatten beide niemanden mehr außer uns selbst. Und vielleicht konnten wir von nun an einander haben.

KAPITEL 11

Liora

»Was hältst du von Kieran?«, fragte ich Jo am nächsten Tag im *Golden Flower*.

Sie legte den Nelkenstrauß, den sie gerade band, zur Seite und warf mir einen verwirrten Blick zu. »Ich habe bisher nicht viel mit ihm geredet. Er ist nicht gerade gesprächig. Aber seine Arbeitsweise gefällt mir. Er versteht etwas von diesem Job. Wieso fragst du?«

Das war eine gute Frage.

Seit ich gestern bei Tessa gewesen war, bekam ich das Gespräch mit ihr nicht mehr aus dem Kopf. Und mir war Jos Meinung wichtig. Ich wollte wissen, wie sie über Kieran dachte.

»Ich habe mit Tessa über ihn geredet, und ich wollte einfach eine zweite Meinung hören.«

»Ich fürchte, ich kann dir da leider nicht weiterhelfen, tut mir leid.« Sie nahm den Strauß, den sie niedergelegt hatte, wieder in die Hand, kramte ein Pflanzenband heraus und wickelte es um die Stängel. Mit ein paar geschickten Handgriffen fixierte sie die Stiele.

»Er ist eigentlich ganz nett«, fuhr ich fort. Aus irgendeinem Grund wollte ich nicht, dass das Gespräch an dieser Stelle endete.

»Habt ihr miteinander geredet?«

»Er hat mir letztens mit dem Arrangement für die Sommerhochzeit geholfen. Und wir waren auch vor Kurzem zusammen auf dem Sky Tower.«

Jo sah mich verblüfft an. »Wirklich?«

Ich nickte.

»Wow, das überrascht mich.«

»Warum?«

»Ich merke zwar, dass ihm die Arbeit im *Golden Flower* zu gefallen scheint, und das wirkt sich auch ein bisschen auf seine Laune aus, glaube ich. Aber immer wenn ich mit ihm reden wollte, um ihn besser kennenzulernen, hat er sich sehr abweisend verhalten. Ich hätte deshalb nicht gedacht, dass er sich dazu bereit erklären würde, mit dir seine Freizeit zu verbringen«, erklärte sie.

»Das meint er nicht böse.«

Jo schüttelte den Kopf. »Das hatte ich auch nicht so aufgefasst. Ich würde mich nur freuen, meine Mitarbeiter ein wenig besser zu kennen. Ich frage mich, warum er wohl so zurückhaltend ist.«

»Er hat sicher seine Gründe.«

»Und du kennst sie?«

»Ich bin mir nicht sicher, aber er hat ein paar wichtige Menschen verloren.« Mehr sagte ich nicht, weil ich ihr nicht zu viel von dem erzählen wollte, was Kieran mir anvertraut hatte.

Doch als sie mich ansah, erkannte ich an ihrem Blick, dass sie eine ziemlich genaue Vermutung hatte, um wen es ging. Ihr Gesichtsausdruck wurde unendlich traurig. Sie wusste besser als jeder andere, was Verlust war. Sie verstand, wie Kieran sich fühlen musste und dass solche Erfahrungen einen manchmal veränderten. »Das tut mir wirklich leid für ihn.«

Ich nickte zerknirscht. »Es ist traurig, aber ich glaube, dass es ihm mit der Zeit besser gehen wird.«

»Ja, das glaube ich auch. Ist es denn schon lange her?«

»Keine Ahnung«, antwortete ich. »Er hatte sich gerade erst ein wenig geöffnet, und ich wollte ihn nicht zu sehr bedrängen. Also habe ich nicht genauer nachgefragt.«

»Klingt nach der richtigen Entscheidung. Aber es freut mich, dass ihr euch langsam zu verstehen scheint. Vielleicht macht es das für ihn leichter.«

»Egal, wie abweisend er manchmal ist, er hat diese Chance hier verdient, oder?«

Jos Blick wurde unendlich weich, als sie auf mich zukam und mich in den Arm nahm. »Wir alle haben nach schweren Tagen eine zweite Chance verdient, Liora. Auch er.«

»Du hast recht, danke.«

Wir lösten uns voneinander.

Und dann wurde die Tür aufgerissen.

Kieran

Jo und Liora starrten mich an, und ich konnte ihre Blicke nicht deuten. Da war etwas Weiches und Warmes in Jos Miene, und in Lioras Augen … Ich sah alles, nichts und jede Nuance, die dazwischenlag. Die beiden standen nah beieinander, als hätten sie sich vor wenigen Sekunden noch in den Armen gehalten.

Ich starrte wortlos in Lioras Richtung, und sie schaute zurück. Es war einer dieser Momente, die sich endlos anfühlten und gleichzeitig viel zu schnell vorbei waren. Da waren nur sie und ich und … Jos Räuspern. Mein Blick zuckte kurz zu ihr hinüber, bevor ich mich in Bewegung setzte und eine leise Entschuldigung murmelte, während ich mich an ihnen vorbei in den Aufenthaltsraum schob.

Ich war viel zu spät dran, aber die Fähre hatte es nicht schneller zurück nach Northlake City geschafft. Ich hatte bei Luke vollkommen die Zeit vergessen, bis mir bei einem Blick auf mein Handy endlich aufgefallen war, dass ich schon längst hätte auf dem Rückweg sein müssen. Obwohl ich mich anschließend beeilt hatte, war ich nun eine halbe Stunde zu spät. Ich hoffte, Jo würde es mir nicht allzu übel nehmen. Schließlich war das gerade erst meine zweite Woche, und ich hinterließ so mit Sicherheit keinen guten Eindruck.

Ich griff nach dem Saum meines Pullovers und zog ihn mir über den Kopf. Im Laden war es oft zu warm, weswegen ich sicherheitshalber ein dunkles T-Shirt eingepackt hatte. Als ich nach meinem Rucksack griff, hörte ich, wie hinter mir der Vorhang zur Seite geschoben wurde. Ich wollte gerade zu einer Entschuldigung ansetzen, als ich bemerkte, dass es gar nicht Jo war, die mir gegenüberstand – sondern Liora.

Sie sah mich an, ließ ihren Blick an mir hinabwandern, und mit einem Mal legte sich eine leichte Röte auf ihre blassen Wangen. Ihre Augen weiteten sich, als sie meinen Oberkörper musterte, und ich war mir sicher, dass sie nicht einmal merkte, wie sie hörbar ausatmete.

Niemand sagte etwas, doch das war auch gar nicht nötig. Es war einer dieser Momente, die auch ohne Worte zu verstehen waren.

Wieder glitten ihre Augen über meinen Körper und blieben den Bruchteil einer Sekunde an dem Tattoo auf meinem linken Rippenbogen hängen. Und als sie aufsah und mir direkt in die Augen blickte, setzte mein Herz einen Schlag aus. Unendliches Blau. Ihre Wangen glühten förmlich, und ich schluckte schwer. Verdammt, ich genoss diesen Moment vermutlich viel zu sehr, aber seltsamerweise gefiel mir die Art und Weise, wie sie mich betrachtete. Ein kleiner Teil von mir wusste, dass das gar nicht gut war. Dass das hier ein Moment war, der mir gefährlich werden konnte, weil er sich vertraut anfühlte. Als hätte sie mich schon tausendmal so angesehen und nicht zum allerersten Mal. Und weil er dafür sorgte, dass all die Gefühle, die ich wegzusperren versuchte, ausbrechen wollten. Doch ich hielt sie zurück. Auch wenn ich mich nicht gegen Lioras Blicke wehren konnte – oder wollte.

»Kieran …« Ihre Stimme war kaum mehr als ein raues Flüstern.

Ich wusste nicht, woran es lag, doch ich konnte mich einfach nicht bewegen. Aber vielleicht wollte ich das in diesem Moment auch gar nicht.

»Du trägst kein Shirt«, stellte sie fest, und ich musste grinsen.

Ich nickte und machte einen Schritt auf sie zu. Und dann noch einen, bis ich so nah vor ihr stand, dass sie mich hätte berühren können, ohne den Arm auszustrecken. »Ist das schlimm?«

Liora schwieg und sah mir in die Augen. Da war etwas, was ich noch nie zuvor in ihnen gesehen hatte. Ein fast schon unauffälliges Funkeln und doch nicht unauffällig genug, um vor mir verborgen zu bleiben. Eine kleine Gefühlsregung, von der ich erkannte, dass sie sie nicht vollständig zuließ.

»Vielleicht solltest du dir etwas anziehen«, räusperte sie sich.

Ich zögerte, denn aus irgendeinem Grund hatte ich gehofft, dass sie etwas anderes sagen würde. Aber ich wusste, dass sie recht hatte, also holte ich das T-Shirt aus meinem Rucksack und streifte es mir über. Als ich mich umdrehte, stand Liora noch immer an derselben Stelle und sah mich an.

»Ist alles in Ordnung?«

»Ich wollte mit dir reden«, sagte sie und deutete auf die Couch. »Können wir uns setzen?«

Mit mir reden? Wir nahmen auf der Couch Platz, und Liora atmete tief durch.

»Ist bei dir alles okay?«, fragte sie unvermittelt.

»Wieso fragst du?«

»Weil heute etwas an dir anders ist. Das habe ich direkt erkannt, als du die Tür aufgestoßen hast und ins *Golden Flower* kamst.«

»Es ist nichts.«

»Kieran …«

»Lass gut sein, Liora«, entgegnete ich mit einem warnenden Unterton in der Stimme, der sie kurz zusammenzucken ließ.

Irgendwie hasste ich mich selbst dafür, dass ich gerade so mit ihr sprach, aber es gab keinen anderen Ausweg aus diesem Gespräch. Ihr zu sagen, dass ich meine Eltern verloren hatte, war eine Sache. Aber nicht jedes Kapitel meiner Geschichte war dazu bestimmt, von anderen Menschen gelesen zu werden. Der Verlust meiner Eltern war schmerzhaft. Die Art und Weise, wie ich Luke kennengelernt hatte, war die reine Hölle. Niemand wusste, was passiert war, nicht einmal Avery, und ich schwor mir, dass es genauso bleiben würde. Ich würde dieses Geheimnis mit ins Grab nehmen.

»Du kannst mit mir reden, wenn du magst«, sagte sie. Sie klang so unfassbar verunsichert, dass sich ein beißendes Gefühl von Schuld in mir ausbreitete.

»Ich wünschte, alle Probleme der Welt ließen sich durch Reden lösen. Leider ist das reines Wunschdenken. Es gibt Dinge, über die wir stundenlang reden könnten, und trotzdem wären sie noch immer genauso scheiße wie zuvor. Also lass uns nicht unsere Zeit verschwenden. Ich bin sowieso schon zu spät, und außerdem braucht Jo uns vorne im Laden.«

Liora öffnete den Mund, doch sie sagte nichts. Da war nur ihr trauriger Blick, der etwas in mir zerbrechen ließ. Aber ich hatte ihr diese Dinge sagen müssen. Trotzdem fühlte es sich so verdammt falsch an.

Mit einem Mal war da dieser Drang, irgendwas zu sagen, damit sie wenigstens ein paar Sekunden lächelte. Doch ich tat es nicht. Stattdessen stand ich auf und ging.

Jo stand hinter der Theke und topfte eine kleine pinkfarbene Mandevilla um. Die sternförmigen Blüten waren wunderschön.

Ich stellte mich neben sie und sah ihr dabei zu. Es war beeindruckend, wie jede ihrer Bewegungen pure Perfektion war. Sie topfte die Mandevilla um, ohne ihr auch nur ein einziges Blatt zu krümmen. Jeder Handgriff war kontrolliert, zügig und gleichzeitig von einer unfassbaren Leichtigkeit getrieben. Jo verstand ihr Handwerk.

Es war wirklich kein Wunder, dass das *Golden Flower* derart beliebt in Northlake City war.

»Mist, ich glaube, der Plastiktopf hat einen Riss. Kannst du mir einen neuen aus Keramik bringen, Kieran?«

Ich nickte und fischte einen leeren Topf aus einem der Schränke unter der Theke hervor.

»Danke.« Innerhalb weniger Sekunden zog sie die Pflanze aus dem gerissenen Topf und bettete sie in einen hochwertigeren aus Keramik um. »Heute ist wohl dein Glückstag«, sagte sie zu der Mandevilla und streichelte einmal sanft über ihre Blüte.

Unwillkürlich musste ich lächeln. Liora schien sich ihre Leidenschaft für die Floristik von Jo abgeschaut zu haben. Mir gefiel es, dass im *Golden Flower* der Fokus auf der Liebe zu Blumen und nicht auf den Einnahmen lag.

Dennoch räusperte ich mich im nächsten Moment, weil es noch etwas gab, worüber ich mit Jo reden musste. »Hey, Jo, mir tut das wirklich verdammt leid. Ich wollte nicht zu spät kommen. Ich hatte noch einen Termin, und irgendwie habe ich die Zeit total vergessen. So was passiert mir nicht noch mal.«

Jo schaute mich an, und dann war da dieses warme Lächeln, das sie eigentlich nur Liora schenkte. »Schon in Ordnung. Das kann jedem mal passieren. Ich hoffe nur, dass es nicht zur Gewohnheit wird.«

Ich schüttelte den Kopf. »Auf keinen Fall.«

»Gut. Dann ist doch alles okay.«

Die nächsten drei Stunden vergingen wie im Flug, weil uns eine Flutwelle an Kunden überrollte. Der Stress saß uns im Nacken, doch wann immer ich dazu kam, Blumensträuße zu binden, konnte ich zumindest kurz abschalten. Wenn ich mit Pflanzen arbeitete, wurde ich von einer unbeschreiblichen Ruhe erfasst. Als würde mit einem Mal alles ins Gleichgewicht gebracht. Ich beriet Kunden, und zwischendurch versuchte ich, ein wenig Ordnung ins Chaos zu bringen, indem ich den Aufenthaltsraum und die Verkaufsfläche aufräumte. Dass ich Lioras flüchtige Blicke auf mir spürte, machte die ganze Sache nicht wirklich leichter, aber damit musste ich leben.

»Rose hat wirklich mehr Glück als Verstand«, klagte Jo, nachdem die letzte Kundin den Laden verlassen hatte. »Sie hat immer an genau den Tagen frei, wenn aus dem Nichts eine Unmenge Arbeit vom Himmel fällt.«

»Schönheit und eine ganze Menge Glück … Da könnte man fast schon neidisch auf sie sein«, scherzte Liora.

»Du bist mindestens genauso schön«, entgegnete Jo.

Liora lächelte und nickte, doch da war etwas in ihrem Blick, was mir verriet, dass sie selbst nicht so über sich dachte. Aber ich empfand genauso wie Jo – Liora war schöner als jede andere Frau, die ich je gesehen hatte. Manchmal wünschte ich, Menschen könnten das in sich sehen, was andere in ihnen sahen.

Mein Handy vibrierte kurz, und ich seufzte leise, als ich Averys neue Nachricht sah. Ich hatte ihr nicht mehr geschrieben, seit ich Creekwood Hill verlassen hatte. Seither ignorierte ich all ihre Nachrichten. Aber je länger ich das tat, desto größer wurde das schlechte Gewissen.

Avery; 16:22 Uhr
Ich habe eine Überraschung für dich. Willst du wissen, was es ist?

Eine Überraschung? Nachdem ich ihr seit Tagen nicht antwortete? Mich beschlich das Gefühl, dass mir diese *Überraschung* nicht gefallen würde.

Avery; 16:24 Uhr
Eigentlich ist es mir ziemlich egal, ob du es wissen willst oder nicht. Du wirst diese Überraschung so oder so jetzt von mir bekommen. Und zieh dich lieber warm an, denn wenn ich mit dir fertig bin, dann wirst du dir wünschen, mich niemals kennengelernt zu haben. Und jetzt leg das Scheißhandy weg und guck nach vorne.

Nach vorne gucken? Ich hob den Blick und … *Fuck!*

Avery stand mit hochrotem Kopf im Blumenladen. Ihr zum Dutt gewickeltes braunes Haar war vollkommen zerzaust, die zahlreichen Halsketten stießen aneinander und gaben ein metallisches Klimpern von sich, das jeden ihrer Schritte begleitete. In ihren haselnussbraunen Augen brannte ein Feuer, das mich schwer schlucken ließ. Und in diesem Moment begriff ich, dass ich in riesigen Schwierigkeiten steckte.

An der Theke angekommen, packte sie mich am Kragen meines T-Shirts und zog mich ein Stück näher. »Du ignorantes, egoistisches Arschloch!«, brüllte sie, und ich wurde augenblicklich rot.

Ich warf einen kurzen Seitenblick zu Liora, die die Hand vor den Mund geschlagen hatte und das Schauspiel beobachtete. Mir graute schon jetzt davor, ihr und vor allem Jo diese Szene später erklären zu müssen.

»Wie konntest du nur?«, fuhr Avery mich an und lenkte damit meine Aufmerksamkeit wieder auf sich. »Welcher Mensch tut so etwas? Du verschwindest einfach von heute auf morgen, und alles, was ich von dir bekomme, ist diese bescheuerte Textnachricht? Ein einfaches Lebewohl, ohne eine Erklärung oder Sonstiges? Findest du nicht, dass ich unter Umständen ein wenig mehr verdient hätte?«

Ich öffnete den Mund, doch sie kam gerade erst richtig in Fahrt.

»Und wag es ja nicht, mir jetzt einfach mit einer lächerlichen Entschuldigung um die Ecke zu kommen! Sich einfach aus dem Staub zu machen ist eine Sache, aber meine Nachrichten zu ignorieren? Du solltest Gott danken, dass ich dich noch nicht in deine Einzelteile zerlegt habe, Kieran Montgomery.« Ihr Brustkorb hob und senkte sich heftig, und ich wusste, dass ich meine Reaktion auf ihren Ausbruch weise wählen musste.

Doch stattdessen lächelte ich. Ich lächelte, weil es meine beste Freundin Avery war, die jetzt vor mir stand. Und ich lächelte, weil ich trotz dieser peinlichen Situation einfach nur froh war, sie wiederzusehen, denn erst jetzt wurde mir klar, wie sehr sie mir gefehlt hatte.

»Jetzt grinst der Dreckskerl auch noch. Welchen Teil von *in deine Einzelteile zerlegen* hast du nicht verstanden?«

»Du hast mir auch gefehlt, Avery.« Im nächsten Moment ging ich um die Theke herum und schloss sie in meine Arme. Ein paar Sekunden wirkte sie überrumpelt, dann erwiderte sie die Umarmung, nur um mir im nächsten Augenblick einen festen Faustschlag auf den Oberarm zu verpassen.

»Mann, ich bin so sauer auf dich.« Sie funkelte mich wütend an, doch ich sah das verräterische Zucken ihrer Mundwinkel, das sich trotz ihres Wutausbruchs langsam zeigte.

»Du hast auch jedes Recht dazu. Es tut mir wirklich leid.«

»Oh nein, es *wird* dir noch leidtun. Das garantiere ich dir, aber vielleicht ist das hier nicht der beste Ort dafür.« Zum ersten Mal, seit sie in den Laden gestürmt war, schaute sie zu Jo und Liora und warf ihnen ein entschuldigendes Lächeln zu.

»Da hast du recht. Aber wenn du schon mal hier bist: Darf ich dir Jo und Liora vorstellen? Jo ist meine Chefin, und Liora … ist eine Arbeitskollegin.«

Liora zuckte kaum merklich zusammen, als ich die Worte aussprach. Aber wie hätte ich sie sonst vorstellen sollen? Wir waren wirklich nur Arbeitskollegen. Nur weil wir einander in mancher Hinsicht verdammt gut verstanden, machte uns das noch lange nicht zu mehr … oder?

»Schön, euch kennenzulernen. Ich bin Avery.« Sie reichte beiden abwechselnd die Hand.

»Wie hast du mich eigentlich gefunden?«, fragte ich.

»Das ist eine interessante Geschichte.« Avery grinste breit. »Ich habe deine Verlinkungen auf Instagram gecheckt, als da plötzlich ein neuer Beitrag eines Blumengeschäftes namens *Golden Flower* war, in dem du markiert worden warst. Dann habe ich recherchiert, wo dieses Blumengeschäft liegt, und tadaa: Jetzt bin ich hier.« Sie setzte ein unschuldiges Lächeln auf.

»Das ist ein Witz.«

»Nein, leider nicht. Ich war selbst ein wenig überwältigt davon, wie … *ambitioniert* ich sein kann, aber du hast mir ja keine Wahl gelassen.«

»Seit wann haben wir ein Instagram-Profil?« Ich warf Jo einen fragenden Blick zu, die beschwichtigend die Hände hob.

»Ich dachte, damit erreichen wir noch mehr Kunden. So funktioniert gutes Marketing heutzutage.«

Im nächsten Moment lachte Liora laut auf, und eine angenehme Gänsehaut fuhr über meinen gesamten Körper. Ich fragte mich, warum ihr Lachen so eine Reaktion bei mir auslöste. »Oh mein Gott. Jo, wieso hast du mir nicht erzählt, dass du einen Instagram-Account für den Laden erstellt hast? Das ist genial. Das hätten wir schon viel früher machen sollen.«

»Nicht nur genial, sondern auch der Hinweis, den ich gebraucht habe, um diesen Ausreißer hier ausfindig zu machen«, schaltete Avery sich wieder ein.

»Du hättest dir nicht die Mühe machen müssen, bis nach Northlake City zu kommen, um mich anzuschreien. Du hättest das auch per Anruf machen können.«

Sie kniff die Augen zusammen. »Wenn du meine Anrufe und Nachrichten nicht ignoriert hättest, dann hätte ich das durchaus machen können, ja.« Einen Moment hielt sie inne. Dann schlich sich etwas Teuflisches in ihr Grinsen, das mir ein wenig Angst einjagte. »Außerdem musste ich früher oder später sowieso nach Northlake City kommen.«

Ich runzelte die Stirn. »Warum?«

Sie deutete mit dem Finger in Richtung Friseursalon auf der anderen Straßenseite. »Ab nächster Woche fange ich hier schließlich meinen neuen Job an.«

»Deinen neuen *was*?« *Gott, bitte sag mir, dass das nur ein ganz schrecklicher Scherz ist.*

»Na, meinen neuen Job. In dem Friseursalon auf der anderen Straßenseite. Es tut mir leid, aber Creekwood Hill ist einfach nur langweilig ohne dich. Da dachte ich, wir machen als Nächstes Northlake City zusammen unsicher.«

Ich sah sie perplex an.

»Ich bin eine Friseurmeisterin. Jeder Salon wäre froh, jemanden wie mich zu haben. Ich habe nach ein paar freien Stellen gegoogelt, meine Bewerbungsunterlagen eingereicht und dann hier den Job bekommen.«

Meine Gedanken rasten, während ich zu verstehen versuchte, was sie mir gerade mitteilen wollte. Avery arbeitete bald in Northlake City? Noch dazu auf der anderen Straßenseite?

»Das ist …« Mir fiel einfach nichts ein.

»Ich glaube, das Wort, nach dem du suchst, ist *fantastisch*«, vervollständigte sie meinen Satz. »Vielleicht ein wenig übergriffig, aber auch fantastisch.«

Avery in Northlake City. Ich wusste, dass das nur Chaos bringen würde. Ihre Energie, ihr Temperament, einfach alles an ihr war so unfassbar mächtig. Aber gleichzeitig auch perfekt. Ich hatte sie vermisst. Sie hatte mir in der letzten Zeit wirklich gefehlt, und ein Teil von mir war froh, dass sie wieder bei mir sein würde. Dass ich an harten Tagen wieder mit ihr reden konnte. Ich hoffte nur, dass sie mit ihrer Anwesenheit nicht alles auf den Kopf stellen würde.

Denn wenn ich ehrlich war, mochte ich es, wie sich mein Leben mit der neuen Stelle im *Golden Flower* in den letzten Tagen entwickelt hatte.

KAPITEL 12

Liora

Es war schon komisch, wie man manchmal ausgerechnet die Dinge vermisste, von denen man gedacht hatte, sie würden einem am wenigsten fehlen.

Ich hörte den schrillen Protest von Timothy und Leona aus dem Telefon dringen, während Mom ihnen mit einem mahnenden Unterton in der Stimme begegnete.

»Ihr müsst das aufessen!«

»Brokkoli ist eklig, Mom!«

»Das ist mir egal«, erwiderte sie. »Ihr könnt euch nicht nur von Süßigkeiten ernähren.«

Ich lachte laut auf, und Dad tat es mir gleich.

»Alles so wie immer, wie du vielleicht hörst. Soll ich lieber ins Wohnzimmer gehen? Dann können wir uns ohne den Dritten Weltkrieg im Hintergrund unterhalten.«

Ich schüttelte den Kopf, auch wenn er es nicht sah. »Schon gut, Dad. Mich stört es nicht.«

Die Wahrheit war, dass ich es manchmal wirklich vermisste, mit ihnen unter einem Dach zu leben. Ich bereute es nicht, ausgezogen zu sein, weil es sich einfach nach dem richtigen nächsten Schritt angefühlt hatte, doch manchmal waren da diese kleinen Momente, in denen ich mir vorstellte, wie gut es sich wohl anfühlen würde, wieder mit meinen Eltern und Geschwistern in einem Haus zu leben. Wie schön es wäre, jeden Morgen von Timothys und Leonas Streitigkeiten aufgeweckt zu werden.

»In Ordnung. Aber mach dich auf einiges gefasst. Ich hab das Gefühl, dass die Sache mit dem Brokkoli noch nicht durch ist.«

Ich schmunzelte. »Ich bin gespannt, wer heute wohl gewinnt.«

»Ach, Snowflake, du weißt doch, dass deine Mom immer die Gewinnerin sein wird.«

»Vermutlich hast du recht.«

»Aber ich bin mir ziemlich sicher, dass du nicht einfach nur angerufen hast, weil du hören wolltest, wie deine Geschwister sich mit deiner Mom anlegen.«

»Ich wollte euch Bescheid geben, dass ich nächsten Monat an meinem Geburtstag eine kleine Feier bei mir schmeißen möchte. Ich weiß, normalerweise fahre ich zu euch, und wir verbringen den Tag dann immer zusammen, aber dieses Jahr würde ich gerne auch alle anderen dabeihaben. Tessa, Jo …« *Kieran?*

Ich wusste nicht, ob es so eine gute Idee war, ihn einzuladen. Schließlich sollte er sich nicht fehl am Platz fühlen. Doch gleichzeitig wollte ich ihm auch das Gefühl geben, dass er willkommen war und ich ihn gern weiter kennenlernen wollte. Ohne mich aufzudrängen. Er war insgesamt eher zurückhaltend, weswegen ich nicht sicher war, ob er sich über eine Einladung freuen würde. Aber im Endeffekt konnte er ja absagen, sollte ihm nicht wohl dabei sein.

»Natürlich, das klingt nach einem guten Plan, Snowflake. Wenn du bei irgendetwas Hilfe brauchst, sag Bescheid. Ansonsten sehen wir uns dann bei dir. Ich freue mich schon.«

»Super, Dad! Ich mich auch.«

Wir tauschten uns noch ein wenig darüber aus, was seit unserem letzten Telefonat passiert war. Im Anschluss sprach ich noch kurz mit Mom, aber nach ein paar Minuten rissen Timothy und Leona ihr den Hörer aus der Hand, um mir eine gute Nacht zu wünschen, bevor sie sich auf den Weg in ihr Schlafzimmer machten. Ich fand es niedlich, dass sie sich ihr Zimmer freiwillig teilten, obwohl sie es nicht mehr mussten, seit ich ausgezogen war. Doch vermutlich war das bei Zwillingen in dem Alter vollkommen normal.

Als ich auflegte, fühlte ich mich mit einem Mal deutlich entspannter. So war es jedes Mal, wenn ich mit meiner Familie redete. Sie waren mein sicherer Hafen, und wenn ich mit ihnen sprach, dann konnte ich wenigstens ein paar Minuten lang alles andere vergessen. Ich konnte Kieran vergessen, an den ich in letzter Zeit viel zu oft dachte, und ich konnte Avery vergessen, die heute in den Blumenladen gestolpert war und unzählige Fragen aufgeworfen hatte.

Wieso hatte Kieran selbst ihr nichts von seinem Verschwinden aus Creekwood Hill erzählt? Was konnte nur passiert sein, dass er nicht darüber sprach?

Wie konnte es sein, dass Kieran in ihrer Nähe so … anders war? Er hatte sie umarmt und dabei gelächelt.

Ich verstand es nicht, aber ich wusste auch, dass es nichts brachte, über diese Dinge nachzudenken. Er würde mir vermutlich kaum antworten, wenn ich ihn danach fragte. Und er war leider der einzige Mensch, der mir diese Fragen hätte beantworten können.

Um mich auf andere Gedanken zu bringen, ging ich in die Küche und fischte eine XXL-Packung Eis aus dem Tiefkühlfach. Dann legte ich mich aufs Sofa und schaltete irgendeine Serie auf *Netflix* ein. Ich brauchte einfach nur die Hintergrundgeräusche, damit meine eigenen Gedanken mir nicht mehr so laut vorkamen.

Ich zuckte zusammen, als es an der Wohnungstür klopfte. Wer konnte das sein? Ich griff nach meinem Handy, um einen Blick auf die Uhr zu werfen. 00:23 Uhr.

Ich richtete mich auf, versuchte, meine zerzausten Haare zu richten, und wischte mir die letzten Reste des Schokoeises aus dem Mundwinkel. Dann presste ich mein Ohr gegen die Tür und lauschte. Vollkommene Stille.

»Wer ist da?«, fragte ich, und ich hasste es, dass meine Stimme so zitterte. Aber ich konnte es nicht unterbinden. Außer meiner Familie und Jo besuchte mich niemand. Vor allem nicht ohne Ankündigung.

»Kieran«, hörte ich ein ungeduldiges Brummen von der anderen Seite der Holztür, und mein Herz setzte einen Schlag aus.

Was zur Hölle machte er hier um diese Uhrzeit?

Ich öffnete die Tür. Und da stand er, und ich konnte nicht anders, als ihn anzustarren: seine schwarzen Locken, die unter der Kapuze hervorlugten. Dieser Dreitagebart, der ihm etwas Verwegenes verlieh. Die markanten Gesichtszüge, die seine dunklen Augen umspielten. Alles schien so wie immer zu sein, aber gleichzeitig war etwas anders.

Er räusperte sich, als wollte er etwas sagen, doch als er den Mund öffnete, kam da nichts.

»Möchtest du reinkommen?«, fragte ich ihn irgendwann.

Er zögerte kurz, schüttelte dann aber den Kopf. »Alles gut. Ich wollte nur kurz mit dir reden.«

»Mit mir reden?«, fragte ich ungläubig, weil es nicht unbedingt zu den Dingen gehörte, die er häufig tat. Und schon gar nicht freiwillig. Trotzdem war er hier.

Kieran nickte, ohne mich auch nur eine Sekunde aus den Augen zu lassen. Die meisten Menschen hätten es vermutlich unangenehm gefunden, auf diese Art und Weise von seinem Blick festgehalten zu werden, doch mit einem Mal spürte ich nur noch ein aufgeregtes Kribbeln in mir. Himmel, er war mir so verdammt nah, dass ich nur meine Hand hätte ausstrecken müssen, um damit durch seine perfekten Locken zu fahren. Und in diesem Moment war ich mir sicher, dass er es zulassen würde. Denn ich sah seine Augen, und aus irgendeinem Grund glaubte ich, dass sie heute weniger traurig waren als sonst.

Aber ich traute mich nicht. Manchmal wünschte ich, ich wäre eines dieser Mädchen gewesen, die den Mut hatten, sich zu nehmen, was sie wollten. Aber ich war unsicher und vorsichtig, und ich wusste, dass jeder Fehler dazu führen konnte, dass Kieran augenblicklich verschwand und mich die nächsten Tage erneut mit Schweigen strafte.

Ich hatte keine Ahnung, wie lange wir an der Türschwelle standen und uns anschauten. Aber jede einzelne Sekunde fühlte sich derart … vertraut an, dass ich den Moment nicht unterbrechen wollte. Ich wollte einfach nur hier stehen und ihn ansehen, und mir war es egal, wenn wir nicht miteinander sprachen, weil man manchmal schlicht und ergreifend keine Worte brauchte.

»Ich wollte mich wegen vorhin entschuldigen«, flüsterte er irgendwann. »Wegen der Sache mit Avery. Sie hätte nicht einfach so reinstürmen und Chaos stiften dürfen. Tut mir wirklich leid, dass du das miterlebt hast.«

»Solltest du dich deswegen nicht eher bei Jo melden?«, fragte ich. Schließlich war nicht ich seine Vorgesetzte, sondern sie.

»Aber Jo ist gerade nicht hier.«

»Richtig.«

»Und irgendwie hatte ich den Drang, darüber zu reden. Die ganze Situation vorhin war mir ein wenig unangenehm. Wie gesagt, tut mir wirklich leid.«

»Mach dir keine Gedanken. Ich mag sie.«

»Du kennst sie nicht.«

»Sie passt auf dich auf. Wie könnte ich sie nicht mögen?«

Ein paar Atemzüge lang sagte er nichts. Dann schüttelte er kurz den Kopf. »Avery schießt manchmal ein wenig übers Ziel hinaus«, erklärte er. »Sie meint es nur gut, aber hin und wieder übertreibt sie es einfach.«

»Ich glaube, die ganze Sache war dir unangenehmer als mir.«

Seine Mundwinkel zuckten, und auch ich musste lächeln. »Vermutlich hast du recht.«

»Außerdem kann ich sie verstehen.«

»Du kannst sie verstehen?«, hakte er nach, als hätte er sich verhört.

»Du hast Creekwood Hill einfach verlassen, ohne ihr eine Vorwarnung oder Erklärung zu geben?«

»Ja, schon. Aber ich musste es tun.«

»Du hättest mit ihr darüber reden sollen.«

»Nein.«

»Wieso?«

»Weil sie mich niemals hätte gehen lassen.«

»Vielleicht wäre es gar nicht so schlecht gewesen, dich ihr anzuvertrauen, statt die Dinge zu überstürzen. Warum hast du das gemacht?«

Obwohl ich ihn im Halbdunkel kaum erkannte, sah ich, wie den Bruchteil einer Sekunde etwas Dunkles über seine Züge huschte. »Weil ich dort nicht bleiben konnte, Liora.«

»Wieso?«

»Darüber spreche ich nicht mit dir.«

»Mit wem sprichst du dann darüber?«, fragte ich, weil mich immer mehr das Gefühl beschlich, dass er vollkommen auf sich allein gestellt gegen seine inneren Dämonen kämpfte.

»Mit niemandem.«

»Aber wäre es nicht einfacher für dich, wenn du dich jemandem anvertrauen würdest?«

»Nein.« Der scharfe Unterton in seiner Stimme ließ mich kurz zusammenzucken. Es war eine Antwort, die keinen Widerspruch duldete. Und trotzdem war ich aus irgendeinem Grund nicht bereit aufzugeben.

»Ich hab gesehen, wie sie dich anschaut. Du bedeutest ihr so viel, Kieran. Sie würde dich nicht verurteilen – egal, was passiert ist.«

»Ja, vermutlich bedeute ich ihr viel. Und genau da liegt das Problem.«

Es war traurig, ihn diese Worte aussprechen zu hören. »Das kannst du nicht ernst meinen.«

Er zuckte mit den Schultern. Da war so viel Hoffnungslosigkeit in ihm, und das wahre Ausmaß wurde mir in diesem Augenblick bewusst. Erst jetzt verstand ich, wie finster seine Welt aussehen musste.

»Du musst das nicht allein schaffen«, versuchte ich es erneut, obwohl ein Teil von mir bereits wusste, dass es sinnlos war. Er würde nicht auf mich hören.

»Doch, das muss ich. Vielleicht verstehst du es nicht, aber manchmal ist Alleinsein schlicht und ergreifend einfacher, als mit irgendwem über Probleme zu reden.«

Ich senkte den Blick und dachte über seine Worte nach. Sie taten weh, weil ich wusste, dass etwas Wahres daran war. Vielleicht schmerzte sprechen manchmal so sehr, dass schweigen allein die bessere Option war. Denn dann musste man seinen Schmerz nicht durch seine eigenen Worte erneut durchleben. Man musste sich nicht mit den Dingen auseinandersetzen, die einem so wehtaten.

Doch als ich den Blick wieder hob und Kieran in die Augen sah, wusste ich, dass ich ihn jetzt nicht allein lassen konnte. Es war mir egal, wie sehr er mich abwies. Früher oder später würde er sich mir gegenüber öffnen, da war ich mir sicher.

»Aber so muss es nicht immer sein, oder?« Meine Frage war kaum mehr als ein heiseres Flüstern, das wie Nebel zwischen uns hing.

Es folgte ohrenbetäubendes Schweigen.

»Nein, aber diesmal ist es so.«

Dann drehte er sich um und ging.

KAPITEL 13

Liora

Am nächsten Tag meldete Kieran sich krank. Jo, Rose und ich kamen zwar auch zu dritt mit der Arbeit klar, doch ich fragte mich, ob Kieran wirklich krank war oder ob er wegen unseres Gesprächs letzte Nacht heute nicht hier war.

Ich hatte keine Ahnung, doch ich beschloss, nach der Arbeit nach ihm zu sehen, um sicherzugehen, dass mit ihm alles okay war und er nichts brauchte.

Aber als ich am Abend an seine Tür klopfte, öffnete mir niemand. Ich wartete kurz, klopfte noch einmal, aber wieder mit demselben Ergebnis. Wo konnte er nur sein?

Doch dann kam mir ein Gedanke. Vielleicht war er völlig abwegig, aber was hatte ich schon zu verlieren?

Die Türen des Aufzugs glitten auseinander, und die kühle Abendluft schlug mir entgegen. Ich nahm mir ein paar Sekunden, um sie tief ein- und auszuatmen. Es war jedes Mal wieder ein atemberaubendes Gefühl, hier oben auf dem Sky Tower zu stehen.

Dann sah ich mich um, und …

Kieran.

Wie magnetisch angezogen fiel mein Blick auf ihn. Er saß an derselben Stelle, an der wir letztes Mal gesessen hatten, den Rücken gegen das Geländer gelehnt und in Gedanken versunken. Er bemerkte mich erst, als ich direkt vor ihm stand.

Überrascht schaute er zu mir hoch. »Was machst du denn hier?«

»Ich wollte nach dir sehen.«

Kieran griff nach dem Sicherheitsgeländer und zog sich hoch. »Woher wusstest du, dass ich hier bin?«

»War nur so ein Gefühl.«

Er sah mich an und nickte. Dann mischte sich eine andere Regung in seine dunklen Augen. »Wegen gestern … Es tut mir leid, wie ich reagiert habe. Ich wollte einfach nicht über diese Dinge reden.«

»Schon okay. Mir tut es leid, dass ich dich gedrängt habe.«

Wieder nickte er. Dann drehte er sich um, stützte sich mit den Unterarmen auf dem Sicherheitsgeländer ab und ließ seinen Blick über die Stadt unter uns gleiten.

Ich tat es ihm gleich. Es fühlte sich gut an, einfach nur neben Kieran zu stehen und die untergehende Sonne dabei zu beobachten, wie sie Northlake City und den Lake Beverly in ihr orangefarbenes Licht tauchte.

»Es hat gutgetan hierherzukommen«, sagte Kieran irgendwann.

Ich warf ihm einen knappen Seitenblick zu. »Ja?«

»Ja. Ich hatte einen miesen Tag. Und ein bisschen Heimweh. Hier oben zu stehen, hat geholfen.« Er hob den Kopf, bis er Richtung Himmel schauen konnte.

Wie von selbst breitete sich ein Lächeln auf meinem Gesicht aus. Er erinnerte sich also noch an das Heimweh und unser letztes Gespräch. »Das ist schön.«

Kieran sah mich an, und auch er lächelte, doch in seinem Blick lag noch immer ein Schmerz, der ihn aufzufressen schien. »Es ist echt mies, sie immer zu vermissen. Ich wünschte, es wäre alles irgendwie anders gekommen.«

Ich konnte ihn und diesen Wunsch so gut verstehen.

»Manchmal frage ich mich, ob ich irgendetwas hätte tun können.« Und dann veränderte sich etwas an seinem Ausdruck, was ich selbst nur zu gut kannte. Es war dieser Blick, der von Reue getränkt war. Von Bedauern, dass man nichts unternommen hatte, obwohl man eigentlich wusste, dass man es nicht hätte verhindern können. Man fragte sich insgeheim, ob man vielleicht eine Mitschuld trug. Und dann fing man aus irgendeinem Grund an, sie bei sich zu suchen.

»Ich weiß nicht, was mit deinen Eltern passiert ist, aber ich hoffe, du weist dir nicht selbst die Schuld zu, nur weil du verzweifelt nach einem Sündenbock suchst. Dinge geschehen, und es bringt nichts, nach einem Verantwortlichen oder einem Grund zu suchen. Man muss es einfach akzeptieren, weil man es nicht mehr ändern kann. Alles andere tut nur unnötig weh.«

Kieran betrachtete mich aus traurigen Augen, doch er sagte nichts, also sprach ich weiter.

»Eliza litt unter Mukoviszidose. Eine unheilbare und zudem tödliche Stoffwechselkrankheit. Sie litt ständig unter Atemwegsinfektionen, und glaub mir, ich habe mich Tausende Male gefragt, wieso ich gesund war, während sie ständig um ihr Leben kämpfen musste. Es gab Momente, in denen ich nicht einmal bei ihr sein durfte, weil es ihr nicht gut ging und das Risiko zu hoch war, sie mit irgendwas anzustecken. Ich habe andauernd nach einem Grund gesucht, aber den gab es natürlich nicht. Es war einfach so, und ich musste es schlicht und ergreifend hinnehmen, weil ich keine andere Wahl hatte. Ich habe mich verrückt gemacht, aber irgendwann – und damit meine ich nach einem langen Gespräch mit Eliza, in dem sie mich zurechtgewiesen hat – habe ich begriffen, dass man das Schicksal manchmal einfach akzeptieren muss, damit es einem besser geht.«

Kieran schluckte, und ich spürte, wie sich eine Träne aus meinem Augenwinkel löste. Doch im nächsten Moment waren da seine rauen Finger, die die Tränen wegwischten.

»Das tut mir unendlich leid«, murmelte er so leise, dass seine Worte beinahe vom Wind weggetragen worden wären. Doch ich hatte sie und die Aufrichtigkeit, die in ihnen lag, gehört. Denn er verstand mich. Er wusste, was Verlust war. Und obwohl wir auf den ersten Blick viel zu unterschiedlich wirkten, war das eine Sache, die uns miteinander verband.

»Danke.«

Im nächsten Moment wich Kieran einen Schritt zurück und sah mir tief in die Augen. »Der Tod meiner Mutter war ein Unfall.«

»Warte«, unterbrach ich ihn. »Ich will nicht, dass du dich dazu verpflichtet fühlst, mir von deinen Eltern zu erzählen, nur weil ich dir von Eliza erzählt habe.«

»Schon gut. Ich möchte das.« Entschlossenheit flackerte wie ein unbändiges Feuer über sein Gesicht.

»Sicher?«

Kieran nickte und atmete tief durch. Dann erzählte er weiter. »Damals war ich zwanzig. Ich habe Dad geliebt, aber Mom und ich, wir waren einfach unzertrennlich. Sie war die Beste, und das nicht nur für mich. Es gab niemanden, der sie nicht vergöttert hat. Sie hatte einfach dieses Herz aus Gold.« Einen Moment hielt er inne, als würde er in Erinnerungen schwelgen. Sein Blick driftete in die Ferne, und er begann leicht zu lächeln. »Jedenfalls gab es damals dieses Unwetter, und unser Dach ist dadurch beschädigt worden. Es hat immer ins Haus hineingeregnet. Wir hatten die Handwerker zwar schon informiert, aber es waren so große Schäden in der ganzen Stadt entstanden, dass wir uns noch eine Weile gedulden mussten. Drei Tage nach dem Unwetter hat es wieder geregnet. Ein harmloser Regen.« Kieran stieß ein verbittertes Schnauben aus. »Na ja, im Endeffekt war er doch nicht so harmlos. Jedenfalls ist es in unserem Flur nass geworden. Mom hat gerade nach mir gesehen, um mir Gute Nacht zu sagen, wie sie es jeden Abend gemacht hat. Dann hat sie meine Zimmertür geschlossen, und auf dem Weg zum Zimmer ist sie auf dem nassen Boden ausgerutscht und die Treppe hinabgefallen.«

Tränen schimmerten in Kierans Augen, als ich einen Schritt auf ihn zuging und ihn umarmte. Ein paar Herzschläge lang hatte ich Angst, er würde in seinen eigenen Erinnerungen ertrinken, weil er nicht auf meine Umarmung reagierte. Doch dann spürte ich, wie seine Arme sich um mich legten.

»Alles okay?«, wisperte ich.

Kieran nickte kaum merklich. Dann löste er sich von mir. »Mom hat durch den Sturz ein schwerwiegendes Schädel-Hirn-Trauma erlitten, und die Ärzte konnten ihr nicht mehr helfen. Es war schon zu spät für sie.«

»Kieran …«, flüsterte ich atemlos, weil seine Worte so hoffnungslos klangen, doch er unterbrach mich mit einem Kopfschütteln.

»Mein Dad ist daran zerbrochen. Er hat die Liebe seines Lebens verloren, und ab diesem Zeitpunkt ist er nur noch ein Schatten seiner selbst gewesen. An ihrem ersten Todestag hat er sich selbst das Leben genommen.«

Und mein Herz stand still.

Eine Sekunde.

Zwei Sekunden.

Drei …

»Kieran … Ich …«

»Ich weiß, Liora.«

»Es tut mir so leid.« Meine Stimme brach.

Ein trauriges Lächeln trat auf sein Gesicht, und mein Brustkorb wurde schwer. »Dinge geschehen, und man muss sie einfach akzeptieren, weil man sie nicht mehr ändern kann. Alles andere tut nur unnötig weh.«

»Du hast das nicht verdient«, flüsterte ich.

»Niemand hat so etwas verdient, aber es passiert. Vielleicht sollten wir einfach das Beste aus der Situation machen. Wir sind auf dem Sky Tower, also lass uns etwas gegen unser Heimweh tun.« Er sagte es mit einem Lächeln, in dem sich Trauer und Zuversicht verbargen. Hoffnung und Schmerz.

Ich wischte die Tränen weg, die sich in meinen Augenwinkeln gesammelt hatten, und nickte ihm zu.

Er atmete noch einmal tief durch. Dann sah er mich an, und zwischen all dem Schmerz erkannte ich den Kieran, von dem ich glaubte, dass er der echte war. »Darf ich dich um einen Gefallen bitten?«

»Klar, was für einen?«

»Noch eine Umarmung … zumindest, wenn dir das recht ist.«

Ich tat es, ohne darüber nachzudenken.

Denn ich würde es immer wieder tun, wenn es ihm half, ein paar Sekunden den Schmerz zu vergessen.

Und wenn es unseren Herzen half, ein paar Takte lang leichter zu schlagen.

KAPITEL 14

Kieran

Ich kannte nicht viele Menschen, die mit ihren Blicken hätten töten können, doch in diesem Augenblick wurde mir bewusst, dass Avery einer von ihnen war. Das leichte Stirnrunzeln, die zusammengekniffenen Augen und die harten Züge in ihrem Gesicht ließen mich schwer schlucken.

»Wie oft soll ich mich noch entschuldigen?«, fragte ich, während wir durch die Straßen von Northlake City schlenderten. Obwohl ich mich hier kaum auskannte, hatte ich mich dazu entschlossen, ihr die wenigen Orte zu zeigen, die ich bisher gesehen hatte.

»Du kannst dich von mir aus noch hundertmal entschuldigen. Ich bin wütend, und das wird sich so schnell nicht ändern, mein Freund.«

»Immerhin sind wir anscheinend noch Freunde.« Ich grinste verschmitzt, weil es gerade viel zu einfach war, sie zur Weißglut zu treiben.

Sie verdrehte die Augen.

»Schon gut.« Ich hob beschwichtigend die Hände.

Ein paar Minuten lang spazierten wir schweigend nebeneinanderher. Dann bogen wir rechts ab, und im nächsten Moment standen wir auch schon vor *Dave's Diner*. Wir nahmen in dem kleinen Lokal Platz und gaben unsere Bestellung auf. Avery ließ ihren Blick durch das Diner gleiten, bevor er wieder auf mir zur Ruhe kam.

»Scheint ein netter kleiner Laden zu sein.«

Ich nickte. »Das Essen ist wirklich gut. Ich war letztes Mal mit Liora hier.«

»Aha.«

»Was heißt *aha*?«

Sie zwinkerte mir zu. »Du warst also mit *Liora* hier.«

Ich warf ihr einen Blick aus zusammengekniffenen Augen zu. Mir gefiel ganz und gar nicht, in welche Richtung sich dieses Gespräch entwickelte. »Wenn du etwas sagen willst, dann sprich es aus.«

Sie beugte sich ein Stück vor, und jetzt erkannte ich das neugierige Funkeln in ihren Augen. »Magst du Liora?«

Ich schnaubte. »Wie kommst du darauf?«

»Na ja, wir haben unsere Verabredung heute um eine Stunde verschoben, weil du gestern Abend erst so spät von einem Treffen mit ihr zu Hause warst. Und du trägst die ganze Zeit dieses dümmliche Grinsen auf den Lippen.«

»Das bildest du dir nur ein.«

Sie schüttelte den Kopf. »Das tue ich nicht, und wir wissen es beide.«

»Ich muss sagen, die wütende Avery hat mir besser gefallen.«

»Pech gehabt. Man kann im Leben nicht alles haben.«

Die Kellnerin trat an unseren Tisch, und im nächsten Moment stieg mir auch schon der himmlische Duft nach frisch gebackener Pizza in die Nase.

Wir stürzten uns auf unser Essen, und insgeheim hoffte ich, dass Avery nicht weiter nachhaken würde. Doch als wir aufgegessen hatten, fixierte sie mich direkt wieder mit ihrem Blick.

»Kommen wir noch mal auf das alte Thema zurück.«

»Avery«, seufzte ich, doch sie ließ meinen Protest gar nicht erst zu.

»Was habt ihr sonst noch so unternommen?«

Ich hatte keine richtige Lust, mit ihr darüber zu reden, aber ich wusste, dass sie keine Ruhe geben würde, bis ich ihr nicht alles erzählt hatte. »Eigentlich nichts Besonderes. Nachdem wir essen waren, waren wir noch auf dem Sky Tower. Das ist die Aussichtsplattform auf dem hohen Turm nahe der Stadtmitte. Wir haben nur ein wenig gequatscht. Genau wie letzte Nacht.«

Unwillkürlich musste ich an die letzte Nacht denken, und ein warmes Gefühl breitete sich in mir aus. Ich hatte Liora von den schmerzhaftesten Erfahrungen meines Lebens erzählt, und sie hatte mir beigestanden. Mehr noch. Sie hatte mich verstanden, weil sie Ähnliches durchlebt hatte. Sie konnte meinen Schmerz nachvollziehen, und irgendwie war es schön gewesen, mich ihr anzuvertrauen. Obwohl ich es nicht erwartet hatte, hatte ich jetzt das Bedürfnis, wieder ein solches Gespräch mit ihr zu führen.

»Und grinst du immer so breit, wenn du mit anderen Leuten *nur ein wenig quatschst*?«

»Ach, sei still.«

Sie lachte. »Lass uns mal darüber reden, wie du dich dabei fühlst.«

»Da gibt es nichts zu besprechen«, erwiderte ich.

»Bist du sicher?«

»Ja.«

»Wer hätte das gedacht? Unser Kieran leidet unter einem schweren Anfall von Verlieberitis.«

»Du übertreibst maßlos.«

Sie zog eine Augenbraue hoch. »Tu ich das? Oder ist das vielleicht wieder einer dieser Momente, in denen ich dich besser kenne als du dich selbst?«

»Nein.«

Sie sah mich spöttisch an.

»Gott, Avery, was willst du von mir hören?«, brummte ich genervt.

»Wie wäre es mit der Wahrheit?«

»Gut, ich mag Liora. Zufrieden?«

Sie grinste. »Fast. Jetzt musst du mir nur noch verraten, wie sehr du sie magst.«

»Sie ist nett. Das war's. Okay?«

Die Worte schmeckten bitter auf meiner Zunge, weil ich in diesem Moment das Gefühl hatte, dass sie nicht mit der Wärme vereinbar waren, die ich spürte, wenn ich an letzte Nacht dachte. Und das bedeutete, dass meine Worte vielleicht nicht der Wahrheit entsprachen. Zumindest nicht der ganzen Wahrheit. Denn wenn ich an Liora dachte, dann sah ich so viele Dinge an ihr, die mehr als nur nett waren. Sie war einfach ein herzensguter Mensch, und ich hatte in der letzten Zeit das Gute in ihr zu schätzen gelernt.

Aber es war nicht nur so, dass ihre gutherzige und liebenswerte Art und ihre Leidenschaft für Blumen mich für sie einnahmen. Letzte Nacht hatte sie mir gezeigt, dass sie auch noch verständnisvoll war, und ich liebte diese winzigen Momente, in denen wir unseren Schmerz geteilt hatten. Die wenigen Augenblicke, in denen sie mir das Gefühl gegeben hatte, verstanden zu werden und nicht allein zu sein.

»In Ordnung.« Sie schenkte mir ein sanftes Lächeln, und ich war froh, dass sie das Thema fürs Erste fallen ließ.

Vielleicht hatte sie gemerkt, dass ich nicht dazu bereit war, weiter über Liora zu sprechen. Denn wenn ich ehrlich war, dann wusste ich selbst nicht genau, was das zwischen uns war. Bis gestern hätte ich noch darauf geschworen, dass wir nur Arbeitskollegen waren. Dass sie mich nur so faszinierte, weil ich noch nie einen Menschen getroffen hatte, der meine Leidenschaft für die Floristik auf dieselbe Art und Weise teilte. Doch jetzt konnte ich wohl kaum abstreiten, dass ich sie mochte. Sie hatte mir ein Gefühl von Sicherheit und Geborgenheit gegeben, von dem ich nicht gedacht hätte, dass ich es an ihrer Seite verspüren würde. Gleichzeitig war da dieser Teil in mir, der dieses Gefühl nicht zulassen wollte. Weil ich Angst hatte. Weil ich aus irgendeinem Grund glaubte, dass es immer mit Schmerz verbunden war, wenn man mich liebte.

»Guck bitte nicht so traurig.«

Ich hob den Blick und sah direkt in warme haselnussbraune Augen. Ein sanftes Lächeln umspielte Averys Lippen, und ich konnte gar nicht anders, als ebenfalls zu lächeln. Es waren nur wenige Tage gewesen, die wir keinen Kontakt gehabt hatten, doch hier und jetzt wurde mir bewusst, wie froh ich war, dass sie mich gefunden hatte. Sie war vermutlich der einzige Mensch, der mich davon abhalten konnte, mich in der Dunkelheit meiner Gedanken zu verirren.

»Ich hab eine Idee.«

Fragend musterte ich sie.

»Ich weiß, was dir helfen wird. Lass dich überraschen.« Im nächsten Moment legte sie ein paar Scheine auf den Tisch, griff nach meiner Hand und zog mich aus dem Diner.

»Scheiße, ich glaube, ich habe das verlernt«, fluchte ich, als ich eine Stunde später dank Avery und der Hilfe von Google auf Schlittschuhen stand. Meine Kufen kratzten über das Eis, und jedes Mal, wenn ich dachte, ich hätte den Bogen raus, geriet ich ins Straucheln.

»So was verlernt man nicht.« Avery glitt über die Fläche, als hätte sie in ihrem Leben niemals etwas anderes getan. Und ich fragte mich, wie es sein konnte, dass sie so gut war, obwohl wir beide zuletzt vor vier Jahren auf dem Eis gestanden hatten.

»Vielleicht gilt das für andere, aber ich habe es definitiv verlernt.«

»Quatsch.« Im nächsten Moment stand sie vor mir und griff nach meinen Händen. Sie fuhr rückwärts und zog mich dabei mit sich, bis sich mein Gleichgewichtssinn langsam besserte. Als ich das Gefühl bekam, selbstständig über das Eis gleiten zu können, ließ sie meine Hände los.

Ich brauchte ein paar Minuten, doch langsam kam ich wieder rein. Irgendwann war es so, als hätte ich niemals mit dem Schlittschuhlaufen aufgehört. Ich flog über das Eis, beschleunigte das Tempo, zog langsame Kreise, ließ mich treiben, und jede einzelne Sekunde fühlte sich nach purer Freiheit an. Ich liebte den eiskalten Fahrtwind, der mir ins Gesicht schlug. Die Leichtigkeit jeder einzelnen Bewegung.

»Ich wusste doch, dass du es draufhast.« Avery klatschte begeistert in die Hände.

Und sie hatte recht behalten, als sie vorhin gesagt hatte, es würde mir helfen. Aus irgendeinem Grund konnte ich meine Gedanken ausschalten. Es war, als würde mich das Eislaufen vollkommen für sich einnehmen.

»Und jetzt rückwärts!«, rief Avery.

Ich drehte den Kopf zur Seite und warf ihr einen skeptischen Blick zu. »Ich hab gerade erst das Vorwärtsfahren wieder gelernt. Ich gehe es lieber langsam an.«

Im nächsten Moment stieß ich mit jemandem zusammen.

Liora

Scheiße! Was zur Hölle?

Ein erstickter Schrei entwich mir, als ich mit voller Wucht in die Seite getroffen wurde. Ich schlug auf und schlitterte noch ein Stück über die gefrorene Fläche, bevor ich zum Stillstand kam. Mein Kopf pochte, und außerdem war da dieser stechende Schmerz in meiner Schulter.

»Snowflake?!«

Ich öffnete die Augen und sah Jo, die vor mir in die Knie gegangen war. Ihre Augen waren weit aufgerissen und das blonde Haar zerzaust. Ein alarmierter Ausdruck lag auf ihrem Gesicht.

»Ist alles gut?«

Ich nickte, obwohl da noch immer dieses unerträgliche Pochen hinter meiner Stirn war. Doch irgendwie konnte ich gerade keinen klaren Gedanken fassen. Alles um mich herum schien sich zu drehen, und ich musste ein paarmal tief durchatmen, damit mein Verstand sich wieder klärte.

Im nächsten Augenblick fuhr Jo zu der Person herum, die mich umgestoßen hatte. »Passen Sie doch auf! Sie können doch nicht einfach … Kieran?!«

Kieran?

Oh mein Gott! Kieran!

Ich richtete mich auf, strich mein Haar glatt und klopfte den pulverartigen Schnee von meiner Kleidung.

»Alles gut«, wisperte ich atemlos, doch Kieran hatte sich bereits in Bewegung gesetzt und stand wenige Wimpernschläge später neben mir. So nah, dass sein mittlerweile fast schon vertrauter Geruch mir in die Nase stieg. Herb, leicht verraucht und etwas, was ganz Kieran war.

»Bist du sicher?« Sanft umfasste er meinen Oberarm, und ein aufgeregtes Kribbeln breitete sich lauffeuerartig auf meinem gesamten Körper aus. Sein prüfender Blick glitt an mir auf und ab.

Ich hielt die Luft an. Keine Ahnung, wieso ich das tat, aber ich hatte es nicht unter Kontrolle. Dafür waren meine Sinne viel zu sehr auf Kieran ausgerichtet, und ich fragte mich, ob es ihm wohl auch so ging. Ob er in meiner Nähe ebenfalls spürte, dass sich etwas zwischen uns … verändert hatte.

Vielleicht lag es an der letzten Nacht. Daran, dass wir ehrlich gewesen, einen Teil unserer Geschichte offenbart und einander gehalten hatten. Wenn ich daran dachte, setzte mein Herz einen Schlag aus. Irgendwie war dieses Gefühl ungewohnt, aber mindestens genauso sehr gefiel es mir.

Als ich ihm nicht antwortete, fing er an, mich nach oberflächlichen Verletzungen abzusuchen. Er umfasste mein Kinn, drehte meinen Kopf leicht zur Seite, als würde er nach irgendwelchen Schrammen suchen, und tastete meine Arme ab. Als er an meiner Schulter ankam, sog ich scharf Luft ein.

»Du hast Schmerzen«, stellte er fest.

»Ein wenig, ja.«

Seine nächste Berührung ließ mich erneut zusammenzucken. »Scheiße, es tut mir echt leid. Ich hab nur kurz nicht aufgepasst.«

Ich hob den Kopf, und als mein Blick sich mit seinem verhakte, erkannte ich die Reue, die darin lag. Die Vorwürfe, die er sich selbst machte.

»Ist wirklich nicht weiter schlimm. So was passiert nun mal.«

Er bedachte mich mit einem wenig überzeugten Blick.

»Mir geht es gut«, erwiderte ich mit Nachdruck, damit er mir glaubte.

Ein paar Sekunden lang schwieg er nur. Seine Züge waren angespannt, und ich erkannte, dass er sich nicht sicher war, ob er mir glauben konnte. Doch für den Moment schien er nachzugeben, denn er seufzte kurz und schenkte mir daraufhin ein knappes Nicken.

Und dann ließ uns ein leises Räuspern herumfahren.

Ich blickte Jo und Avery entgegen, die uns musterten und wissend grinsten.

»Wir wollen diesen Moment der Zweisamkeit ja nun wirklich nicht stören, aber ihr steht mitten auf der Eisfläche«, merkte Avery an. »Vielleicht solltet ihr euch eine kleine Auszeit nehmen und euch auf die Tribüne setzen. Zumindest solange Liora noch Schmerzen hat.«

Diesen Moment der Zweisamkeit …

Ich spürte, wie ich langsam rot wurde. Mein Gesicht glühte, und mit einem Mal nahm ich den Schmerz in meiner Schulter kaum noch wahr. Und als ich noch einen kurzen Blick in Averys Richtung riskierte, war ich sicher, dass ihr Augenzwinkern meinen Kopf endgültig in Flammen aufgehen ließ.

Was hatte Kieran ihr erzählt?

»Ich hab nichts damit zu tun«, sagte er, als hätte er meine Gedanken gelesen. »Das entsteht alles in ihrem Kopf. Das ist der reinste Dschungel an kitschigen Lovestorys und Drama da oben.«

»Ganz sicher nicht. Ich habe nur die Daten durch meine scharfsinnige Beobachtung erfasst, verarbeitet und sie jetzt mit euch geteilt. Dieser Service ging ausnahmsweise aufs Haus. Ihr könnt euch später bei mir bedanken.«

»Liora ist zwar diejenige, die gestürzt ist, aber langsam bekomme ich auch Kopfschmerzen.« Kieran griff nach meiner Hand und zog mich vom Eis – ohne Avery eines weiteren Kommentars zu würdigen.

Obwohl seine Berührung kaum länger als ein paar Sekunden gedauert hatte, spürte ich noch immer ein Prickeln auf meiner Haut, als wir kurze Zeit später auf der Tribüne saßen und auf die Eisfläche hinabblickten.

»Ich wusste gar nicht, dass du eisläufst«, sagte er nach einer Weile.

»Ich stand schon als kleines Kind auf dem Eis. Eliza und ich haben damals zusammen angefangen. Irgendwie war das Eislaufen etwas Besonderes für uns. Es waren immer so unbeschwerte Momente zwischen ihr und mir.«

»Das klingt schön.« Seine Stimme war rau und kaum mehr als ein Flüstern.

»Das war es auch.« Ich umfasste den Schneeflockenanhänger an meinem Hals. »Diese Kette hat sie mir damals geschenkt. Ich nehme sie fast nie ab, weil es sich anfühlt, als wäre Eliza ein wenig näher bei mir, wenn ich sie trage. Sie war es auch, die mir den Spitznamen Snowflake gegeben hat. Seitdem nennen mich alle so. Jo, Tessa, meine Eltern …« Ein Lächeln schlich sich auf mein Gesicht, doch es fühlte sich unfassbar traurig an. »Sie meinte, dass ich über das Eis gleite wie eine Schneeflocke durch die Lüfte.«

»Klingt sehr poetisch.«

Ich lachte. »Eliza war vieles. Aber ob sie eine Poetin war? Vermutlich eher nicht. Trotzdem war sie der Mensch, der mir von allen am nächsten stand, und in Augenblicken wie diesen – wenn ich etwas tue, was sie geliebt oder sonst immer mit mir zusammen getan hat –, dann spüre ich ihre Abwesenheit noch ein wenig deutlicher.«

»Ich weiß genau, was du meinst. Es sind immer die Kleinigkeiten, die einem am meisten fehlen und am schlimmsten wehtun.«

Ich atmete tief durch und versuchte, die bittersüßen Gedanken an sie ein wenig zu verdrängen. Obwohl ich es liebte, dass Kieran mich auf diese Art und Weise verstand, redeten wir vielleicht doch zu oft über unsere Verluste. Ich wollte nicht, dass das die einzige Verbindung zwischen uns blieb, denn es gab noch so viele andere Dinge, die ich über ihn wissen wollte.

»Wie bist du zum Eislaufen gekommen?«, fragte ich ihn also.

»Das weiß ich gar nicht mehr so genau. Avery und ich haben uns einfach zwischendurch auf dem Eis die Zeit vertrieben, und mit der Zeit habe ich es lieben gelernt. Ich muss aber zugeben, dass ich schon seit ein paar Jahren nicht gelaufen bin. Ich hatte immer so viel zu tun, dass es leider zu kurz gekommen ist.«

»Das dachte ich mir schon fast. Jemand, der noch immer regelmäßig auf dem Eis steht, hätte mich bestimmt nicht so über den Haufen gefahren.«

Kieran kniff die Augen zusammen und warf mir einen gespielt finsteren Blick zu, doch ich konnte mir ein Lachen nicht verkneifen. Und obwohl er sich wirklich bemühte, erkannte ich das leichte Zucken seiner Mundwinkel.

Der Schmerz in meiner Schulter ließ langsam nach, doch verschwand nicht vollständig, weswegen wir noch eine Weile sitzen blieben. Wir unterhielten uns, und irgendwie war alles ein bisschen mehr okay als sonst.

Bitte mehr solcher Momente, Kieran …

KAPITEL 15

Kieran

Was wäre, wenn ich es einfach zulassen würde?

Seit gestern Abend raste dieser Gedanke wie in Endlosschleife wieder und wieder durch meinen Kopf. Und obwohl ich mich am Anfang dagegen gewehrt hatte, spürte ich, wie mein Widerstand langsam bröckelte.

Ich dachte an gestern. An Liora und wie ich sie in der Eislaufhalle umgestoßen hatte. Dachte daran, wie wir uns auf der Tribüne unterhalten hatten. Und ich hatte es, ohne zu zögern, zugelassen, weil es sich einfach gut angefühlt hatte. Es war, als würde ich mit jeder Kleinigkeit, mit jedem Detail, das ich über sie erfuhr, ein wenig mehr in ihren Bann gezogen. Und ich fragte mich, wie es wohl wäre, wenn ich mich darauf einließe. Insgeheim war da der Gedanke, dass ich nicht richtig für sie wäre, doch was würde passieren, wenn ich diesen Gedanken verwarf und einfach nur in diesem Moment lebte?

Kein Mensch war perfekt, ich ebenso wenig. Und ich sollte aufhören zu denken, dass sie mir nicht näherkommen durfte, weil ich nicht gut genug war.

»Woran denkst du gerade?«

Ich hob den Blick und schaute in eisblaue Augen. Liora lächelte mich angestrengt an, während sie einen schweren Sack Blumenerde umklammerte.

»Warte, ich helfe dir.« Ich machte einen Schritt auf sie zu, nahm ihr den schweren Beutel ab und warf ihn mir in einer fließenden Bewegung über die Schulter. Mit einem Mal war da ein blumiger Duft, von dem ich mir sicher war, dass er von Liora ausging, und für einen winzig kleinen Moment keimte wieder dieser Fluchtimpuls in mir auf, weil ich diesen Duft zu sehr liebte. Doch diesmal kämpfte ich dagegen an. »Du riechst gut«, hörte ich mich im nächsten Augenblick auch schon sagen.

Liora zog verblüfft die Augenbrauen hoch. Nur den Bruchteil einer Sekunde, doch ich hatte es bemerkt. Dann war da wieder dieses warme Lächeln, das etwas tief in mir berührte. »Danke.«

Ein paar Herzschläge lang schwiegen wir. Vielleicht weil wir nicht genau wussten, was wir sagen sollten. Vielleicht aber auch, weil wir ganz genau wussten, dass wir hier und jetzt nichts zu sagen brauchten.

»Trägst du den vielleicht für mich nach hinten?« Sie deutete mit dem Finger auf die Blumenerde.

Ich nickte, schob mich an dem Vorhang vorbei und legte den Sack auf der Arbeitsplatte ab. »Was hast du damit vor?«

»Nichts Besonderes. Ich möchte nur ein paar Pflanzen umtopfen. Manche sind in der letzten Zeit echt verdammt groß geworden und bräuchten mal wieder einen größeren Topf.«

»Wenn du magst, helfe ich dir.«

Wieder war da dieser Ausdruck von Überraschung, der über ihre Züge glitt. »Klar. Wenn du gerne mit deinen Händen in Erde rumwühlst.«

Ich riss den Sack am oberen Ende vorsichtig auf. »Ich wäre ganz bestimmt kein Florist geworden, wenn ich Probleme mit Blumenerde hätte. Keine Sorge, ich bin ein Profi im Umtopfen von Pflanzen.«

»Ich mache mir keine Sorgen. Du siehst aus, als ob du sehr geschickte Finger hättest.«

Ich warf ihr ein selbstgefälliges Grinsen zu, und als sie sich der Doppeldeutigkeit ihrer Worte bewusst wurde, war da mit einem Mal diese dunkle Röte auf ihren blassen Wangen.

»Sorry, so war das … also …«, stammelte sie überfordert vor sich hin.

Ich lachte laut auf. »Schon gut. Außerdem hast du nicht ganz unrecht.« Ich warf ihr ein verstohlenes Augenzwinkern zu, und obwohl ich es nicht für möglich gehalten hätte, wurde das Rot auf ihren Wangen noch eine Spur dunkler. »Okay, ich hör auf, bevor dein Kopf noch in Flammen aufgeht. Wie geht es eigentlich deiner Schulter?«, wechselte ich das Thema.

»Als wäre nichts gewesen.« Wie zum Beweis ließ sie ihr Schultergelenk ein wenig kreisen. »Gestern Abend hat es noch etwas wehgetan, aber ich hab es gekühlt. Und heute Morgen war dann wieder alles okay.«

»Das ist gut.«

»Ja. Das bedeutet, dass deine mittelmäßigen Fähigkeiten auf dem Eis mir keine langfristigen Schäden zugefügt haben.« Ich erkannte die Herausforderung in ihrem Blick. Es war eine mutige Seite an ihr, die ich irgendwie mochte. So wie eigentlich alles an ihr.

»Mittelmäßige Fähigkeiten auf dem Eis?« Ich griff nach einem Klumpen Blumenerde und warf ihn nach ihr.

Sie wich gerade noch rechtzeitig aus und bedachte mich mit einem strafenden Blick, während sie versuchte, nicht zu grinsen. »Wenn Jo das gesehen hätte, dann hätten wir ein Problem.«

»Jo ist aber nicht hier.« Ich holte aus und warf die nächste Ladung nach ihr – wieder erfolglos.

»Aber Jo ist nicht blind«, erwiderte sie. »Überall klebt Erde. Sie wird es bemerken.«

»Nicht, wenn ich gleich alles wieder sauber mache.« Ich formte einen weiteren Erdball und schleuderte ihn auf Liora.

Sie wich aus, und im selben Moment wurde der Vorhang zur Seite geschoben. *Oh nein, Rose …*

»Was zur Hölle macht –« Im ersten Moment rief sie noch, im nächsten traf das Geschoss sie mitten ins Gesicht. Sie blieb reglos stehen, und ich schluckte schwer.

»Rose?«, fragte Liora zögerlich. »Alles okay?«

Und dann brannte bei Rose die Sicherung durch. »Wollt ihr mich verarschen? Ich stehe vorne und kümmere mich ganz allein um die gesamte Verkaufsfläche und die Kunden, während ihr hier hinten wie zwei Volldeppen mit Erde um euch schmeißt? Gott, euch ist einfach nicht mehr zu helfen.« Sie rieb sich die Erde aus dem Gesicht und verschwand dann ins Bad, um den Rest abzuwaschen.

Liora und ich sahen uns an.

Sie verzog das Gesicht. »Scheiße, ich kann nicht glauben, dass das gerade passiert ist!«

»Ich hatte ja keine Ahnung, dass sie plötzlich dort stehen würde. Ich hatte auf dich gezielt!« Ich wollte nach Rose sehen, doch als ich einen Blick auf die Uhr warf, bemerkte ich, dass mir dafür keine Zeit blieb. »Mist! Ich sollte langsam mal anfangen, hier aufzuräumen. Jo wird bald zurück sein, und wenn sie den Laden so vorfindet, brauchen wir einen neuen Job.«

Liora

»Na, gab es Schwierigkeiten, während ich weg war?«, fragte Jo rund eine halbe Stunde später, als sie durch die Ladentür trat.

»Natürlich nicht«, schaltete Kieran sich ein, der mittlerweile neben mir hinter der Theke stand. Er hatte sein unschuldigstes Lächeln aufgesetzt.

Rose gab ein unverständliches Grummeln von sich, doch Jo beachtete sie zum Glück nicht weiter.

Bevor Rose es sich doch noch anders überlegte und uns auffliegen ließ, wechselte ich schnell das Thema. »Wie war dein Date mit Kaden?«

Jo grinste breit, und eigentlich war das schon Antwort genug. »Großartig. Wir sind erst am Lake Beverly entlangspaziert. Dann hat er mich in ein superschickes italienisches Restaurant ausgeführt. Ich hab schon lange nicht mehr so gut gegessen!«

»Klingt perfekt.«

»War es auch.« Jo ließ ihren verträumten Blick durch das *Golden Flower* schweifen. Irgendwie beschlich mich das Gefühl, dass sie mit ihren Gedanken gerade gar nicht hier war.

Ich räusperte mich kurz, und sie zuckte zusammen.

»Entschuldige, hast du etwas gesagt?«

»Nein, hab ich nicht.« Ich unterdrückte mein Lachen mit aller Macht. In diesem Moment wirkte Jo wie eine frisch verliebte Teenagerin, die mit dem Kopf über den Wolken schwebte. Ich freute mich so sehr für sie, weil ich wusste, wie hart die Zeit nach Elizas Verlust für sie und Kaden gewesen war. Die meiste Zeit über hatte Jo stark sein wollen, weil sie das Gefühl hatte, mich beschützen zu müssen. Sie hatte unter diesem Vorwand ihre Trauer vermeintlich mir zuliebe unterdrückt, aber ich wusste, dass ihre Seele gelitten hatte. Und auch die tiefen Furchen unter Kadens Augen hatten für sich gesprochen. Nach dieser harten Zeit hatten sie alles Glück dieser Welt verdient.

»Na ja, wie auch immer. Rose, du kannst schon Feierabend machen. Ich bin ja jetzt da.«

Sie nickte dankbar und war wenige Minuten später verschwunden.

Die nächste Stunde verging quälend langsam, was daran lag, dass wir praktisch nichts zu tun hatten. Kieran und ich hatten die Pflanzen bereits umgetopft, den Aufenthaltsraum aufgeräumt, die Schnittblumen für morgen bestellt und auch sonst ein wenig Ordnung ins Chaos auf der Verkaufsfläche gebracht. Und weil sich keine Kunden mehr blicken ließen, standen wir alle in der Gegend herum, bis die Tür aufschwang und ein junger Mann eintrat.

Er war etwa so alt wie ich und kam mir ziemlich bekannt vor. Kurzes schwarzes Haar, schlank, hochgewachsen und Augen, die nicht auffälliger hätten sein können. Irgendetwas zwischen Grün und Grau mit einem hellen Schimmern.

Woher kannte ich ihn bloß?

Er sah sich ein paar Minuten lang im Laden um. Dann kam er geradewegs auf uns zu.

»Entschuldigung, würdet ihr mir einen Blumenstrauß binden?«

Ich nickte, während ich sein Gesicht noch immer nach irgendwelchen Details abscannte, die mir seine Identität verrieten.

Auch er musterte mich. Er studierte mein Gesicht, sagte ein paar Sekunden lang gar nichts, aber dann flackerte aus dem Nichts Erkenntnis in seinen Augen auf.

»Liora White?«

»Ja?«

»Ach, wie klein die Welt doch ist, nicht wahr?« Seine Lippen verzogen sich zu einem Grinsen, das mir einen kalten Schauer über den Rücken jagte. Er sah mich weiterhin an, doch seine Blicke fühlten sich wie Säure auf meiner Haut an. Ich wusste nicht, woran es lag, doch er war einer dieser Menschen, in deren Gegenwart ich mich augenblicklich unwohl fühlte.

»Tut mir leid, aber ich kann dich gerade leider nicht richtig zuordnen. Du müsstest mir vielleicht auf die Sprünge helfen.«

Er lachte. »Ich hätte dich auch fast nicht wiedererkannt. Du sahst früher noch ein wenig anders aus.«

Ich schluckte schwer. Er kannte mich. Keine Ahnung, woher, aber es war so. Und anscheinend erinnerte er sich noch an die Zeiten, in denen ich es gehasst hatte, ich selbst zu sein.

Nur am Rande nahm ich die neugierigen Blicke von Kieran und Jo wahr. Ich war froh, dass sie in diesem Augenblick beide bei mir waren. Sie gaben mir Rückendeckung, auch wenn sie es vielleicht nicht wussten.

»Matt«, half er mir auf die Sprünge. »Wir waren zusammen auf der Highschool. Ich war im Basketballteam und du … Keine Ahnung, was du gemacht hast. Oder ob du überhaupt irgendetwas gemacht hast, außer über Wiesen zu hüpfen und Blumen zu pflücken.«

Ich versteifte mich augenblicklich, als die Erinnerungen an Matt emporschossen. Daran, wie er und seine Freunde sich über mich lustig gemacht hatten. Wie sie mir fiese Sprüche hinterhergerufen und Beleidigungen an meinen Spind gekritzelt hatten. All die Momente, in denen sie dafür gesorgt hatten, dass ich mich vollkommen wertlos fühlte. Und wenn ich ehrlich war, dann glaubte ich noch heute manchmal, dass mich niemals jemand schön finden oder gar lieben könnte. Dafür waren die Narben, die meine Mitschüler in meine Seele gebrannt hatten, zu tief.

»Ich erinnere mich«, flüsterte ich kleinlaut. Wir waren nicht mehr auf der Highschool, und ich hasste es, dass ich mich noch immer derartig von ihm einschüchtern ließ.

»Du hast echt was aus dir gemacht, Liora.«

Ich nahm wahr, wie Kierans Körper sich anspannte, doch ich griff nach seinem Unterarm, bevor er etwas Unüberlegtes hätte tun können. Das war es nicht wert.

Gleichzeitig wünschte sich ein Teil von mir, Kieran einfach auf ihn loszulassen, weil ich mir das nicht länger anhören wollte. Ich hatte keinen Kontakt mehr zu den Leuten, mit denen ich auf der Highschool gewesen war. Freunde hatte ich ohnehin nicht viele gehabt, doch die meisten – und Matt gehörte zu dieser Gruppe – hatten anscheinend auf meinem Rücken eine unsichtbare Zielscheibe gesehen, nur weil ich nicht dem Schönheitsideal entsprochen hatte.

Ihre Worte hatten Narben hinterlassen. Jedes einzelne. Und ich war ganz sicher nicht dazu bereit, mich jetzt Matt zu stellen, wo er doch für so viele dieser Narben verantwortlich war.

»Ich meine es echt ernst«, fuhr er unbekümmert fort. »Du hast wirklich krass abgenommen. Wer weiß, wie es auf der Highschool gelaufen wäre, wenn du damals schon so ausgesehen hättest? Dann hätte dich vermutlich niemand Kugelfisch genannt.«

Und dann geschah alles so schnell, dass ich es kaum wahrnahm. Gleichzeitig war es, als würde sich alles vor mir wie in Zeitlupe abspielen.

In einer flüssigen Bewegung sprang Kieran über die Theke und packte Matt am Kragen, der im nächsten Moment auch schon von einem Faustschlag ins Gesicht getroffen wurde. Er ging zu Boden. Kieran zog ihn mit einem Ruck wieder auf die Beine und schleifte ihn Richtung Tür. Von dort beförderte er Matt mit einem Tritt auf die Straße.

Und dann herrschte Stille.

Ich sah zu Jo, die voller Entsetzen die Hände vor den Mund geschlagen hatte. Und dann zu Kieran, der mich mit einem schweren Blick bedachte. Ich sah sein Mitleid, sein Bedauern, seine Wut. In diesem Moment war es einfach zu viel für mich.

Instinktiv riss ich den Vorhang zur Seite und schlüpfte in den Aufenthaltsraum, wo ich mich auf die alte Couch fallen ließ. Ich stützte die Ellbogen auf den Oberschenkeln ab und vergrub das Gesicht in den Händen.

War das gerade wirklich passiert?

Ich konnte es kaum fassen.

Ich wusste, dass ich nicht so viel auf die Meinung anderer geben sollte, doch ich tat es. Irgendwie taten wir es doch alle. Ich hatte es gehasst, wegen meines Aussehens verurteilt zu werden. Nur deswegen hatte ich nach der Highschool so viel Gewicht verloren. Und jetzt? Jetzt hatte ich das Gefühl, dass alles umsonst gewesen war. Da war noch immer dieser Stempel auf mir, den sie mir damals aufgedrückt hatten, und jeder von ihnen würde sich für immer an den Kugelfisch erinnern.

Ein Kloß bildete sich in meinem Hals, und ich blinzelte die Tränen weg, bevor sie sich ihren Weg über mein Gesicht hätten bahnen können. Das war es nicht wert.

Ich hatte sie nicht kommen sehen, doch im nächsten Moment

hockte Jo schon vor mir. Sie strich vorsichtig über meine Beine, während sie meinen Blick suchte.

Aber ich konnte ihr kaum in die Augen sehen. Aus irgendeinem Grund schämte ich mich in diesem Moment, obwohl ich genau wusste, dass Jo mich auch schon gekannt und geliebt hatte, als noch ein paar Kilos mehr auf meinen Rippen gewesen waren. Aber sie hatte nichts vom Mobbing gewusst. Sie hatte nicht gewusst, dass ich zum Ziel aller Hänseleien geworden war. Ich hatte Eliza damals darum gebeten, es niemandem zu sagen, weil es mir so unfassbar unangenehm gewesen war.

Wieso war das so? Wieso schämten sich Opfer? Wir hatten doch nichts falsch gemacht, und trotzdem war da manchmal das Gefühl, dass es unsere Schuld war, anders behandelt zu werden. Dabei hätte das der Wahrheit nicht ferner sein können.

»Du bist wunderschön, Liora White«, murmelte Jo, doch ich schüttelte den Kopf, weil ich in diesem Augenblick nicht daran glauben konnte.

»Nein.« Meine Stimme zerbrach an diesem winzigen Wort. Der Kloß in meinem Hals wuchs, und ich fürchtete, jeden Augenblick den Kampf gegen die Tränen zu verlieren.

»Doch, das bist du.«

Ich schüttelte immer heftiger den Kopf, bis Jo ihn zwischen ihre Hände nahm und mich dazu zwang, sie anzusehen.

»Hör auf, daran zu zweifeln. Du bist es. Und du musst es verstehen.«

»Ich … Ich weiß nicht …«

Jo seufzte. »Weißt du, worüber Eliza damals mit mir im Krankenhaus geredet hat? Was sie mir anvertraut hat, kurz bevor sie gehen musste?«

Ich spürte ein schmerzhaftes Stechen in meiner Brust. Worauf wollte Jo hinaus?

»In unserem Leben mag es viele Dinge geben, die wir vergessen, doch glaub mir, die letzten Worte seiner Tochter vergisst man nicht. Sie hat gesagt: *Mom, bitte pass auf Liora auf. Sie ist sehr empfindlich und hat ein riesiges Herz. Die Leute sagen manchmal gemeine Sachen über sie, und obwohl sie es nicht zugibt, trifft es sie verdammt hart. Manchmal weint sie heimlich, wenn sie denkt, dass es niemand sieht. Wegen der ganzen Arschlöcher an der Schule denkt Liora, sie sei es nicht wert, geliebt zu werden. Dass sie nicht wunderschön sei. Aber, Mom, sie ist wunderschön. Und ich möchte, dass du es ihr wieder und wieder sagst. Sag es ihr, auch wenn sie es dir nicht glaubt. Sag es ihr in ihren dunkelsten Nächten und an ihren hellsten Tagen. Sag es so oft, bis sie anfängt, daran zu glauben, und wenn sie es nicht tut, dann hilf ihr dabei. Sie muss es glauben, Mom, denn es ist die verdammte Wahrheit, und ich wünschte, sie könnte es ohne unsere Hilfe sehen. Aber sie kann es nicht, also musst du ihr helfen, weil ich es nicht mehr kann.*«

Und mit einem Mal konnte ich es nicht mehr zurückhalten. Ich weinte. Heiße Tränen rollten über meine Wangen. Weil ich Eliza vermisste. Weil ich es kaum fassen konnte, wie groß ihr Herz gewesen war. Weil ich mir kaum vorstellen konnte, jemals wieder von einem Menschen so behütet zu werden wie von ihr.

»Du bist wunderschön. Das meine ich ernst. Und Eliza hat das genauso gesehen.« Jos Stimme zitterte, und ihre Augen waren glasig.

Instinktiv schlang ich die Arme um sie und hielt sie fest. Ich drückte ihr Herz gegen meines, denn ich wusste, dass wir beide darin einen Splitter von Eliza trugen. Und manchmal, wenn es besonders wehtat, dann brauchten diese Splitter einander, um sich ein kleines bisschen vollständiger zu fühlen.

»Ich vermisse sie«, flüsterte ich, als die Tränen langsam versiegt waren.

»Ich auch.«

Ich legte mir die Hand auf den Brustkorb und spürte dem Pulsieren darin nach. Ich hatte so viel Schmerz erfahren, und trotzdem schlug mein Herz noch. An manchen Tagen schwerer, aber dennoch.

Und in diesem Moment verstand ich, dass es egal war, wie viel Hass und Abneigung mir die Menschen entgegenbringen mochten. Mein Herz würde dadurch nicht aufhören zu schlagen, und solange es schlug, war darin Platz für Liebe.

Für meine Liebe zu Eliza.

Und eines Tages vielleicht auch für meine Liebe zu mir selbst. Denn ich war es mir schuldig, den Menschen in mir zu sehen, den Jo und Eliza schon seit Jahren in mir sahen.

Ich wusste, dass es nicht von jetzt auf gleich ging. In diesem Augenblick fühlte ich mich schrecklich verloren, aber ich hatte ein Ziel vor Augen. Und um es zu erreichen, musste ich nur noch irgendwie diese dunklen Stunden bewältigen und hoffen, dass auch nach der finstersten Nacht noch die Sonne aufging.

KAPITEL 16

Kieran

Fuck …

Jeder einzelne Knochen meiner rechten Hand tat weh. Die Haut war gerötet, und ich verzog gequält das Gesicht, doch ich bereute nichts. Ich würde es wieder tun. Denn Menschen wie dieser Matt hatten es nicht anders verdient.

Er war respektlos und unhöflich gewesen. Er hatte Lioras Gefühle verletzt, und ich hatte nicht einfach stumm danebenstehen und zuschauen können. Und irgendwie war ich stolz auf mich.

Gleichzeitig fühlte ich mich vollkommen hilflos, weil ich nicht wusste, wohin mit mir. Ich stand mitten im Blumenladen, Matt war weg, und Liora und Jo hatten sich nach hinten zurückgezogen. Ich traute mich nicht, zu ihnen zu gehen, weil Liora jetzt vielleicht Zeit für sich brauchte. Und diese Zeit wollte ich ihr geben.

Doch mit jeder Sekunde bröckelte meine Selbstbeherrschung ein wenig mehr. Ich wollte sie nicht bedrängen, aber da war diese Sorge in mir, die ich kaum zurückhalten konnte.

Fast schon automatisch lief ich zum Aufenthaltsraum.

Als Jo mich bemerkte, sah sie mich an. Ich wusste nicht, worüber die beiden geredet hatten, doch in Jos Augen lag ein Schmerz, der mir beinahe die Sprache verschlug. Und Liora … sah mir nicht in die Augen. Sie starrte reglos auf den Boden, und sie wirkte so abwesend, so wenig wie sie selbst. Es war, als wäre sie gerade nicht hier.

»Ist alles okay?«, fragte ich, obwohl die Antwort offensichtlich war.

Ganz kurz bewegte sie die Lippen, als wollte sie etwas sagen, doch sie brachte kein Wort hervor. Dann schüttelte sie den Kopf.

»Kann ich etwas für dich tun?«

»Bitte … geh.«

Es waren nur zwei geflüsterte Worte, aber sie taten dennoch weh. Und ich wusste nicht einmal, was genau so schmerzhaft war. Dass sie mich fortschickte? Oder dass Liora, das Mädchen, das immer strahlte, in diesem Moment so verloren in ihrer Finsternis wirkte?

Einen Moment lang stand ich unentschlossen im Raum, weil sich alles in mir dagegen wehrte, sie zurückzulassen. Aber ich wusste, dass sie jetzt ihren Freiraum brauchte. Und außerdem war Jo bei ihr. Also erfüllte ich ihren Wunsch und ging.

***

Ich hasste den Geruch nach Desinfektionsmitteln mit jedem Mal, das ich hier war, ein bisschen mehr. Und trotzdem lief ich in diesem Augenblick durch die Flure des Creekwood Hill Medical Center und näherte mich mit jedem Schritt Lukes Zimmer. Als ich davorstand, klopfte ich an und trat ein.

»Kieran!«, hörte ich Lukes Stimme durchs Zimmer hallen, noch bevor ich die Tür hinter mir geschlossen hatte. Er lächelte mich an. »Ich habe dich vermisst.«

Ich erwiderte das Lächeln, obwohl es wehtat. Er sagte diese Worte beinahe jedes Mal, wenn ich ihn besuchte. Ich konnte mir kaum vorstellen, wie einsam er sich fühlen musste. »Ich dich auch, Kleiner.«

Er warf mir einen misstrauischen Blick zu und scannte mein Gesicht ab. »Geht's dir gut?«

»Ja, bei mir ist alles in Ordnung.« *Ich brauche dich gerade einfach, mein Freund. Dein Lächeln und deine Freude.*

»Das ist schön.« Beim Anblick seiner leuchtenden Augen schmolz etwas in mir. Dann deutete er auf eine kleine Schüssel, die auf seinem Nachttisch stand. »Lia und ich haben heute Morgen Popcorn gemacht. Möchtest du auch etwas?«

Ich nickte und setzte mich auf seine Bettkante. Dann griff ich nach der Schüssel und fischte ein paar weiße Flocken heraus, die ich mir in den Mund steckte.

»Und? Schmeckt es? Sag schon, sag schon!«

Ich lachte. »Es schmeckt fantastisch.«

»Das tut Popcorn immer. Und Lia hat gesagt, dass wir davon so viel machen können, wie ich möchte. Und ich möchte ganz, ganz, ganz viel.«

Lia … Ich fragte mich, wieso sie so gut zu ihm war. Sie war zwar Krankenschwester, doch ich war mir fast schon sicher, dass sie nicht allen Kindern so viel Aufmerksamkeit schenkte.

Im nächsten Moment beugte Luke sich vor, um nach der Schüssel zu greifen, doch als er die Hand ausstreckte, verfehlte er sie und stieß ein Wasserglas um, das mit einem lauten Krachen zu Boden ging. Erschrocken zuckte er zusammen und sank zurück in seine Matratze. Er kniff die Augen zusammen und schwenkte den Kopf leicht hin und her.

»Ist dir schwindelig?«, fragte ich besorgt.

»Ja.« Seine Augen füllten sich mit Tränen, und mein Herz brach.

»Ist es sehr schlimm?« Ich versuchte, nicht die Fassung zu verlieren, doch es fiel mir so verdammt schwer, wenn ich Luke in diesem Zustand sah. Es ging ihm schon viel besser als noch am Anfang, aber er war weit davon entfernt, wieder vollständig gesund zu sein.

Eine einzelne Träne kullerte über seine Wange, und das war mir Antwort genug. Ich rief nach einer Krankenschwester, und als Lia kam, bat ich sie darum, ihn zu untersuchen. Sie führte die Routine-Check-ups durch und zog sicherheitshalber nach Absprache mit dem behandelnden Arzt das CT, das für morgen geplant war, auf heute vor. In einer halben Stunde würden sie ihn abholen. Anschließend erklärte sie mir, dass Schwindel sowie Koordinationsstörungen als Folge von Hirnblutungen normal waren und sich vermutlich wieder legen würden, sobald die Blutung vollständig abgeklungen war.

»Danke«, flüsterte Luke leise, als Lia wieder verschwand, um sich mit seinem behandelnden Arzt auszutauschen, der noch nach einem anderen Patienten hatte sehen wollen.

Ich griff nach seiner kleinen Hand und lächelte gequält. Ich hasste dieses Gefühl, hier tatenlos zu sitzen und ihm nicht helfen zu können.

Dann dachte ich an das Gespräch mit Lia, das ich bei meinem letzten Besuch geführt hatte. Ich hatte noch keine Gelegenheit gehabt, mit Luke zu reden, doch vielleicht war das jetzt der richtige Zeitpunkt.

»Du musst mir etwas versprechen, Luke.«

Er sah mich fragend an, also fuhr ich fort.

»Ich weiß, dass es dir total schwerfällt, den ganzen Tag im Bett zu liegen. Du machst das bisher wirklich toll, aber es ist wichtig, dass du dich noch mehr ausruhst. Ich weiß, dass das unfair ist, aber es ist der einzige Weg, damit du wieder ganz gesund wirst. Okay?«

Er senkte den Blick. »Versprochen.«

»Danke, Kleiner. Ich verspreche dir, dass wir dafür im Gegenzug einen Ausflug machen, wenn es dir wieder richtig gut geht. Egal, wohin du willst.« Ich hoffte, dass ihn diese Aussicht zumindest ein wenig aufmuntern würde, doch er lag noch immer reglos im Bett. »Alles in Ordnung?«

Ein paar Sekunden lang waren da nur seine lauten Atemzüge. Dann sah er mir direkt in die Augen. »Ich will nach Hause, Kieran.«

Seine Worte waren wie ein Messerstich in meine Brust, denn

sie ließen mich zwangsläufig daran denken, dass es in seinem Zuhause niemanden mehr gab, zu dem er eines Tages würde zurückkehren können. Ich hatte diesen Gedanken in letzter Zeit so gut wie möglich vermieden, doch in diesem Moment überwältige er mich. Mir wurde klar, dass dieser Krankenhausaufenthalt nur der Anfang war. Wirklich schwierig würde es erst werden, wenn er wieder zurück in die Welt und seinen Alltag finden musste – ohne Eltern, die an seiner Seite waren.

Ich schüttelte den Kopf. Das war nicht der richtige Augenblick, um über diese Dinge nachzudenken. Ich durfte mich nicht in meiner Verzweiflung verlieren, denn sonst würde er es ebenfalls tun. Was ich … Was wir jetzt brauchten, war Ablenkung – und vielleicht ein wenig Hoffnung.

»Hab ich dir eigentlich schon von meinem neuen Job erzählt?«

Luke schüttelte den Kopf.

»Ich hab dir ja schon gesagt, dass ich wieder in einem Blumenladen arbeite. Und es ist richtig cool dort.« Ich erzählte ihm davon, was für eine tolle Chefin Jo war, davon, wie gut ich mich mittlerweile mit Liora verstand, und von meinen Aufgaben im *Golden Flower*. Ich zog mein Handy hervor und zeigte ihm Fotos besonders schöner Sträuße, die ich in der letzten Zeit gebunden hatte.

»Wow, der ist schön.« Lukes Augen wurden groß, als er das Bild des pinkfarbenen Lilienstraußes sah. Die sternförmigen Blüten schienen ihm zu gefallen.

»Irgendwann kommst du mich im Blumenladen besuchen, und dann bringe ich dir bei, wie man so einen Strauß bindet.«

»Und was, wenn deine Chefin dann sauer wird?«, fragte er.

»Das denke ich nicht«, versicherte ich ihm. »Sie freut sich immer über Besuch.«

Die Vorstellung schien ihm zu gefallen. »Okay, aber du musst sie trotzdem vorher fragen. Nur um sicherzugehen. Dad hat immer gesagt, dass man in Deckung gehen soll, wenn eine Frau sauer ist.«

Ich lächelte, doch gleichzeitig wurde mir das Herz schwer. »Da hat dein Dad durchaus recht gehabt.«

Luke nickte, und da war wieder dieses Funkeln in seinen Augen. Ich sah es jedes Mal, wenn er über seine Eltern sprach. Eine Mischung aus Bewunderung und grenzenloser Liebe. Und vielleicht auch Sehnsucht …

»Kieran?«, schob er nach einer Weile hinterher.

»Ja?«

»Was bedeutet eigentlich *flirten*?«

Was zur Hölle? »Woher hast du das denn?«, fragte ich verwirrt.

»Die haben gestern schon wieder Tests mit mir gemacht, um zu gucken, wie es mir geht. Und eine Krankenschwester hat zu einer anderen gesagt, dass eine Kollegin mit dem Chefarzt flirtet. Was bedeutet das?«

Ich fuhr mit meiner Hand in den Nacken, während ich überlegte, wie ich ihm das möglichst kinderfreundlich erklären könnte. »Das ist, wenn du besonders nett zu jemandem bist, weil du möchtest, dass diese Person dich ganz doll mag.«

»Und klappt so was?« Er sah mich ernst an, als würde er gerade eine Art wissenschaftliches Interview zu dem Thema führen.

Ich unterdrückte mein Lachen mit aller Macht. »Leider nicht immer.«

»Bestimmt, weil nicht jeder gut flirten kann?«

»Ja, manche Menschen übertreiben es auch gerne mal.«

Er sah mich verwirrt an. »Kann man etwa zu nett zu einem Menschen sein? Ich dachte immer, nett sein ist gut.«

Ich musste mir wirklich überlegen, wie ich das wieder geradebiegen konnte. »Nett sein ist auch gut.«

Luke runzelte die Stirn, dann schüttelte er den Kopf. »Ich verstehe das nicht.«

Ich konnte mich nicht mehr zurückhalten. Ein lautes Lachen brach aus mir heraus, und es wurde noch heftiger, als ich den verwirrten Blick von Luke registrierte. »Das ist alles kompliziert. Nett sein ist gut, aber manchmal mag man Menschen einfach nicht so doll, wie die es sich wünschen würden, egal, wie nett sie sind.«

Er nickte verständnisvoll. »Das ist so wie mit Brian. Er flirtet immer mit mir, aber er hat mich einmal mit Sand beworfen, als wir drei waren. Deswegen mag ich ihn nicht, egal, wie nett er ist.«

Vielleicht hätte ich ihm dieses Wort irgendwie anders erklären sollen.

»Flirten die Leute auf der Arbeit auch mit dir? Jo? Oder Liora?«

Meine Gedanken schweiften zu ihr. Nein, sie flirtete nicht mit mir, doch sie hatte es auch gar nicht nötig. Denn ich mochte sie, obwohl sie nie versucht hatte, sich mir an den Hals zu werfen. Sie war immer nur sie selbst gewesen und hatte mich mit ihrer Art sofort berührt.

Bevor ich antworten konnte, klopfte es an der Tür, und Lia trat ein.

Sie schenkte mir ein knappes Nicken, bevor sie sich Luke zuwandte. »Hey, ich wollte nur mal schauen, wie es dir so geht. Du wirst ja jetzt gleich zum CT abgeholt.«

»Mir war ein bisschen schwindelig, aber es geht mir schon besser«, antwortete er mit einem knappen Nicken.

»Sehr gut.«

»Danke«, sagte ich und lenkte damit ihre Aufmerksamkeit auf mich.

»Wie kommt es, dass Sie so schnell wieder hier sind?«

»Ich habe Luke einfach vermisst«, antwortete ich schulterzuckend. *Und ich wollte zu ihm, weil ich wusste, dass es mich von den Geschehnissen im Blumenladen ablenken würde. Von diesem Dreckskerl, der Liora so verletzt hatte.*

»Das ist gut.« Sie schenkte mir ein knappes Lächeln.

»Lia?«, schaltete Luke sich wieder ein.

»Ja?«

»Ich wollte dir nur sagen, dass ich ab jetzt mit dir flirten werde, weil ich möchte, dass du mich magst.«

Gott, bitte sag mir, dass ich mich verhört habe.

Lia warf mir einen verwirrten Blick zu, und ich versuchte, ihn mit gelassener Miene zu erwidern.

Dann trat sie ans Bett und fuhr mit ihren Fingern durch Lukes Haar. »Keine Sorge, ich mag dich jetzt schon.«

»Das ging ja schnell. Ich glaube, ich hab's drauf.«

Lias Lachen schallte durch das Krankenzimmer. »Ich hoffe, dass du das in zehn Jahren immer noch von dir behaupten kannst.«

Lia ging wieder, und Luke und ich unterhielten uns noch eine Weile, bis er zu seinem CT abgeholt wurde. Jeder Muskel in meinem Körper war zum Zerreißen gespannt, während ich auf ihn wartete. Und als er von Lia, die mir mitteilte, dass das CT ohne neue Befunde war, zurückgebracht wurde, atmete ich erleichtert aus. Die Hirnblutung schien sich gut zurückzubilden.

Das waren gute Neuigkeiten.

Und damit genau das, was ich gebraucht hatte nach dem, was heute im *Golden Flower* passiert war. Und obwohl ich wusste, dass ich mich auch damit früher oder später würde auseinandersetzen müssen, versuchte ich zumindest für den Moment, an diesen guten Neuigkeiten festzuhalten, um nicht den Boden unter den Füßen zu verlieren.

KAPITEL 17

Liora

Wieso war es in diesem Augenblick so verdammt schwer, die Hand zu heben und einfach an seine Tür zu klopfen? Wir hatten uns schon öfter außerhalb des *Golden Flower* gesehen. Trotzdem hatte ich diesmal das Gefühl, dass etwas anders war. Vielleicht weil ich mich ihm gegenüber mit einem Mal so … nackt fühlte. Bisher hatte er nichts von der Liora gewusst, die ich früher gewesen war, und jetzt hatte Matt ihm meine Vergangenheit auf dem Silbertablett serviert. Die Geschichte eines übergewichtigen Mädchens, das sich nicht gegen die Erniedrigungen seiner Mitschüler hatte wehren können.

Ich wusste, dass es nicht meine Schuld gewesen war. Das Opfer von Mobbing trug ganz sicher nicht die Schuld. Dennoch hatte es sich manchmal genauso angefühlt.

Und aus irgendeinem Grund schämte ich mich ein wenig dafür, dieser Mensch gewesen zu sein. Es war mir unangenehm, und dass Kieran meinetwegen hatte einschreiten müssen, machte es so viel schlimmer. Vermutlich war das auch der Grund, wieso ich seit fünf Minuten seine Tür anstarrte, ohne anzuklopfen.

Ich war nicht bereit. Ich konnte das nicht.

Ohne weiter darüber nachzudenken, drehte ich mich um und … sah in dunkle Augen, die mich musterten. Schwarzer Hoodie, dunkle Locken, markante Züge, zwei Silberringe und eine Kette. Alles schien wie immer zu sein, aber hier und jetzt fühlte es sich nicht danach an. Beinahe als hätte sich etwas zwischen uns verschoben, und ich konnte nur hoffen, dass trotzdem alles okay war.

Sein Blick hielt meinen fest, und ich dachte an all die unausgesprochenen Fragen zwischen uns. Ob er genauso sehr die Antworten fürchtete wie ich? Ich hatte keine Ahnung, aber war die Ungewissheit nicht mindestens genauso schlimm?

»Wartest du schon lange?« Er löste seinen Blick von mir und kramte in seiner Hosentasche nach dem Hausschlüssel.

»Nein«, log ich.

»Okay.« Er zögerte. »Möchtest du vielleicht mit reinkommen?«

Wollte ich das? Ich hatte keine Ahnung, aber ich wusste, dass wir miteinander sprechen mussten, und vermutlich wäre der Hausflur nicht der ideale Platz dafür. Also nickte ich.

Kieran schloss die Tür auf, und wir traten ein. Ich zog meine Schuhe aus und folgte ihm ins Wohnzimmer. Ich ließ meinen Blick über den hellen Holzboden und die schwarze Couch schweifen. An der gegenüberliegenden Wand war ein Fernseher angebracht, und in der hinteren Raumecke stand ein verlassener Esstisch mit ein paar Stühlen. Jeden freien Fleck zierten Pflanzen. Wieder einmal nahm ich wahr, dass die Floristik auch außerhalb der Arbeit seine Leidenschaft zu sein schien, aber in diesem Zimmer gab es sonst nichts, was mir etwas über Kierans Leben verriet. Da waren keine Bilder oder Erinnerungsstücke. Keine Dekoration. Überall nur leblose Möbel und das Grün seiner Pflanzen.

»Setz dich ruhig.«

Ich nahm auf der Couch Platz, während er kurz in der Küche verschwand und anschließend mit zwei Gläsern Wasser zurückkam. Eins davon drückte er mir in die Hand, bevor er sich neben mich setzte. Mit einem Mal war da Kierans vertrauter Duft, der alles um uns herum umgab.

»Geht es dir gut?«, fragte er unvermittelt. In seiner Stimme schwang Sorge mit.

»Ich denke schon.« Ich umklammerte das Glas und starrte auf das Wasser, weil ich es gerade einfach nicht schaffte, Kieran in die Augen zu sehen.

»Du denkst?«

»Ja.«

»Und wie sieht die Wahrheit aus?«

Ich zuckte mit den Schultern.

»Liora.« Mit einem Mal klang seine Stimme unendlich sanft. »Sieh mich an.«

Vorsichtig, fast schon quälend langsam hob ich den Kopf, bis ich Kieran in die Augen sehen konnte. Er bedachte mich mit einem weichen Blick, der mir versicherte, dass alles okay war.

»Was beschäftigt dich?«

Ich brauchte ein paar Sekunden, um mich zu sammeln. »Mir ist das alles so verdammt unangenehm.«

»Aber das muss es nicht sein«, entgegnete er derart selbstverständlich, dass ich ihm fast geglaubt hätte. Doch manchmal war es schwer, an den Worten anderer Menschen festzuhalten, wenn die eigenen Zweifel sich tief in die Seele gefressen hatten.

»Meinetwegen hast du dich mit Matt angelegt.«

»Es war meine freie Entscheidung«, widersprach er.

»Mag sein, aber ich war trotzdem der Grund.«

»Er und sein respektloses Verhalten waren der Grund. Es war genau richtig, dass ihn jemand in seine Schranken weist. Mach dir deswegen bitte keine Vorwürfe. Du hast es nicht verdient, dass jemand so mit dir redet, und ich werde ganz sicher nicht danebenstehen und tatenlos dabei zusehen, wie so mit dir umgegangen wird.«

Irgendwie beruhigte es mich ein wenig, dass Kieran das so sah. Doch schon im nächsten Moment überrumpelte mich wieder mein Schamgefühl, weil Kieran die ganze Szene im *Golden Flower* mitbekommen hatte.

»Ich wollte nicht, dass du das erfährst«, wisperte ich nach ein paar Sekunden.

»Wieso?«

Ich senkte den Blick wieder. »Weil ich mich dafür schäme«, gab ich so leise zu, dass ich einen Augenblick lang glaubte, er hätte mich nicht gehört. Doch das hatte er, denn einen Herzschlag später war da seine warme Hand, die sich auf meine legte, und seine Finger, die sich mit meinen verflochten.

»Schäme dich niemals für das, was du bist, warst oder sein wirst.«

Als ich Kieran diesmal ansah, umspielte ein sanftes Lächeln seine Lippen. Ich wusste nicht, wieso, aber damit gab er mir den Mut, diese tonnenschwere Frage zu stellen.

»Also ist zwischen uns alles okay?«

Kieran runzelte die Stirn. »Wieso sollte es das nicht sein?«

»Keine Ahnung.« Mit einem Mal kamen mir meine Zweifel lächerlich vor. Das hier war Kieran. Mochte sein, dass wir uns noch nicht allzu lange kannten, aber er war niemand, der andere Menschen verurteilte. Er respektierte die Tatsache, dass wir alle unsere eigene Geschichte hatten – und nicht alle Kapitel dieser Geschichte konnten schön sein. Das wussten wir beide aus eigener Erfahrung.

»Jeder Zweifel ist es wert, mit anderen geteilt zu werden, wenn er einen zu sehr beschäftigt«, schob er hinterher, als er merkte, dass ich gegen das Chaos in meinem Kopf ankämpfte.

Er hatte recht. Er hatte recht, und ich wusste es. »Ich hatte Angst, dass sich dein Bild von mir ändert, sobald du weißt, was für ein Mensch ich früher gewesen bin.«

»Du hast vielleicht anders ausgesehen, aber du warst schon immer Liora White. Und außerdem könnte sich mein Bild von dir niemals ändern.«

Ich nickte, aber es fühlte sich falsch an. Vielleicht weil man mir all die Jahre das Gefühl gegeben hatte, dass es nicht zählte, wer ich war, wenn mein Aussehen nicht dazu passte.

»Wieso hast du diese Zweifel?«, fragte Kieran, und es kam mir so vor, als könnte er mein Inneres sehen. Als könnte er selbst das sehen, was ich mich nicht zu zeigen traute.

»Jeder Zweifel hat einen Ursprung«, antwortete ich ausweichend.

»Und wo liegt deiner?«

Ich zögerte. Mittlerweile nicht mehr, weil ich vor Kierans Reaktion Angst hatte, sondern weil ich nicht sicher war, ob ich schon über die Highschoolzeit reden konnte. Weil ich nicht sicher war, ob die Wunden genug verheilt waren oder ich sie wieder aufreißen würde.

»Du musst nicht darüber reden, wenn du es nicht kannst«, sagte Kieran, als hätte er meine Gedanken gelesen. »Aber wenn doch, dann bin ich hier.«

Ich glaubte ihm. Vielleicht war es seltsam, und eigentlich konnte ich nicht einmal sagen, woran es lag, aber ich glaubte ihm jedes Wort. Und es tat gut zu wissen, dass er hier sein würde, auch wenn ich ihm all die unsichtbaren Narben zeigte, die ich wie stumme Erinnerungen an mir trug.

»Ich denke, wir wissen beide, wie es auf der Highschool zugeht. Es gibt die Sportler, die sich benehmen, als gehörte ihnen die ganze Schule – und vermutlich ist das irgendwie auch so. Die Cheerleaderinnen, die sich in ihrer grenzenlosen Beliebtheit sonnen. Die Musiker, die Naturwissenschaftler, die Künstler. Für jeden gibt es einen Platz. Doch was passiert, wenn da plötzlich eine Person ist, die in keine dieser Schubladen passt? Jemand, der sich nicht in die klassischen Rollenbilder einfügt? Es ist so verdammt traurig, aber diese Person ist ein *Außenseiter*. Ich war eine Außenseiterin. Und das haben sie mich nie vergessen lassen.«

Er sah mich fragend an. Ich sammelte mich kurz, bevor ich weitererzählte. »Es fing alles mit ein paar harmlosen Beleidigungen an, die zwar wehtaten, aber okay waren. Schließlich kannte ich es nicht anders, und ein Teil von mir glaubte sogar, dass die anderen recht hatten. Irgendwann fingen sie dann aber an, diese

Beleidigungen an meinen Spind zu schmieren. Vermutlich dachten sie, es wäre lustig. Doch keiner von ihnen wusste, wie gefährlich Worte sein können. Sie ahnten nicht, dass sie damit Spuren auf meiner Seele hinterließen. Ich war ein in Blumen verliebtes übergewichtiges Mädchen, das bis auf Eliza keine Freunde hatte. Und als Eliza …« Meine Stimme brach. Nach all der Zeit fiel es mir noch immer schwer, es auszusprechen. Ich atmete tief durch und unterdrückte die Tränen, die sich ihren Weg an die Oberfläche bahnen wollten. »Als Eliza dann nicht mehr da war, war ich vollkommen allein. Ich habe getrauert, doch das hat niemanden interessiert. Ganz im Gegenteil. Ich habe mich noch weiter zurückgezogen und bin dadurch noch mehr zu dem Opfer geworden, das sie in mir sehen wollten.«

Kierans Griff wurde fester. Nicht so fest, dass es wehtat, aber fest genug, um mich seine Anspannung spüren zu lassen. Ich merkte, dass es ihm nicht leichtfiel, diese Dinge zu hören. Aber genau diese Dinge waren es, die mich zu dem Menschen gemacht hatten, der ich heute war. Und aus irgendeinem Grund spürte ich mit einem Mal diesen inneren Drang, Kieran alles von mir zu zeigen. Trotz allem, was er von mir gehört und gesehen hatte, saß er jetzt hier bei mir und hielt meine Hand. Was sollte mich also davon abhalten, ihm den Rest zu zeigen?

»Mit der Zeit ist es immer schlimmer geworden. Sie haben meine Hefte und Bücher verbrannt, meine Schlüssel geklaut und in den Müllcontainer geschmissen und mich sogar einmal im Chemielabor eingesperrt. Sie haben jede Situation genutzt, um mir zu zeigen, dass ich nicht dazugehöre. In den sozialen Medien werden jetzt Werte wie Selbstliebe und Body-Positivity vorgelebt. Aber die meisten Menschen haben keine Ahnung, wie die Realität aussieht. Wie schwierig es ist, sich selbst zu lieben, wenn einem andauernd das Gefühl gegeben wird, dass es da nichts Liebenswertes gibt.«

»Wieso hast du mit niemandem darüber geredet?«, fragte Kieran leise.

»Weil ich es nicht konnte. Wie auch? *Mom, Dad, ich brauche Hilfe. Die anderen machen mir das Leben zur Hölle, weil ich übergewichtig bin?*«

»Mobbing ist falsch, und nach Hilfe zu fragen, ist vollkommen in Ordnung.«

»Ich weiß, dass es in Ordnung ist, aber damals war ich schlicht und ergreifend zu schwach dafür. Denn es war mir so verdammt peinlich, so dick zu sein, dass andere darin einen Grund sahen, mich zu mobben.«

»Fuck, Liora.«

Im nächsten Moment zog Kieran mich an sich heran und nahm mich in die Arme. Mein Kopf ruhte auf seiner Brust, und ich lauschte seinen Herzschlägen, während er mit der Hand behutsam über meinen Rücken fuhr. Es war ein komischer Gedanke, aber es fühlte sich an, als würde er hier und jetzt meine Welt davon abhalten zu zerfallen.

»Du musst dich für absolut nichts schämen. Du hast so vieles an dir, worum dich die meisten Menschen beneiden würden. Das einzige Problem ist, dass du es nicht siehst.«

Ein paar endlose Sekunden war da nichts als friedliches Schweigen zwischen uns. Mein Kopf auf seiner Brust, seine Hand an meinem Rücken. Und dann sagte er die Worte, die meiner Welt einen kleinen Teil ihres Leuchtens wiedergaben.

»Du bist wunderschön, Liora.«

KAPITEL 18

Liora

Als ich am nächsten Morgen aufwachte, lag ein Gefühl von Schwere auf meiner Brust. Ich fühlte mich vollkommen ausgelaugt, und ich hatte das Gefühl, den Boden unter den Füßen zu verlieren, als die Situation mit Matt wieder meine Gedanken kreuzte.

Doch dann tauchte Kieran vor meinem inneren Auge auf. Mochte sein, dass die Wunden zu tief waren, als dass er sie so einfach hätte heilen können, doch er hatte mir zumindest für den Moment geholfen, den Schmerz ein wenig zu lindern. Es hatte sich besonders angefühlt, mich ihm anzuvertrauen, und ich schätzte ihn dafür, dass er meine Vergangenheit respektiert hatte, statt sie kleinzureden.

Er hatte mir ein Gefühl von Sicherheit gegeben, und das war in diesem Moment genau das gewesen, was ich gebraucht hatte.

Ein paar Minuten lang kuschelte ich mich in meine Decke und starrte in die Luft, während ich mich an die Erinnerung an den letzten Abend festklammerte, um das Geschehene im *Golden Flower* zumindest vorübergehend vergessen zu können.

Irgendwann richtete ich mich auf, ging ins Bad und ließ mich eine halbe Stunde später wieder ins Bett fallen. Jo hatte mich heute von der Arbeit freigestellt, und obwohl ich protestiert und ihr versichert hatte, dass alles okay war, hatte sie nicht mit sich reden lassen. Also hatte ich wohl keine andere Wahl, als den Tag zu Hause mit einer guten Serie zu verbringen.

Immer wieder schlief ich zwischendurch ein, wachte auf, und jedes Mal war Kieran komischerweise der Erste, an den ich dachte. Ich hatte keine Ahnung, wann er es geschafft hatte, sich in meinen Gedanken einzunisten, doch es machte mir nichts aus. Denn wenn ich ehrlich war, dann gab es im Moment niemanden, an den ich lieber dachte.

***

»Wie schnell die Woche doch vergeht, Snowflake«, begrüßte Tessa mich am nächsten Morgen. Sie zog mich in eine flüchtige Umarmung und bedeutete mir dann, im Wohnzimmer Platz zu nehmen.

»Welchen Tee gibt es heute?« fragte ich, als sie mit einer Teekanne und zwei Tassen auf mich zukam. In ihren waldgrünen Augen lag ein unauffälliges Funkeln, und ihr graues Haar fiel ihr heute offen über die Schultern.

»Salbei.«

»Den haben wir noch nie zusammen getrunken.«

»Ich bin sicher, er wird dir gefallen.« Sie schenkte uns den Tee ein und nahm dann neben mir Platz. »Wie ist es dir so ergangen, mein Kind?«

»Es war eine gute Woche, falls du darauf hinauswillst.« Ich griff nach meiner Tasse und nahm einen ersten Schluck des Tees. Ein genießerisches Seufzen entwich mir. »Hmm, fantastisch.«

Tessa lachte. »Wenn ich mich mit etwas auskenne, dann ist das Tee. Den richtigen Tee für die richtige Person zu finden, ist eine Kunst.«

Ich nahm noch einen Schluck. Dann warf ich Tessa ein warmes Lächeln zu. »Danke.«

»Jederzeit.« Sie lächelte mich ebenfalls an, fuhr sich mit der Hand durchs Haar, und im nächsten Moment war da dieser herausfordernde Blick, mit dem sie mich bedachte. »Du könntest dich dafür revanchieren.«

»Was meinst du?«

»Ich denke, das weißt du ganz genau.« Sie führte die Tasse an ihren Mund, ohne mich auch nur eine Sekunde aus den Augen zu lassen. Beinahe so, als würde sie mit ihrem Blick nach den verborgensten Geheimnissen meiner Seele suchen. »Wir könnten unser Gespräch von letzter Woche fortsetzen.«

Ich zögerte. Nicht weil es nichts zu sagen gab. Viel eher lag es daran, dass so viele Gedanken in meinem Kopf waren, die ich nicht zu ordnen vermochte. Vor einer Woche hatte ich noch an Tessas Anspielungen gezweifelt. Ich war mir vollkommen sicher gewesen, dass sie sich nur in etwas verrannte, was gar nicht da war. Aber ich wusste nicht, ob ich das noch immer so sehen konnte, denn mittlerweile hatte ich verschiedene Seiten von Kieran kennengelernt, die mir alle auf ihre eigene Art und Weise gefielen.

Da waren die Augenblicke, in denen wir unseren Schmerz miteinander teilten. Die, in denen wir über Blumen sprechen konnten. Unsere lockeren Unterhaltungen und sein Lachen. Ich mochte, wie sich seine Umarmungen anfühlten, und wenn er in ernsten Momenten nach meiner Hand griff, fühlte ich mich irgendwie sicher. Das musste doch etwas bedeuten!

»Und?«, riss Tessa mich aus meinen Gedanken. Ihr Blick lag geduldig auf mir. »Hat sich etwas Neues ergeben?«

»Ich weiß nicht«, antwortete ich ausweichend.

Sie lächelte. »Das ist eine Antwort, die wir nur zu gerne geben, wenn wir es ganz genau wissen, aber Angst davor haben, es auszusprechen.«

Wieder hatte sie recht. Ich hatte Angst, aber das lag nicht an Kieran. Vielmehr war es so, dass ich es noch nie ausgesprochen hatte, und ich wusste, dass man das Gesagte nicht mehr zurücknehmen konnte. Aber das hier war Tessa. Sie war ohnehin ein Mensch, vor dem nichts verborgen blieb, und ich vertraute ihr.

Vielleicht war sie gerade deswegen die richtige Person, mit der ich über meine Gefühle sprechen konnte. »Ich glaube, da ist etwas«, sagte ich leise.

Tessa nickte verständnisvoll, erwiderte jedoch nichts, damit ich weitersprechen konnte.

»Am Anfang dachte ich, dass uns vielleicht nur unsere Leidenschaft für den Beruf miteinander verbindet. Aber langsam merke ich, dass es mehr ist. Er versteht mich einfach, denn genau wie ich hat er einen wichtigen Menschen verloren. Außerdem ist er viel offener geworden. Er redet mit mir und lacht manchmal sogar. Anfangs war da so eine unüberwindbare Distanz zwischen uns, aber die scheint sich mit jedem Tag ein wenig mehr aufzulösen. Wir haben eine gute Zeit zusammen, und ich mag einfach alles daran. Ich mag *ihn* einfach.« *Sehr sogar.*

Ein paar Atemzüge lang war es still, und in diesen Sekunden wurde mir klar, was ich gerade gesagt hatte. *Ich mag Kieran.* Ich war mir dieser Tatsache insgeheim zwar schon bewusst gewesen, doch es war trotzdem ein besonderes Gefühl, es offen auszusprechen. Mit einem Mal erschien es mir so viel realer.

Tessas Mundwinkel verzogen sich zu einem zufriedenen Lächeln. »Das klingt wirklich schön.«

Ich nickte.

»Die Dinge, die geschehen sollen, geschehen auch, Snowflake. Ich bin froh, dass du offen und ehrlich mit mir redest.«

Die Dinge, die geschehen sollen, geschehen auch …

Ich atmete tief durch. Es war ein schöner Gedanke. Einer, an den man sich in seinen hoffnungslosesten Stunden klammern konnte, doch in Momenten wie diesen spürte ich noch immer die Zweifel, die die Worte anderer Menschen in mir hinterlassen hatten. Denn letztlich konnte mir niemand garantieren, dass das mit Kieran und mir wirklich geschehen sollte. Obwohl ich wusste, dass er anders war, war da diese leise angsterfüllte Stimme in mir, die mich davor warnte, dass auch er irgendwann das in mir sehen könnte, was die anderen in mir gesehen hatten.

»Lass uns abwarten, was sich noch alles ergibt«, erwiderte ich distanziert, und ich war sicher, dass Tessa meine Zweifel spürte.

Sie hob die Tasse an und fuhr mit ihrem Zeigefinger den Rand des Porzellans entlang. Ganz langsam, ohne ihr Tempo zu verändern. »In Ordnung. Die Zeit wird es zeigen, wenn es wirklich euer Schicksal ist.«

»Ich kann mir das einfach nicht vorstellen, Tessa.« *Dass es so was wie Schicksal wirklich gibt. Dass es mich und Kieran füreinander vorsieht.*

Einen Wimpernschlag später spürte ich ihre warme Hand auf meinem Unterarm. »Vertrau einem Menschen, der das Schicksal schon lange vor deiner Geburt gelesen hat. Es sind oft die Menschen mit den größten Unterschieden, die die größte Anziehung zueinander haben. Menschen wie er und du.«

Ich nickte, wenn auch wenig überzeugend, und trank meinen Tee in einem Zug aus.

Erleichtert atmete ich aus, als wir das Thema endlich fallen ließen. Wir fingen an, uns über die unterschiedlichsten Dinge zu unterhalten. Ich berichtete ihr davon, wie viel Spaß mir die Arbeit im Blumenladen derzeit machte, wobei ich die Stellen mit Kieran ausließ, um zu verhindern, dass sie schon wieder über ihn sprach, und Tessa erzählte mir von den kuriosesten Geschichten, die sie in ihrer Zeit als Hellseherin erlebt hatte. Manche Geschichten waren traurig, andere bizarr, und bei wieder anderen konnte ich mich vor Lachen kaum halten. Ich liebte alles daran.

Ein paar Stunden später verabschiedete ich mich von ihr und zog ihre Wohnungstür hinter mir zu. Ich hörte laute Schritte, die über mir durchs Treppenhaus hallten, und im nächsten Moment fiel mein Blick auf Kieran, der die alte Holztreppe heruntergestolpert kam. Als er mich sah, blieb er stehen – und einen Wimpernschlag lang war ich sicher, dass meine Welt es ihm gleichtat.

»Hey«, sagte er vorsichtig, fast schon zögerlich.

»Hey.«

Wieso waren erste Begegnungen nach intimen Momenten immer so angespannt? Als wir uns das letzte Mal gesehen hatten, hatte er mich im Arm gehalten und mit wenigen Worten meine Welt ein wenig erträglicher gemacht. Und jetzt standen wir voreinander und waren beide so verunsichert, dass ich fast glaubte, mir diesen Augenblick vor zwei Tagen bloß eingebildet zu haben.

Kieran räusperte sich. »Wohnst du nicht eigentlich in der Wohnung über meiner?«, fragte er und deutete mit dem Zeigefinger nach oben.

»Ja, aber ich habe gerade eine Freundin besucht. Und du? Wohin gehst du gerade?« Ich ließ meinen Blick über ihn streifen. Er trug eine zerrissene schwarze Hose mit einem weißen T-Shirt, das sich perfekt an seine breite Brust schmiegte, darüber eine schwarze Lederjacke. Die Sonnenbrille auf seinem Kopf konnte nicht verhindern, dass einige seiner dunklen Locken ihm in die Stirn fielen, und den Bruchteil einer Sekunde blieb mein Blick an der kleinen Narbe unter seiner rechten Augenbraue hängen. »Das sind auf jeden Fall nicht deine Ich-mache-mir-die-Hände-im-Blumenladen-schmutzig-Klamotten.«

Er lächelte knapp. »Avery und ich gehen eine Runde spazieren.«

»Das klingt schön. Viel Spaß!«

»Möchtest du vielleicht mitkommen?«, platzte es aus dem Nichts aus ihm raus. »Natürlich nur, wenn du magst.« Er fuhr sich verlegen mit der Hand in den Nacken.

»Das ist nett, aber ich glaube, ich muss mich gerade einfach ein wenig ausruhen.« Und damit meinte ich, mich von diesem Gespräch mit Tessa zu erholen, denn ich wusste, dass ich die ganze Zeit nur über ihre Worte nachdenken würde, wenn ich jetzt bei Kieran wäre.

Wieder lächelte er, doch diesmal wirkte es unecht. Ich spürte einen schmerzhaften Stich in meiner Brust, weil ich den Bruchteil einer Sekunde glaubte, Enttäuschung in seinen Augen aufblitzen zu sehen. »In Ordnung.«

Wir verabschiedeten uns mit einem knappen Nicken voneinander.

»Warte.« Erst als ich das Wort hörte, realisierte ich, dass ich es ausgesprochen hatte.

Kieran drehte sich zögerlich um und warf mir einen unsicheren Blick zu, der mir wie immer unter die Haut ging. Diese unergründlichen dunklen Augen …

»Ja?«

Ich räusperte mich. Ich hatte keine Ahnung, warum ich ihn angehalten hatte, aber mit einem Mal musste ich wieder an das Gespräch mit Tessa denken. Und in diesem Moment war es auch egal, wie sehr ich an ihren Aussagen zweifelte. Sie hatte es geschafft, mich neugierig zu machen, und aus irgendeinem Grund fragte ich mich, was ich schon zu verlieren hatte, wenn ich mich jetzt dazu entschied, mich einfach treiben zu lassen und mit ihm zu gehen.

Dein Herz, antwortete eine leise Stimme in meinem Kopf, die ich augenblicklich beiseiteschob.

»Ich würde doch gerne mitkommen.«

KAPITEL 19

Kieran

Mir gefällt es absolut nicht, wie Damien taumelt. Jeder seiner Schritte scheint schwerer zu sein als sonst, und ich musste ihm schon dreimal unter die Arme greifen, weil er sonst gestürzt wäre.

»Wie weit ist es noch?«, lallt er und lässt sich im nächsten Moment mit dem Rücken gegen die Fassade eines Hauses sinken. Er rutscht langsam an der Wand hinab, bis er auf dem Boden sitzt und sein Gesicht in den Händen vergräbt.

»Es ist nicht mehr weit. Noch fünfzehn Minuten«, antworte ich genervt. Ich bin zwar selbst angetrunken, aber bei Weitem nicht so betrunken wie Damien. Er hat sich kaum noch unter Kontrolle und kann keine drei Meter gehen, ohne eine Verschnaufpause einzulegen. Ich greife nach seiner Hand und ziehe ihn wieder auf die Beine. »Wenn wir uns nicht beeilen, sind wir morgen noch nicht da.«

Er kichert. »Vielleicht ja übermorgen?«

»Oder nächste Woche, wer weiß?«, entgegne ich gereizt.

Er legt seinen Arm über meine Schulter, und gemeinsam schlurfen wir die Straße entlang. Hätte ich gewusst, dass ich ihn auf diese Weise nach Hause schleppen müsste, hätte ich darauf geachtet, dass er nicht zu viel trinkt. Jetzt muss ich wohl oder übel zusehen, dass ich ihn irgendwie sicher heimbringe.

»Du bist der beste Freund überhaupt. Wusstest du das schon, Kiki?«

»Du sollst mich nicht so nennen.«

»Ach, Kiki«, fährt er unbekümmert fort, »Was würde ich nur ohne dich tun?«

»Vermutlich auf irgendeiner Parkbank schlafen, weil du den Heimweg nicht mehr findest.«

»Schau doch!« Damien löst sich von mir und taumelt ein paar Schritte vorwärts. »Mann, die Sterne sehen heute echt geil aus. Kleine funkelnde Funkelpunkte. Verrückt, was?«

»Lass uns bitte weiterlaufen«, versuche ich es, aber ich habe das Gefühl, er hört mir gar nicht zu.

»Fuck, das ist so geil, Kiki. Davon muss ich ein Foto machen.« Ohne sich umzusehen, tritt er auf die Straße.

Alarmiert blicke ich nach links und rechts, kann aber zum Glück keine Autos entdecken. Schließlich ist es schon halb vier Uhr morgens. Um diese Zeit treibt sich in Creekwood Hill niemand mehr auf den Straßen herum.

»Das wird so eine geile Insta-Story.« Er ist so betrunken, dass er nicht einmal merkt, dass er die Innenkamera eingeschaltet hat und Fotos von sich selbst statt vom Sternenhimmel schießt.

»Okay, das reicht«, sage ich, als er nach zwei Minuten immer noch mitten auf der Straße auf seinem Handy herumtippt. »Entweder kommst du jetzt mit, oder ich verzieh mich.«

»Wow, da ist noch ein Stern.« Er deutet auf einen Punkt in der Ferne, an dem ich ein Licht aufblitzen sehe, das ganz eindeutig kein Stern ist, aber ich kann es nicht zuordnen. Vielleicht liegt es an dem Alkohol in meinem Blut, vielleicht auch an der Dunkelheit.

Ein mulmiges Gefühl beschleicht mich, doch ich schenke ihm keine Beachtung, weil Damien plötzlich das Handy wegsteckt und seine Hände an seinen Hosenbund führt.

»Fuck, ich muss pinkeln, Kiki.«

»Das wirst du nicht auf offener Straße tun«, warne ich ihn und

gehe auf ihn zu. Ich greife nach seinen Händen und halte ihn davon ab, seine Hose zu öffnen. Dann ziehe ich ihn an den Straßenrand, weil ich ihm gerade einfach nicht traue.

»Spielverderber.«

»Mir egal.«

Wir gehen ein paar Schritte, bevor er wieder sein Handy zückt und kichernd seine Galerie öffnet. »Ich hab die Sterne nicht richtig erwischt.«

Und dann geht alles ganz schnell.

Damien reißt sich von mir los.

Ich höre ein lautes Geräusch.

Das Licht!

Und plötzlich ist alles zu spät.

Liora

»Endlich wieder Montag«, sagte ich vor mich hin, während ich mich für die Arbeit fertig machte.

Für die meisten Menschen waren Montage kein Grund zur Freude. Sie waren der Start einer neuen anstrengenden Arbeitswoche, aber ich glaubte, noch nie einem Montag so sehr entgegengefiebert zu haben wie diesem. Es war einfach zu viel gewesen, und ich freute mich auf eine unkomplizierte Arbeitswoche, die mich von all dem Chaos ablenken konnte.

Ich dachte an Matts spontanen Besuch im *Golden Flower* und daran, wie Kieran mich am Abend in den Arm genommen hatte. An meinen Besuch bei Tessa und den anschließenden Spaziergang mit Kieran und Avery, der mit der Zeit fast schon zu einem Verhör geworden war. Wahrscheinlich wollte Avery Kieran nur schützen, doch sie hatte mich mit derart vielen Fragen beworfen, dass mir der Kopf geschwirrt hatte.

Doch ich wusste, dass all das keine Rolle mehr spielen würde, sobald ich gleich vor dem Laden stand. Denn wann immer ich im *Golden Flower* war, halfen die Blumen, mich abzulenken und meine Probleme kleiner erscheinen zu lassen.

Montags kam Kieran später zur Arbeit, und gelegentlich nahm auch Rose sich die Frühschicht frei, wenn nicht allzu viel Arbeit anstand. Ich würde also die nächsten Stunden mit Jo alleine sein, und da sie die meiste Zeit ohnehin mit anderen Aufgaben wie der Buchhaltung beschäftigt war, konnte ich mir die Zeit nehmen, um umgeben von Blumen meine Gedanken ein wenig zu sortieren.

Ich band mein Haar zu einem Zopf und warf einen letzten Blick in den Spiegel, um mich zu vergewissern, dass meine Haare in Ordnung waren. Ich hatte noch ein wenig Zeit, also ging ich in die Küche, wo ich mein schmutziges Geschirr in die Spülmaschine räumte, als mein Blick auf den mit Käse und Salat belegten Bagel fiel, den ich vorhin nicht mehr geschafft hatte. Ich wollte ihn nicht einfach wegwerfen, weil es falsch war, Lebensmittel auf diese Weise zu verschwenden, aber morgen früh wäre er nicht mehr frisch. Vielleicht konnte ich ihn ja auf dem Weg Kieran oder Tessa überlassen.

Ich packte den Bagel in eine Tüte, vergewisserte mich noch einmal, dass ich alles hatte, und zog dann die Wohnungstür hinter mir zu. Ich lief die Stufen hinab, und als ich vor Kierans Wohnungstür stand und anklopfen wollte, stellte ich fest, dass die Tür nur angelehnt war.

Ich runzelte die Stirn. Wieso hatte er die Tür nicht hinter sich zugezogen? Vorsichtig drückte ich die Tür weiter auf und trat in seine Wohnung.

»Kieran?«

Nichts.

Eigentlich fühlte ich mich nicht wohl dabei, einfach durch seine Wohnung zu laufen, aber ich machte mir gerade zu viele Sorgen, als dass ich mir hätte Gedanken darüber machen können, ob ich damit eine Grenze überschritt. Ich lief jeden Tag an seiner Tür vorbei, wenn ich meine Wohnung verließ und wieder nach Hause kam, und noch nie hatte er sie einfach so offen gelassen. Ein ungutes Gefühl beschlich mich.

Ich machte einen weiteren Schritt vorwärts, als mein Blick auf Kierans zwei Silberringe fiel, die auf der Kommode im Flur lagen. Und obwohl ich eigentlich nicht neugieriger sein wollte, als gut für mich war, konnte ich mich nicht zurückhalten.

Ich hob sie auf und inspizierte sie.

Der erste Ring bestand aus silbernen Ranken, die sich elegant miteinander verflochten. Der zweite war schlicht und zeigte keinerlei Besonderheiten. Auf der Innenseite der Ringe entdeckte ich Buchstaben, die fein säuberlich dort eingraviert worden waren. Im ersten Ring ein *A*, im zweiten ein *C*.

A und *C* …

Oh mein Gott!

Die Erkenntnis traf mich aus dem Nichts. Er trug diese Ringe praktisch immer, und jetzt verstand ich auch, wieso. Das mussten die Initialen und somit die Ringe seiner Eltern sein.

Mein Herz zog sich schmerzhaft zusammen. Kieran vergaß die Menschen, die ihm so wichtig gewesen waren, nicht. Und es berührte mich, dass er die Erinnerung an die kostbarsten Menschen in seinem Leben still und heimlich jeden Tag bei sich trug.

Ich griff an meinen Hals und umfasste den Schneeflockenanhänger, den ich von Eliza hatte. Dieser kleine Anhänger war mit das Kostbarste, was ich besaß – nicht weil er teuer gewesen wäre. Sondern weil er mich an meine beste Freundin erinnerte und mich mit ihr verband. In diesem Moment verstand ich, dass es Kieran mit den Ringen und seinen Eltern ähnlich gehen musste.

Ich legte die Ringe zurück auf die Kommode, als mich ein Geräusch aus dem Wohnzimmer zusammenschrecken ließ.

Was war das?

Mit einem Mal fühlte es sich an, als würden meine Beine unter mir nachgeben. Ich konnte das Geräusch nicht richtig zuordnen, aber ich wusste, dass es mir nicht gefiel. Es hatte geklungen, als wäre etwas zerbrochen.

»Nein, nicht …«, raunte eine tiefe Stimme. Die Worte waren kaum mehr als ein erschöpftes Flüstern, doch sie reichten aus, um mein Herz einen Schlag aussetzen zu lassen. Ich konnte nicht genau sagen, was es war, doch irgendwas an dieser Situation fühlte sich furchtbar falsch an. Es war, als würde ich in Kierans Privatsphäre eindringen, wenn ich durch seine Wohnung marschierte, doch gleichzeitig machte ich mir Sorgen, weil seine Tür einfach offen gestanden hatte. Vielleicht wäre es besser zu gehen, doch aus irgendeinem Grund machte ich stattdessen einen Schritt aufs Wohnzimmer zu. Innerlich verfluchte ich mich dafür, aber ich konnte mich aus irgendeinem Grund nicht einfach umdrehen und gehen.

»Bitte nicht …«, flehte die Stimme erneut, und mein Puls beschleunigte sich.

Jetzt oder nie. Ich trat ins Wohnzimmer, und als ich Kieran auf der Couch schlafen sah, atmete ich erleichtert aus, nur um mich im nächsten Augenblick vollständig zu versteifen. Er trug dieselbe Kleidung, die er gestern Nachmittag getragen hatte, doch sie wirkte vollkommen zerknittert. Seine Sonnenbrille lag auf dem Boden, und seine Haare standen wirr in alle Richtungen ab. Auf seiner Stirn zeichneten sich Schweißperlen ab, und er wälzte sich gequält von einer Seite auf die andere. Neben seiner Sonnenbrille entdeckte ich die Scherben einer zerbrochenen Tasse, was das laute Geräusch von vorhin erklärte.

Was war los mit ihm?

Ich war nicht sicher, ob ich ihn aufwecken sollte. Er sah aus, als würde er gerade einen schrecklichen Traum durchleben, aber hieß es nicht, dass man keine Träumenden aufwecken sollte? Oder waren das Schlafwandler?

»Scheiße, Damien …«, wisperte er. Im Schlaf löste sich eine Träne aus seinem Augenwinkel und rann über seine Wange. Dann gab er ein Wimmern von sich, und in diesem Moment war mir alles egal. Ich hatte keine Ahnung, was er da sah, aber ich wusste, dass ich das keinen Augenblick länger ertragen konnte. Ich setzte mich auf die Kante der Couch und fuhr vorsichtig über seine Arme.

»Kieran? Wach auf.« Als er auf meine Berührungen nicht reagierte, intensivierte ich den Druck, doch das schien ihn nur noch weiter in seinen dunklen Träumen versinken zu lassen, denn mit einem Mal wurde seine Stimme noch panischer und verzweifelter. Ich packte seine Schultern und schüttelte ihn fest durch. »Kieran, verdammt, bitte wach auf!«

Er riss die Augen auf und schnellte sofort hoch. Sein Brustkorb hob und senkte sich heftig, während er noch immer nach Atem rang. Ich nahm wahr, wie seine Finger sich in das Polster der Couch gruben, wobei sein Blick panisch durch den Raum flog. In diesem Moment wirkte er so verdammt verwundbar, dass es mir das Herz brach.

»Hey, Kieran«, flüsterte ich leise, um ihn nicht zu verschrecken, »Ich bin's. Liora.«

»Liora«, wiederholte er, aber er klang so leer. Als wäre er gar nicht richtig hier. Sein Atem ging noch immer viel zu schnell, und obwohl er längst nicht mehr träumte, war da ein unergründlicher Ausdruck in seinen Augen, der mich schwer schlucken ließ. Es sah nach Verzweiflung aus. Nach Verzweiflung und Angst.

Ich hatte keine Ahnung, wie ich mit ihm umgehen sollte, also tat ich einfach das, was mir als Erstes in den Sinn kam: Ich rückte ein Stück näher und nahm ihn in den Arm. Genau so, wie er es mit mir getan hatte. Sein Kopf ruhte auf meinem Brustkorb, während meine Hand vorsichtig über seinen Rücken fuhr. Es war komisch, wie in diesem Augenblick die Zeit zu rasen und doch stillzustehen schien, aber irgendwann spürte ich, dass er sich unter meinen Berührungen beruhigte.

Ein paar Herzschläge später löste er sich langsam von mir, und als er mir ins Gesicht sah, war es, als würden tausend Gefühle miteinander kollidieren. Meine Sorge, die Angst, seine Panik, der Schmerz und ganz vieles, was ich nicht zuordnen konnte. Ich wusste nur, dass dieser Moment mir den Atem raubte.

»Kieran«, wisperte ich leise, als hätte ich Angst davor, was meine Worte anrichten konnten. »Was ist los?«

Ein paar Sekunden lang starrte er mich wortlos an, und ich war sicher, in diesem Moment etwas in seinen Augen zu sehen, was ich da noch nie gesehen hatte. »Gar nichts.«

Ich zuckte zusammen, als mich die Kälte in seiner Stimme traf. »Aber …«

»Es ist alles gut«, unterbrach er mich mit einem scharfen Unterton in der Stimme. Mochte sein, dass ich nicht alles wusste, aber ich wusste verdammt genau, dass *nicht* alles gut war.

»Wovon hast du geträumt?«, versuchte ich es erneut, doch als ich den Schatten sah, der sich auf seine Züge legte, wusste ich, was als Nächstes passieren würde.

Kieran schloss die Augen und hielt ein paar Herzschläge lang die Luft an. Dann zog er sich von mir zurück, richtete sich auf und hastete zur Tür. »Tut mir leid, dass du das mit ansehen musstest«, sagte er über seine Schulter hinweg, bevor er die Tür aufriss und fluchtartig die Wohnung verließ.

KAPITEL 20

Kieran

Ich war ein Dummkopf.

Ein absoluter Vollpfosten, der nicht nur sich selbst, sondern auch allen Menschen in seiner Umgebung etwas vormachte. Jemand, der in den letzten Tagen vollkommen zu verdrängen versucht hatte, dass diese Nacht mit Damien existierte. Ich hatte mehr und mehr versucht, mich auf Liora einzulassen und mit ihr zu reden, als hätten diese folgenschweren Minuten damals nicht alles für immer verändert. Doch jetzt erkannte ich, dass es egal war, wie sehr wir uns darum bemühten, manche Dinge zu verdrängen. Früher oder später kamen sie immer ans Tageslicht, und meistens passierte es in den Momenten, in denen man am wenigsten damit rechnete.

Ich spürte das schwere Pochen meines Herzens, als ich mit großen Schritten durch die Straßen von Northlake City preschte. Vielleicht tat ich das, weil die körperliche Anstrengung mich von meinen Gedanken ablenkte. Vielleicht lag der wahre Grund aber auch darin, dass ich schon immer ein Feigling gewesen war, der rannte, sobald er mit etwas nicht mehr klarkam.

Einen kurzen Moment hielt ich inne und atmete tief durch, doch augenblicklich waren da wieder diese Bilder, die sich in meine Netzhaut gebrannt hatten. Damien. Die endlose Straße.

Die Sterne. Dieses Licht, von dem ich viel zu spät erkannt hatte, was es wirklich gewesen war.

Und Liora ... *Fuck!*

Wieso hatte ausgerechnet sie mich finden müssen? Ich hatte sie kaum wahrgenommen, weil ich selbst nach dem Traum noch immer in einem Strudel aus Erinnerungen gefangen gewesen war. Doch ich wusste noch ganz genau, wie es sich angefühlt hatte, von ihr in den Arm genommen zu werden. Sie hatte mich an sich gedrückt, so wie ich es bei ihr getan hatte, als wir über die Highschool und die Menschen, die sie verletzt hatten, gesprochen hatten. Sie war für mich da gewesen, und ich konnte kaum fassen, dass sie mich so schnell hatte beruhigen können. Es war nicht mein erster Albtraum seit jener Nacht gewesen, aber es war das erste Mal, dass ich nach wenigen Minuten wieder ansprechbar gewesen war.

Liora ...

Ich war sicher, dass es an ihr lag. Kein anderer hätte das geschafft, und obwohl es sich gut anfühlte, dass da jemand war, der selbst in meine dunkelsten Momente ein wenig Licht brachte, wusste ich nicht, was ich davon halten sollte. Sie hatte einen Einfluss auf mich, wie ihn kein anderer Mensch hatte, aber jetzt erkannte ich, dass vielleicht genau da das Problem lag. Sie war dazu in der Lage, mir all das Gute zu geben, was in ihr steckte. All die Wärme und Freundlichkeit, die Zuversicht und Hoffnung. Sie konnte mich aus meinen dunkelsten Abgründen ziehen.

Aber was konnte ich für sie tun? Ich konnte ihr meine Hoffnungslosigkeit und meinen Schmerz zeigen. Konnte sie in meine Abgründe hinabreißen, und das war verdammt noch mal nicht fair.

Sie hatte mir in der letzten Zeit so gutgetan, dass ich mich rücksichtslos an dieses Gefühl geklammert hatte. Ihre liebevolle Art, ihre Leidenschaft für Blumen, unsere lockeren Gespräche, ihr Verständnis für mich ... An ihrer Seite konnte ich ein paar Augenblicke alles vergessen und einfach nur lächeln und frei sein.

Ich hatte angefangen, mich zu fragen, was wohl passieren würde, wenn ich einfach loslassen und mich von meinen Emotionen treiben lassen würde …

Fuck, ich war so verdammt naiv. Ich war gebrochen. Und gebrochenen Menschen konnte man kaum helfen, denn jeder, der es versuchte, würde sich an den Scherben schneiden.

Ich hatte mir eingeredet, dass es für mich Hoffnung gäbe. Insgeheim hatte ich geglaubt, dass meine Verbundenheit zu Liora mir vielleicht helfen würde, alles hinter mir zu lassen. Dass ich vielleicht in Northlake City einen Neuanfang wagen konnte. Aber die Nacht mit Damien war nichts, was man einfach hinter sich lassen konnte. Dieser Traum hatte mir das nur allzu gut verdeutlicht, und jetzt musste ich mir eingestehen, dass ich alles falsch gemacht hatte. Ich hätte ihr niemals mehr über mich und meine Eltern erzählen dürfen. Hätte Liora niemals auf dieses Schlachtfeld von Leben, das ich führte, ziehen dürfen, aber ich konnte immerhin froh sein, dass ich es jetzt noch bemerkt hatte, bevor noch mehr zwischen uns hatte entstehen können.

Ich schüttelte den Kopf. Jetzt gerade war einfach alles zu viel, also tat ich einfach das Einzige, was mir in den Sinn kam.

Ich rannte.

Irgendwann stand ich wieder vor meiner Wohnung und trat ein, weil ich wusste, dass Liora auf der Arbeit und nicht mehr hier war. Doch schon nach ein paar Minuten spürte ich, dass ich es hier nicht aushielt. Es war, als würden die Wände immer näher kommen und mich erdrücken. Als gäbe es hier drin keine Luft zum Atmen mehr.

Ich muss hier raus!

Ich nahm mir noch ein paar Minuten, um mich zumindest kalt abzuduschen und mir frische Klamotten überzuziehen, bevor ich die Wohnungstür hinter mir zuzog und erneut auf die Straße trat. In meiner Jackentasche kramte ich nach meiner Zigarettenschachtel, und als ich fündig wurde, zündete ich eine an und nahm einen kräftigen Zug. Augenblicklich spürte ich, wie ein Teil des Stresses von mir abfiel, jedes Mal, wenn ich einen Zug nahm und den Rauch in den Himmel blies. Aber ich wusste, dass das nur eine temporäre Lösung war.

Orientierungslos ließ ich mich von meinen Beinen tragen, bis ich irgendwann vor dem Sky Tower stand.

Schließ die Augen und versuch, dir vorzustellen, dass du jetzt einhundertsiebenundzwanzig Meter näher am Himmel und an deinen Eltern bist.

Ein warmes Gefühl breitete sich in meiner Brust aus, als ich an Lioras Worte dachte. Meine Eltern … Vielleicht war es seltsam, aber das war einer dieser Momente, in denen ich sie am meisten vermisste. Weil es ein Moment war, in dem ich mich vollkommen hilflos fühlte, und ich fragte mich, wie es wohl wäre, den Kopf auf den Schoß meiner Mom zu legen und ihr davon zu erzählen, während sie mir versprach, dass wir alles wieder in den Griff kriegen würden.

Fast schon automatisch ging ich zu dem Aufzug, und ein paar Sekunden später stand ich hoch oben auf dem Turm. Ich ging auf das Sicherheitsgeländer zu und ließ mich erschöpft mit dem Rücken dagegensinken. Dann richtete ich meinen Blick gen Himmel.

»Hey, Mom. Hey, Dad. Ich weiß, ich bin eigentlich nicht wirklich der gläubige Typ, und vermutlich wundert ihr euch darüber, dass ich jetzt hier sitze, in den Himmel schaue und mit euch rede, aber es ist gerade einfach alles zu viel. Ich …« Meine Stimme brach, und ich brauchte ein paar Sekunden, um mich wieder zu sammeln. »Ich vermisse euch einfach, und ich wünschte, ihr wärt hier, um mir irgendeinen elterlichen Rat zu geben, der mich aus dieser ganzen Scheiße wieder rausholt.«

Ich erzählte ihnen von all den Dingen, die mich belasteten. Von all den Gefühlen, die ich im Moment nicht ertrug, und all den Gedanken, die in meinem Kopf umherschwirrten, und obwohl sie mir natürlich nicht antworten konnten, tat es gut, es ihnen wenigstens erzählt zu haben.

Ich beobachtete den Himmel dabei, wie er sich langsam verfärbte. Wolken zogen am Horizont vorbei, und irgendwann wurden sie in ein atemberaubendes Orange getaucht, das sich mit der Zeit zu einem hellen Rot entwickelte. Als die Sonne dann unterging, entdeckte ich den Mond, und die ersten Sterne funkelten am Firmament. Ein paar Sekunden schloss ich die Augen und versank in diesem Moment.

»Du sitzt schon ziemlich lange hier«, hörte ich plötzlich jemanden sagen.

Ich blickte auf und sah in die braunen Augen eines Typen, der mich freundlich anlächelte. Das Erste, was ich wahrnahm, war sein außergewöhnliches Aussehen. Blaue Haare, brauner Dreitagebart, insgesamt ein attraktiver Typ. Er schien ungefähr in meinem Alter zu sein, war ein wenig kleiner und schmaler gebaut, doch das tat seiner Erscheinung keinen Abbruch. Als er den Kopf leicht zur Seite neigte, erkannte ich einen Schriftzug hinter seinem rechten Ohr. Ich sah genauer hin und entzifferte das Wort *Freedom* in schwarzer Tinte.

Ich nickte, weil ich nicht wusste, was ich darauf erwidern sollte.

»Darf ich mich zu dir setzen?«

»Klar.«

Ohne zu zögern, setzte er sich links von mir hin und lehnte sich mit dem Rücken gegen das Geländer. »Ich bin Chris.«

»Kieran, freut mich.«

»Also, Kieran, was treibt dich hierher?«

Meine tonnenschweren Gedanken, hätte ich am liebsten gesagt, doch ich kannte diesen Typen nicht. Und ich war nicht sicher, ob ich jetzt mit einem Fremden darüber reden wollte. »Ich wollte einfach ein wenig Zeit zum Nachdenken haben, und bisher war ich hier oben immer ungestört. Und du?«

Im Augenwinkel sah ich, wie er mit der Schulter zuckte. »Ich mache gerade eine Art Selbstfindungsreise, könnte man sagen. Und bevor du fragst: Ich weiß selbst nicht so genau, wie das passiert ist, aber irgendwie bin ich in dieser Stadt gelandet und immer weiter auf diesen Turm zugelaufen. Dann bin ich hochgefahren, hab dich hier sitzen sehen, und jetzt sprechen wir miteinander.«

»Klingt aufregend.«

»Das ist es auch. Sich einfach mal treiben lassen und nicht über seine Verpflichtungen nachdenken.«

»Wo kommst du denn her?«, fragte ich ihn, weil er mich neugierig gemacht hatte.

»San Francisco.«

Ich stieß ein anerkennendes Pfeifen aus. »Das ist ganz schön weit weg.«

Er nickte. »Ja, das ist es. Aber es ist genau die Distanz, die ich gebraucht habe.«

»Und wie bist du dazu gekommen, diese Reise zu unternehmen?«

»Das kam irgendwie ganz automatisch. Jacob, ein Freund von mir, und ich haben gleichzeitig unser Studium beendet, und eigentlich wollten wir uns beide direkt in die Arbeitswelt stürzen, doch ich hatte nicht das Gefühl, dafür bereit zu sein. Ganz im Gegenteil. Es war, als würde die Welt nach mir rufen. Als gäbe es da draußen noch so verdammt viel, was ich noch nicht gesehen habe, und ich wusste, dass ich all diese Erfahrungen noch mitnehmen wollte, bevor ich einen festen Job ergreife. Und ich bereue es kein bisschen. Ich lasse mich seit zwei Monaten einfach treiben, war an den verschiedensten Orten, habe viele spannende Menschen kennengelernt und dadurch das Gefühl bekommen, ein Stückchen weiter zu mir selbst gefunden zu haben.«

»Wow.« Ich dachte über seine Worte nach. Er hatte einfach seine Sachen gepackt und war gegangen. Hatte alles hinter sich gelassen, ohne auch nur eine Sekunde zu zögern. Im Grunde genauso, wie ich es mit Creekwood Hill gemacht hatte, nur dass unser Antrieb nicht derselbe war. Bei mir war es der Schmerz gewesen, der an diesem Ort an jeder Ecke lauerte. Chris hingegen hörte einfach auf sein Herz, statt über die Konsequenzen seiner Reise nachzudenken. Auf irgendeine Art und Weise fand ich das bewundernswert. »Wie schaffst du das?«, hakte ich nach. »Einfach das tun, worauf du Lust hast, ohne darüber nachzudenken, was für Konsequenzen das hat? Deine ganzen Freunde und deine Familie warten doch bestimmt in San Francisco auf dich.«

Er drehte den Kopf zu Seite und sah mich lächelnd an. »Ja, das stimmt. Und am Anfang ist es mir auch wirklich verdammt schwergefallen. Ich war eigentlich immer der Vernünftige, mit dem man gesprochen hat, wenn man einen weisen Ratschlag benötigte, aber auf einmal war da dieser Drang, einmal im Leben nicht vernünftig zu sein. Ich habe ihnen erklärt, wie ich mich fühle, und sie haben mich bei meinem Vorhaben unterstützt. Du hast recht, im Leben gibt es Konsequenzen, aber manchmal müssen wir einfach drauf scheißen und das tun, was sich richtig anfühlt, damit wir uns weiterentwickeln können.«

»Ich weiß nicht, ob ich das kann«, sagte ich unsicher.

»Wieso solltest du es nicht können?«, erwiderte Chris.

»Weil manchmal die Konsequenzen zu schwerwiegend sind, um sie einfach zu ignorieren.«

»Klingt fast so, als ob du etwas ganz Bestimmtes im Kopf hättest.«

Ich starrte hilflos auf meine Finger, die ich miteinander verflocht. Fuck, es war so schwer, darüber zu reden. Und dann noch mit einem Fremden, aber er hatte etwas an sich, was mir das Gefühl gab, dass es okay war, sich ihm gegenüber zu öffnen. »Ja.«

»Und worum geht es?«

»Um eine Frau, schätze ich. Aber nicht nur um sie. Da ist so viel mehr.« *So viel mehr, was in der Vergangenheit passiert ist, das sich jetzt zwischen uns stellt.*

Chris lachte ein heiseres Lachen. »Diese Dinge sind die kompliziertesten.«

Ich nickte, weil mir darauf keine Antwort einfiel.

Er schien zu merken, dass mir dieses Gespräch schwerfiel, denn er ließ das Thema fallen. »Rauchst du?«

»Ja«, antwortete ich, und im nächsten Moment zog er eine Schachtel aus der Tasche und zündete uns beiden eine Zigarette an. Wieder spürte ich, wie bereits der erste Zug mich lockerte. Ich schaute zur Seite und beobachtete Chris dabei, wie er an der Zigarette zog und die Rauchschwaden in die Nacht schickte. Ihm dabei zuzusehen, wirkte irgendwie beruhigend auf mich. Vielleicht lag es daran, dass er so aussah, als würde er mit der Nacht verschmelzen. Als würde er sich auf eine Art und Weise diesem Moment hingeben, wie es die meisten Menschen gar nicht könnten. Die Ruhe in Person.

»Fühlst du dich jetzt besser?«, fragte er, nachdem die Zigaretten verglüht waren.

»Ein wenig.«

»Dann lass es uns noch einmal versuchen«, sagte er und drehte sich in meine Richtung. »Wieso fällt es dir so schwer, bei ihr auf die Konsequenzen zu scheißen?«

»Weil es immer darauf ankommt, wen meine Entscheidungen betreffen. Würde ich damit nur mir selbst schaden, dann würde ich es vielleicht durchziehen. Aber wenn ich untergehe – und das werde ich –, dann ziehe ich sie mit mir runter, wenn ich mich jetzt auf sie einlasse. Und das muss ich verhindern.«

»Klingt ziemlich düster.«

»Ist es auch.«

Ein paar Sekunden war es still, und ich sah, dass Chris über meine Worte nachdachte. Dann räusperte er sich schließlich. »Hast du es ihr gesagt?«

»Was denn?«

»Dass du so was denkst.«

»Nein, wieso sollte ich?«

»Weil du ihr die Möglichkeit geben solltest zu entscheiden, ob sie etwas mit diesen Dingen zu tun haben will oder nicht. Wenn du sie aus deinem Leben ausschließt, ohne ihr einen Grund zu liefern, tut ihr das noch mehr weh, als wenn du sie mit dir reißen würdest.«

»Das geht nicht«, erwiderte ich, obwohl ein Teil von mir wusste, dass er recht hatte. Denn ich kannte Liora. Sie würde sich in meinen ganzen Mist stürzen, ohne mit der Wimper zu zucken, weil das ihre Art war. Sie verweigerte niemandem Hilfe, der sich verwundbar zeigte. Und das war ihre größte Schwachstelle.

Mit einem Mal wurde Chris' Miene weicher. »Dann finde einen Weg, dafür zu sorgen, dass es geht. Ich habe das Gleiche schon bei so vielen Leuten gesehen. Sie haben Probleme, die sie für so schwerwiegend halten, dass sie sich einander nicht anvertrauen. Stattdessen verletzen und distanzieren sie sich grundlos voneinander. Aber diese Probleme ließen sich doch vermeiden, wenn man offen und ehrlich kommunizieren würde, oder nicht?«

»Fuck, Chris, ich kann das nicht!«, fluchte ich, weil mir dieser Gedanke Angst einjagte.

»Was empfindest du für sie?«

Ich sah ihn skeptisch an. »Was hat das damit zu tun?«

»Eine ganze Menge. Wenn wir wirklich etwas für jemanden empfinden, dann stellen wir sein Wohl über unser eigenes. Und glaub mir, Unwissenheit ist oft qualvoller als die Wahrheit. Wenn du ihr nicht wehtun möchtest, dann sag ihr, was los ist. Und am Ende kannst du sie trotzdem noch von dir stoßen, wenn du es dann immer noch willst, aber dann kennt sie wenigstens den Grund.«

»Ich weiß nicht, was ich für sie empfinde«, log ich, und mit einem Mal trat ein breites Grinsen auf Chris' Gesicht.

»Dann helfe ich dir dabei, es rauszufinden. Selbstfindungs-Chris wird jetzt etwas Verrücktes machen, was der vernünftige

Chris niemals getan hätte. Also … Schließ deine Augen und denk an sie. An ihr Haar, ihre Augen, jede einzelne Kontur ihres Gesichts.«

Im ersten Moment war ich ein wenig skeptisch, doch Chris' strenger Blick ließ mich sofort die Augen schließen. Und dann dachte ich an Liora, ihr blondes Haar, das mich an flüssige Sonnenstrahlen erinnerte. Die eisblauen Augen, von denen ich sicher war, dass sie auf den Grund meiner Seele schauen konnten. Die blasse Haut.

Und dann spürte ich ihre Lippen auf meinen. Es war ein Kuss, den ich, ohne zu zögern, erwiderte. Sanft, forschend und doch selbstsicher. Ihre Hand legte sich auf meine Wange, während ihre Lippen sich immer leidenschaftlicher an meine schmiegten. Einen Augenblick vergaß ich alles. Meine Probleme, den Sky Tower, Chris …

Scheiße, Chris!

Erschrocken löste ich mich von ihm und prallte mit dem Rücken gegen das Sicherheitsgeländer, doch er sah mich nur mit einem breiten Grinsen auf dem Gesicht an.

»Hast du mich gerade geküsst?«, fragte ich ungläubig, obwohl sein Ausdruck schon Antwort genug war.

»Kann sein, aber eigentlich solltest du dir die Frage stellen, an wen du gedacht hast, dass es dir so gut gefallen hat.«

Ich öffnete den Mund, schloss ihn wieder, öffnete ihn erneut und gab am Ende nur einen leisen Fluch von mir.

»Eigentlich müsste ich jetzt enttäuscht sein, weil du nicht sofort meinen Namen in die Welt hinausschreist, aber wenn die Antwort der Name dieser Frau ist, dann ist das auch okay.«

»Du bist …«

»Auch an meinen unvernünftigen Tagen noch der beste Ratgeber, ich weiß«, beendete er meinen Satz.

Ich schüttelte den Kopf, aber er hatte recht. Ich hatte die ganze Zeit nur an sie gedacht. Mir war nicht einmal aufgefallen, dass es nicht ihre Lippen gewesen waren, weil ich so sehr in meine Gedanken an sie versunken gewesen war.

»Du magst sie. Das hab ich gespürt.« Diesmal klang seine Stimme ernst. Es war eine Feststellung, die keinen Platz für Widerspruch ließ.

»Das tue ich.«

»Dann tu ihr bitte nicht weh, Kieran. Rede mit ihr. Lass sie wissen, worauf sie sich einlässt, denn wenn auch nur der Hauch einer Chance besteht, dass es eine Zukunft für euch gibt, dann sollte sie an dieser Entscheidung teilhaben. Das Schlimmste, was du ihr antun könntest, wäre, sie machtlos dabei zusehen zu lassen, wie du dich allein gegen euch beide entscheidest.«

Chris' Worte trafen mich tief in meinem Innersten. Ich hatte keine Ahnung, wie er das machte, aber es war, als hätte er Ordnung in mein Chaos gebracht. Als hätte er mir geholfen, die Dinge zu sehen, vor denen ich mich versteckte, weil ich Angst davor hatte.

»Glaubst du, dass es die richtige Entscheidung ist?« Meine Stimme war kaum mehr als ein raues Flüstern.

»Ich glaube, dass du viel für sie empfindest, und ich glaube, dass du Angst vor den Konsequenzen hast, die sich ergeben könnten, wenn du deinen Gefühlen nachgibst. Aber ich bin sicher, dass man die Folgen manchmal einfach außer Acht lassen muss, wenn es sich richtig anfühlt. Und wenn sie der richtige Mensch für dich ist, dann wird es sich niemals falsch anfühlen, dich für sie zu entscheiden.«

»Danke, Chris.«

»Jederzeit.« Er lächelte mich an. »Wenn du magst, dann gebe ich dir meine Nummer. Falls mal wieder irgendetwas sein sollte oder du jemanden brauchst, der dich auf den richtigen Weg küsst, kannst du dich bei mir melden.«

Ich boxte ihm spielerisch auf den Oberarm, reichte ihm dann aber mein Handy. Er tippte seine Nummer ein und speicherte sie dann ab.

Und dann sammelte ich meinen Mut und verschickte eine Nachricht, von der ich hoffte, dass sie wirklich die richtige Entscheidung war.

Ich; 22:51 Uhr
Gehen wir morgen nach der Arbeit zusammen Eislaufen?

KAPITEL 21

Liora

Als wir am nächsten Tag im *Golden Flower* standen, fühlte ich eine seltsame Anspannung zwischen Kieran und mir. Eine gewisse Distanz, die sich so schwer anfühlte, dass ich sicher war, die anderen würden sie auch wahrnehmen.

Ich war froh, dass Jo und Rose uns nicht darauf ansprachen. Besonders Jo war ich dankbar, weil sie Kierans Abwesenheit gestern auf meinen Wunsch hin einfach hingenommen hatte. Ich wusste, es war keine Selbstverständlichkeit, und ich hoffte, dass Kieran und ich die Sache später klären konnten. Die Arbeit durfte nicht unter unseren privaten Angelegenheiten leiden. Meine Erfahrungen mit Hannah hatten mir gezeigt, dass unsere privaten Probleme dafür sorgten, Jo früher oder später in Schwierigkeiten zu bringen, und das wollte ich auf jeden Fall vermeiden.

»Bist du bereit?«, fragte Kieran, als ich am Abend die Tür zum Laden abschloss.

Ich zog den Schlüssel aus dem Schloss, ließ ihn in die Hosentasche gleiten und drehte mich zu Kieran um, der unruhig mit seinen Autoschlüsseln spielte. »Ich denke schon.«

»Dann wollen wir mal?«, sagte er, doch es klang eher wie eine Frage. Er wirkte verunsichert, und ich hasste es, weil ich gedacht hatte, wir wären über diesen Punkt längst hinaus. Doch anscheinend hatte es nur diesen einen Traum gebraucht, um unser Verhältnis zueinander wieder um Tage zurückzuwerfen.

»Wir müssten nur kurz zu Hause anhalten, damit ich meine Schlittschuhe holen kann. Ansonsten wäre ich bereit.«

Er nickte und betätigte einen Knopf auf dem Autoschlüssel, der die Türen entriegelte. Dann griff er nach der Beifahrertür, um sie mir aufzuhalten.

Meine Mundwinkel hoben sich unwillkürlich, weil es diese Kleinigkeiten waren, die mir zeigten, wer Kieran wirklich war. Denn in Momenten wie diesen spielte es keine Rolle, dass alles so kompliziert war, weil ich erkannte, dass hinter seiner harten Fassade ein verletzter, aber guter Mann steckte. Ein zuvorkommender und aufmerksamer Mensch, dessen Narben es ihm an manchen Tagen einfach schwer machten, er selbst zu sein.

Ich stieg ein, und ein paar Sekunden später saß Kieran neben mir. Er startete den Motor und fädelte sich in den Verkehr ein. Wir beide spürten, dass es so viel zu sagen gab. So viele Worte, die zwischen uns hingen, aber keiner von uns traute sich, das Eis zu brechen. Stattdessen fuhren wir schweigend bis zu unserem Wohnkomplex und von dort aus weiter zur Eishalle. Immer wieder nahm ich wahr, dass er mir verstohlene Blicke zuwarf, doch ich reagierte nicht darauf. Denn ich wusste, dass wir, wenn wir anfingen zu reden, über gestern reden mussten. Über diesen Traum und darüber, was er mit ihm gemacht und wieso er mich abgewiesen hatte. Und ich war nicht sicher, ob ich das jetzt verkraftete. Jedes Mal, wenn ich an seine Panik und Angst dachte, legte sich eine unerträgliche Schwere auf meine Brust, und ich hoffte, diese Unterhaltung wenigstens noch ein paar Minuten aufschieben zu können.

Alle Gedanken waren vergessen, als ich über das Eis glitt. Wie immer war es ein unfassbar befreiendes Gefühl, das mich in seinen Bann zog. Der Wind, der mir ins Gesicht schlug, das Kratzen der Kufen auf dem Eis. Ich liebte alles daran.

Ich schloss die Augen, drehte mich um hundertachtzig Grad und ließ mich rückwärts über das Eis gleiten. Als ich langsamer wurde und die Augen wieder öffnete, verfing sich mein Blick mit Kierans.

An die Bande gelehnt beobachtete er jede meiner Bewegungen, und obwohl uns die halbe Eisfläche voneinander trennte, erkannte ich das Lächeln, das sich auf seinem Gesicht ausbreitete. Dann stieß er sich von der Bande ab und schoss blitzschnell auf mich zu. Ich hatte keine Zeit zu reagieren, denn im nächsten Moment stand er vor mir und nahm meine Hände in seine.

Ein warmes Kribbeln durchfuhr meinen Körper, als seine Haut auf meine traf. Seine Berührung kam so unerwartet, dass ich mich nicht hatte darauf vorbereiten können, wobei es ohnehin keinen Unterschied gemacht hätte. Denn insgeheim wusste ich, dass mein Körper immer auf diese Weise auf seine Berührungen reagieren würde.

»Zieh mich.«

Ich starrte ihn an – und zog eine Augenbraue hoch. »Ich soll dich ziehen?«

Er nickte. »Ich könnte dich auch ziehen, aber du hast letztes Mal schon gemerkt, dass ich ein wenig eingerostet bin, und bevor du hier gleich wieder auf dem Eis liegst, dachte ich, überlasse ich dir das Kommando.«

Fast schon automatisch lächelte ich. »Du hast recht. Diese Erfahrung würde ich nur ungerne noch mal machen.«

Mein Griff um seine Hände wurde fester. Dann stieß ich mich ab, glitt rückwärts über das Eis und zog Kieran mit mir.

Im ersten Moment war es komisch, auf diese Art und Weise mit ihm über das Eis zu fliegen. Aber vielleicht war es auch nur komisch, weil es sich so vertraut anfühlte. Fast schon zu vertraut, wenn man bedachte, dass ich ihn vor wenigen Wochen noch nicht einmal gekannt hatte.

»Pass auf!«, durchbrach Kieran meine Gedanken.

Ich blickte über meine Schulter und sah einen kleinen Jungen, der unachtsam in unsere Richtung lief. Seine Wangen waren gerötet, und die kleine Mütze saß ihm schief auf dem Kopf. In letzter Sekunde wich ich ihm aus, doch dabei geriet ich ins Straucheln. Ich krallte mich an Kierans Oberarmen fest, der nur laut lachte.

»Ich glaube, statt meine Fähigkeiten auf dem Eis zu kritisieren, hättest du deine eigenen ein wenig aufpolieren sollen.«

Ich blickte auf, und einen Moment setzte mein Herz einen Schlag aus. Sein Lachen, seine dunklen Augen, einfach alles an ihm ging mir unter die Haut. Ich liebte es, wie er mich in diesem Moment festhielt und dass ich mich bei ihm so sicher fühlte. In diesem Augenblick war alles so perfekt.

Und trotzdem war da wieder diese Schwere, die sich auf mich legte, weil ich wusste, dass das alles nur Schein war. Und weil ich wusste, dass wir langsam nicht mehr so tun konnten, als wäre dieser Schein die Realität. Wir mussten miteinander reden, und wir befanden uns an einem Punkt, an dem wir es nicht mehr aufschieben konnten. Zumindest ging es mir so, und ich hoffte, er würde es verstehen.

»Tut mir leid.«

»Es ist ja nichts passiert.«

Ich schluckte schwer. »Das meine ich nicht.«

Kieran versteifte sich, als wüsste er ganz genau, worauf ich hinauswollte.

»Gestern …«

»Liora, ich …«, wollte er mich unterbrechen, doch ich ließ ihn nicht zu Wort kommen.

»Was gestern passiert ist, tut mir schrecklich leid. Es tut mir leid, sollte ich dich bedrängt oder etwas Falsches getan haben. Ich wollte nur für dich da sein.« Meine Hände glitten an seinen Oberarmen hinab bis zu seinen Händen, die ich vorsichtig umklammerte. Es dauerte ein paar Sekunden, doch er erwiderte den Druck.

»Fuck, Liora, dir muss gar nichts leidtun. Du hast nichts falsch gemacht.«

»Wieso fühlt es sich dann so an?«

Kieran atmete laut aus. »Weil das im Leben manchmal so ist. Manchmal macht man alles richtig, und trotzdem denkt man, man hätte alles falsch gemacht.«

»Also habe ich alles richtig gemacht?«

»Gott, Liora.« Statt zu antworten, zog er mich ein Stück näher, und im nächsten Moment spürte ich, wie seine Arme sich um meinen Oberkörper schlangen. Er drückte mich fest an sich, und ich lehnte meinen Kopf gegen seine Brust. Sein herber Duft stieg mir in die Nase. »Danke, dass du für mich da gewesen bist.«

Erleichterung machte sich in mir breit, doch im selben Moment fragte ich mich, wieso ich so sehr geglaubt hatte, ich hätte einen Fehler gemacht. Innerlich verfluchte ich mich für meine Unsicherheit. Ich wusste, dass ich nichts dafür konnte. Die Erfahrungen der Vergangenheit hatten mich so unsicher werden lassen, doch in diesem Augenblick wünschte ich mir, ich würde mich nicht immer davon treiben lassen. Es war anstrengend, die Fehler immer bei sich selbst zu suchen.

Langsam löste er sich von mir, und als ich diesmal in seine Augen blickte, spiegelten sich so viele unterschiedliche Gefühle darin wider, dass es mir schier den Atem raubte. Ich erkannte Schwermut und Angst, aber zwischen diesen negativen Emotionen waren da auch … Hoffnung und Entschlossenheit.

Ich zögerte kurz, weil ich nicht sicher war, ob ich damit nicht zu weit ging. Aber hier und jetzt war es mir wichtig, dass wir offen miteinander sprachen.

»War es das erste Mal?«, hörte ich mich im nächsten Moment auch schon sagen.

»Wollen wir vielleicht auf der Tribüne reden?«

Ich nickte, und er griff nach meiner Hand und zog mich an den Rand der Eislaufbahn, von wo aus wir auf die Tribüne stiegen.

Ein paar Sekunden war es still, und ich sah, wie schwer es Kieran fiel, sich zu sammeln. Nervös spielte er an seinen Ringen herum, während sein Blick unruhig durch die Halle zuckte. Es tat weh, ihn auf diese Art und Weise mit sich kämpfen zu sehen, aber ich wusste, dass ich ihm nur helfen konnte, wenn ich endlich wusste, was los war. Und das musste er mir wohl oder übel selbst berichten.

»Es ist zwar schon eine Weile her, aber es ist nicht das erste Mal, dass ich so einen Traum hatte, nein.«

Ich nickte und versuchte dabei, den aufkeimenden Schmerz zu ignorieren. Tausende Fragen schossen durch meinen Kopf, und ich versuchte, sie zu sortieren, weil es keinem von uns half, wenn ich mich jetzt davon mitreißen ließ.

»Ist es jedes Mal so schlimm?«, fragte ich, obwohl ich mich vor der Antwort fürchtete.

Er zögerte, und eigentlich war das schon Antwort genug. »Meistens ist es noch schlimmer.«

Ich wusste nicht, was ich sagen sollte. Dass es mir leidtat? Dass ich wünschte, ich könnte ihm irgendwie helfen? Die Worte lagen mir auf der Zunge, doch ich sprach sie nicht aus, weil sie wie bedeutungslose Floskeln klangen.

Bevor ich etwas sagen konnte, fuhr Kieran fort. »Normalerweise brauche ich viel länger, bis ich mich nach einem Albtraum wieder beruhigt habe. Meistens dauert es eine Weile, bis ich begreife, dass ich nur geträumt habe. Und bis mein Körper sich wieder unter Kontrolle hat, vergehen noch ein paar Minuten.«

»Was war diesmal anders?«

»Du warst da.«

Die Direktheit seiner Worte ließ mich zusammenzucken. Gleichzeitig machte sich ein warmes Gefühl in meiner Brust breit. »Freut mich, dass ich helfen konnte.«

Ein flüchtiges Lächeln trat auf Kierans Lippen, und ich lächelte zurück.

»Darf ich dich noch etwas fragen?«

Er nickte.

Ein ungutes Gefühl beschlich mich, doch ich ignorierte es, weil es keinen anderen Weg gab. Vielleicht traf ich mit dieser Frage einen wunden Punkt, doch womöglich musste ich genau diesen treffen, um eines der Hindernisse zwischen uns aus dem Weg zu räumen.

»Wovon hast du geträumt?«

Ein dunkler Schatten huschte über Kierans Züge, und ich erkannte den Kampf, den er innerlich ausfocht: Ein Teil von ihm wollte sich verschließen, und der andere wehrte sich vehement dagegen. Ich hoffte so sehr, dass der Letztere es schaffte.

»Ich … kann nicht.« Er senkte den Kopf und blickte auf seine Schlittschuhe.

Fast schon automatisch nahm ich sein Gesicht in meine Hände und zwang ihn, mich anzusehen. Seine Haut war eiskalt, und Verzweiflung legte sich auf seine Züge. Ich erkannte, wie schwer es ihm fiel, mit mir darüber zu reden, und ich wollte ihn nicht zu etwas drängen, womit er sich nicht wohlfühlte. Egal, wie groß das Bedürfnis danach war, mehr zu erfahren. »Das ist okay.« Ich versuchte, so viel Nachdruck wie möglich in meine Stimme zu legen, damit er mir glaubte, auch wenn ich nicht wusste, ob es wirklich etwas brachte.

Er schüttelte kaum merklich den Kopf, also wiederholte ich die Worte.

Kieran schloss die Augen, und seine Atmung beruhigte sich ein wenig. Tiefe, langsame Atemzüge. Ich sah, wie sehr er sich bemühte, ein wenig offener zu mir zu sein, und ich hielt seine Hände fest, weil ich wusste, dass er verstehen würde, was ich ihm damit sagen wollte.

Ich bin für dich da, Kieran.

Irgendwann öffnete Kieran die Augen, und seine raue Stimme traf etwas tief in mir.

»Ich weiß nicht, ob ich es verkrafte, dir von meinem Traum … dir von meinem *Leben* zu erzählen, aber wenn du möchtest, dann zeige ich es dir. Wenn du willst, dann zeige ich dir die Puzzleteile, damit du das Bild zusammenfügen kannst. Und am Ende ist es deine Entscheidung, was du mit diesem Bild machen möchtest.«

Ich nickte, ohne zu zögern.

KAPITEL 22

Kieran

Ich war nervös.

Meine Hand schloss sich um das kühle Metall der Reling, während ich auf den Lake Beverly unter uns blickte. Meine Knöchel traten weiß hervor, doch ich konnte mich einfach nicht beruhigen, wenn Liora bei mir war und kurz davorstand, Einblicke in mein Leben zu bekommen, von denen ich mir vor kurzer Zeit noch geschworen hätte, sie ihr niemals zu gewähren.

Aber Chris hatte recht. Ich musste ihr die Wahl lassen. Das war das einzig Richtige. Und vielleicht würde sie mich überraschen. Denn Liora war etwas Besonderes, und möglicherweise bestand die Chance, dass sie sich für mich entschied. Auch wenn sie erfuhr, was passiert war.

Dabei wusste ich nicht einmal, ob ich das überhaupt wollte. Nicht, weil Liora mir in der letzten Zeit nicht ans Herz gewachsen war, sondern weil ich nicht wusste, ob ich ihr mein Leben wirklich zumuten wollte.

Das Schlimmste, was du ihr antun könntest, wäre, sie machtlos dabei zusehen zu lassen, wie du dich allein gegen euch beide entscheidest.

Wieder hörte ich Chris' Stimme in meinem Kopf. Es waren Worte, an die ich mich mittlerweile klammerte, wenn mein innerer Fluchtinstinkt überhandzunehmen drohte.

»Ist alles gut?«

Ich drehte mich zur Seite und sah zu Liora, die mit zwei Gläsern Eistee in der Hand vor mir stand. Ihr blondes Haar war vom Wind zerzaust, und ihre eisblauen Augen bohrten sich intensiv in meine.

Als ich nicht antwortete, fuhr sie fort. »Wir fahren also nach Creekwood Hill.«

»Ja.« Ich hasste es, dass meine Stimme so zitterte.

Liora drückte mir eines der Gläser in die Hand und lehnte sich dann gegen die Reling, während ich den Blick wieder über den Lake Beverly wandern ließ. »Bist du sicher, dass das okay für dich ist? Du musst das nicht tun, wenn du dich nicht bereit dazu fühlst.«

Ich seufzte. »Ich glaube, das ist so ein Moment, zu dem man sich nie bereit fühlt. Manchmal muss man eben ins kalte Wasser springen. Das lässt sich nicht vermeiden.«

»Ich möchte nur nicht, dass du dich von mir bedrängt fühlst.«

Ich versuchte mich an einem Lächeln, von dem ich sicher war, dass es nicht echt wirkte. »Das ist wirklich okay, mach dir keine Gedanken.«

»Okay.« Liora hob das Glas ein wenig an und zog am Strohhalm. Im nächsten Moment kam ein kleines Mädchen auf uns zugerannt. Ihr braunes Haar war auf dem Kopf ganz verstrubbelt, und eine rote Schleife hielt ihren Zopf zusammen.

»Was macht ihr gerade?« Sie entblößte mit einem breiten Grinsen ihre Zahnlücke und fing an, wie ein Gummiball auf und ab zu hüpfen. Ihre neugierigen Blicke musterten uns.

Liora lachte. »Wir quatschen nur ein bisschen. Und du?«

»Mom telefoniert gerade.« Sie deutete mit dem Zeigefinger auf eine Frau, die sich ein paar Meter weiter auf einer Bank niedergelassen hatte und in ein Telefonat versunken war. »Und ich bin der Kapitän des Schiffs und kontrolliere die Passagiere.« Die Kleine salutierte vor uns, dann deutete sie auf Liora. »Alles klar, Matrasin?«

Wieder lachte Liora. »Du meinst sicher Matrosin.«

»Oh.« Sie führte nachdenklich einen Finger an den Mund. »Ja, genau. Matrosin.«

Jetzt salutierte auch Liora, und ich sah ihr dabei zu, wie sie sich mit dem kleinen Mädchen unterhielt. Es war schön, wie geduldig und verständnisvoll sie mit ihr umging. Statt ihr kindliches Verhalten mit einem Lächeln abzutun, nahm Liora sie ernst.

Ich war sicher, Lioras Seele bestand aus nichts als Licht. Und in diesem Moment wichen all meine Zweifel einem warmen Gefühl: Hoffnung.

Wenn es jemanden gab, der mit mir und meinem Schmerz, mit meinen Narben und meiner Dunkelheit umgehen konnte, dann war sie es – sie und ihr Licht.

Vielleicht war es richtig, mich ihr zu zeigen.

Vielleicht würde sie bleiben.

Ich musste es versuchen.

Denn wenn selbst sie nicht blieb, dann würde es vermutlich niemals jemand tun.

Während der gesamten Fahrt auf der Fähre hatte ich geglaubt, dass mein Herz nicht noch schneller hätte schlagen können. Doch als ich eine halbe Stunde später mit Liora vor dem Creekwood Hill Medical Center stand, merkte ich, dass ich mich getäuscht hatte. Mein Herz hämmerte derart heftig gegen meine Rippen, dass ich fast sicher war, Liora könnte es hören.

Sie stand regungslos neben mir und ließ ihren Blick an der steril anmutenden Fassade auf und ab wandern. Als sie bemerkte, dass ich sie musterte, versuchte sie sich an einem Lächeln, das vermutlich ungezwungen wirken sollte, doch es erreichte ihre Augen nicht.

»Das Creekwood Hill Medical Center«, sagte sie und versuchte erfolglos, ihre Unsicherheit zu überspielen.

»Ja.«

»Was tun wir hier?« Sie wandte den Blick vom Krankenhaus ab und sah mich an.

Ich atmete tief durch. »Du wolltest doch mehr über mich und mein Leben erfahren. Damit fangen wir heute an.«

Sie schluckte schwer. Doch bevor ich noch etwas sagen konnte, wandte sie den Blick wieder ab und straffte die Schultern. »Danke«, flüsterte sie.

»Wofür?«

»Für dein Vertrauen.«

Ich lächelte.

Wir gingen durch die Eingangstür, links an der Anmeldung vorbei und stiegen in den Aufzug, der uns in den dritten Stock brachte. Dann liefen wir den langen Gang entlang und blieben vor Lukes Tür stehen.

Ein paar Augenblicke war es, als wäre die Welt um mich herum verstummt und meine Gedanken dafür umso lauter.

Wir standen vor Lukes Tür.

Liora und ich.

Und mit einem Mal überkam mich eine furchtbare Angst.

Niemand wusste, dass ich Luke besuchte. Zumindest niemand außerhalb dieses Krankenhauses. Und jetzt würde ich zum ersten Mal einem Menschen diesen kleinen Jungen vorstellen, der untrennbar mit meinem Leben verbunden war.

Bei diesem Gedanken bekam ich weiche Knie. Wieder war da dieser Fluchtinstinkt in mir, der mich am liebsten dazu gebracht hätte, so weit wie möglich wegzulaufen. Vor dieser Situation. Und irgendwie auch vor Liora. Aber ich wusste, dass das jetzt nicht mehr ging. Ich hatte eine Entscheidung getroffen, und zu dieser musste ich auch stehen. Denn wie lange konnte ein Mensch so ein Versteckspiel aufrechterhalten – Wochen? Monate? Ich wusste es nicht, doch ich war sicher, dass es nicht für immer möglich war. Und vielleicht war jetzt der Zeitpunkt gekommen, um sich zu zeigen. Um ihr einen weiteren Teil der Narben zu zeigen, die sich wie endlose Risse über meine Seele zogen. Und zu hoffen, dass sie keine Angst vor ihnen hatte.

Mit zitternder Hand griff ich nach der Türklinke, drückte sie langsam herunter und schob die Tür auf.

»So, du hast es fast geschafft«, sagte die Ärztin, die an Lukes Bett stand.

Ich stand noch immer halb auf dem Flur und beobachtete, wie sie mit einer kleinen Taschenlampe in seine Augen leuchtete, um seine Pupillen zu kontrollieren. Mein Brustkorb wurde eng, doch ich versuchte, es mir nicht anmerken zu lassen. Das Letzte, was er jetzt brauchte, war mein Schmerz, denn sein eigener wog bereits schwer genug.

»Du machst das gut, Kleiner.«

Luke, der uns bisher nicht bemerkt hatte, wich dem Licht der Taschenlampe aus und sah in unsere Richtung. Und dann war da dieses Leuchten in seinen Augen, mit dem er mich in letzter Zeit immer häufiger bedachte. »Kieran!« Ein Grinsen breitete sich auf seinem Gesicht aus, und ich spürte, wie ich es unwillkürlich erwiderte.

Die Ärztin knipste das Licht der Lampe aus und notierte sich noch irgendwas auf einem Zettel, bevor sie mir zunickte und das Zimmer verließ.

Ich ging auf sein Bett zu und ließ mich wie immer auf der Bettkante nieder, wo ich mit meinen Händen durch seine braunen Locken fuhr. Er lächelte mich an, und ich liebte es, auch wenn ich das Gefühl hatte, es nicht verdient zu haben.

»Ich hab dich vermisst.« Obwohl sein Lächeln nicht verrutschte, hörte ich den Schmerz in seiner Stimme. Es musste schrecklich sein, den ganzen Tag über hier im Bett liegen zu müssen. Und außer mir gab es niemanden, der ihn besuchte und ihn von seinen Verletzungen ablenkte. Er musste seine Zeit in diesem Krankenhaus praktisch allein durchstehen, und das brach mir jedes Mal das Herz, wenn ich daran dachte.

»Ich hab dich auch vermisst, Kleiner.«

Sein neugieriger Blick flog an mir vorbei und blieb an Liora hängen, die noch immer zurückhaltend mitten im Raum stand.

Er legte den Kopf schief und musterte sie von oben bis unten. »Wer bist du?«

»Ich bin Liora. Und du?«

»Luke.« Er musterte sie ein paar Sekunden lang. »Hm, ja, sie ist genauso hübsch, wie du meintest, Kieran.«

Liora mied meinen Blick, doch ich bemerkte, wie sie augenblicklich rot wurde.

Und im ersten Moment ging es mir ähnlich. Kurz bereute ich, dass mir das ihm gegenüber bei unserem Gespräch rausgerutscht war, als wir auf das CT gewartet hatten. Aber warum eigentlich? Schließlich war es die Wahrheit, und wieso sollte ich nicht dazu stehen, dass ich sie schön fand? Nicht nur von außen, sondern insbesondere von innen. »Ich stehe dazu«, sagte ich also, sah ihr tief in die Augen und grinste.

Die Röte auf ihren Wangen blieb, doch sie wich meinem Blick nicht aus. Dann flüsterte sie ein leises »Danke«, ehe sie an Lukes Bett herantrat und sich neben mir auf der Bettkante niederließ. Ihr Knie streifte meins, und es fühlte sich an, als würde pure Energie durch meinen Körper zucken. Ich konnte nicht anders, als mich zu fragen, ob es sich für sie auch so anfühlte.

»Wie geht es dir, Luke?«

»Gut, dir?«

»Mir auch, danke.« Sie warf einen Blick an ihm vorbei auf den Nachttisch. »Ist das eine Popcornmaschine?«

»Ja, die hat Kieran mir geschenkt.« Luke zeigte mit dem Finger auf mich. »Das coolste Geschenk überhaupt.«

Ich lachte. »Immer wieder gern.«

»Du musst mir unbedingt zeigen, wie das funktioniert«, schaltete sich Liora wieder ein.

»Oh, jaaa!«

Ich liebte es, dass sie sich nichts anmerken ließ und ihn behandelte, als wäre er ein normaler Junge. Ein gesunder Junge. Sie sah das Pflaster, das seit dem Eingriff an seinem Kopf befestigt war. Sah, wie er in diesem Krankenhausbett lag. Und ganz bestimmt sah sie in seinen Augen auch all das Leid, das ihm widerfahren war. Aber sie maß alldem keine Bedeutung bei. Ich war ihr unendlich dankbar dafür, dass sie es ignorierte.

»Ich mag sie«, sagte Luke an mich gewandt, während er eine kleine Packung mit Maiskörnern aufzureißen versuchte.

»Ich mag sie auch.«

Bei meinen Worten zuckte Liora kurz zusammen, doch im nächsten Moment war da wieder dieses Lächeln auf ihren Lippen, das mich ein paar Sekunden alles vergessen ließ. Dieses Lächeln, das so viel Wärme in mir auslöste.

»Ich habe übrigens wieder ein neues Geschenk für dich, Kleiner.«

»Was ist es? Was ist es?« Er ließ die Packung fallen, setzte sich auf und zappelte aufgeregt herum.

Manchmal vermisste ich es, ein Kind zu sein. Diese Unbeschwertheit und Leichtigkeit, mit der sie durch die Welt gingen. Sie konnten so schnell von Trauer und Schmerz abgelenkt werden – durch ein simples Geschenk. Schade, dass wir diese Leichtigkeit verloren, je älter wir wurden.

»Ich gehe es schnell holen. Ich habe es nämlich hierherliefern lassen, und ich bin sicher, die Krankenschwestern sind schon sauer auf mich, weil es seit ein paar Tagen im Schwesternzimmer herumliegt.« Ohne eine Reaktion abzuwarten, riss ich die Tür auf, stürmte zum Schwesternzimmer und klopfte an die Tür, wo ich mir von einem jungen Krankenpfleger das Geschenk geben ließ. Dann machte ich mich wieder auf den Weg zu Lukes Zimmer und legte den verpackten Karton auf seinen Schoß.

»Wow, ist der groß!« Er legte sein Ohr an den Karton, klopfte darauf und schüttelte ihn, und ich konnte mich nicht gegen die ansteigende Aufregung in mir wehren, weil ich mich so auf seine Reaktion freute.

Im nächsten Moment zerriss er das Geschenkpapier, das ich um den Karton gewickelt hatte, und holte eine XXL-Packung seiner Lieblingssüßigkeiten – Sour Patches – heraus. Er jubelte vor Freude, und mein Herz hüpfte im Takt seiner Schreie.

»Das ist so verdammt cool. Danke, Kieran!« sagte er mit leuchtenden Augen.

»Ich dachte mir, wenn du schon die ganze Zeit hier drinhockst, dann sollst du wenigstens mit Karies wieder hier rauskommen.«

»Ich habe keine Ahnung, was Karies ist, aber wenn es das gratis zu deinen Geschenken dazugibt, dann nehme ich es gerne«, antwortete er, während er an der Süßigkeitenschachtel herumfummelte. »Hilfst du mir, die Packung zu öffnen?«, fragte er Liora, weil die harte Pappe des Kartons einfach nicht nachgab.

Sie nickte, ohne zu zögern. Gemeinsam rissen sie die Verpackung auf, und dann sah sie ihm mit einem unendlich warmen Blick dabei zu, wie er die ersten Bonbons probierte.

Ich setzte mich auf einen Stuhl und beobachtete die beiden dabei, wie sie anfingen, sich gegenseitig die Sour Patches in den Mund zu werfen. Luke lachte heute besonders viel, und jedes Mal, wenn ich sein Lachen hörte, wurde mein Herz ein wenig leichter. Es tat gut, ihn so zu sehen. Obwohl sie sich gerade erst kennengelernt hatten, war es, als würde Liora ihm einen Teil seiner heilen Welt zurückgeben.

Vielleicht war das einfach ihr Ding. Vielleicht war sie die, die jeden rettete. Ich hoffte, mich bei Gelegenheit bei ihr revanchieren zu können.

Irgendwann schlief Luke ein. Der Kampf gegen seine Verletzungen kostete ihn viel Kraft, und meistens konnte er kaum länger als eine Stunde spielen, bis er wieder schlafen musste, um seine Energiereserven aufzufüllen.

Liora setzte sich auf den Stuhl neben mich und betrachtete noch immer Luke. »Er ist ein toller Junge«, flüsterte sie in das Halbdunkel des Raums hinein. Wir hatten die Vorhänge zugezogen, damit das Sonnenlicht ihn nicht aufweckte.

»Ja, das ist er.«

»Wieso ist er hier?«

Ich seufzte. »Er hatte einen Unfall, bei dem er verletzt wurde. Er hatte eine Hirnblutung, und am Anfang war es ziemlich ernst, wie du dir sicher denken kannst. Ihm wurde operativ eine Drainage gelegt, damit das ganze Blut abfließen konnte. Die erste Woche hat er deswegen auf der Intensivstation verbracht, aber er ist stark. Er kämpft sich da durch und wird wieder gesund, da bin ich mir sicher.«

»Er wird es schaffen«, sagte sie überzeugt und griff nach meiner Hand. Ihre Haut war weich und zart, das komplette Gegenteil von meiner, und doch fühlte sich ihre Hand so perfekt in meiner an. Am liebsten hätte ich sie nie wieder losgelassen.

Wie konnte es sein, dass all die lauten Gedanken, alle Zweifel und Unsicherheit mit einem Mal leiser wurden, wenn sie mich berührte? Es ergab keinen Sinn, und trotzdem konnte ich dieses Gefühl nicht leugnen.

Eine Zeit lang schwiegen wir, aber uns umgab nicht die Art von Ruhe, in der die Gedanken unerträglich laut wurden. Es war die Art, in der alles friedlich und perfekt war. Ich dankte Liora still dafür, dass sie mir inmitten dieses Chaos ruhige Momente schenkte.

»Wieso tust du das?«, fragte sie irgendwann und zerriss die Stille. »Wieso bist du für ihn da? Wieso tust du all diese netten Sachen für ihn?«

»Weil es sonst niemanden gibt, der es für ihn tun würde.«

»Ich verstehe nicht.«

»Er hat keine Eltern mehr, Liora. Seine Eltern sind tot, und er hat niemanden mehr. Nur ich bin noch da, und ich werde ihn nicht fallen lassen. Ich weiß genau, wie einsam sich die Welt anfühlt, wenn die Eltern nicht mehr sind. Der Halt fehlt einem, und da ist niemand, wenn die Last des Lebens zu schwer wiegt. Luke wird dieses Privileg von jetzt an nicht mehr haben. Zumindest nicht mit seinen leiblichen Eltern, und das ist unfair. Ich weiß, dass ich seine Eltern niemals werde ersetzen können. Aber dennoch will ich versuchen, immer für ihn da zu sein. Denn Alleinsein ist das Schlimmste, was einem passieren kann.«

Liora drückte meine Hand ein wenig fester. Fast so, als wollte sie mir sagen, dass auch ich nicht allein war. Vielleicht bildete ich mir aber auch einfach zu viel auf diese Geste ein.

»Du bist ein guter Mensch, Kieran Montgomery.« Ihre Stimme klang brüchig. Vielleicht weil sie die ganze Situation ein wenig mitnahm, aber das war okay. Hier durfte man sich so fühlen. Denn in Krankenhäusern herrschte zu viel Leid, als dass man es vollständig von sich abschirmen könnte. Ich hoffte nur, sie würde den Schmerz nicht mit nach draußen nehmen. »Du bist wirklich ein unfassbar guter Mensch.«

So etwas konnte nur jemand sagen, der nicht meine ganze Wahrheit kannte. Der nicht Lukes ganze Wahrheit kannte. Doch fürs Erste musste ihr reichen, was ich ihr gezeigt hatte, denn ich fühlte mich noch nicht dazu bereit, ihr mehr zu geben. Vielleicht wäre ich das niemals, aber das würde ich erst erfahren, wenn ich eines Tages so weit war, es zu versuchen.

Kleine Schritte, Kieran.

Es gab noch so viele Dinge, die sie über mich wissen musste.

Und dann waren da noch so viele Dinge, die ich über sie erfahren wollte.

Aber vielleicht war jetzt nicht der richtige Zeitpunkt, um darüber nachzudenken. Vielleicht sollte es mir jetzt reichen, einfach mit ihr in diesem Raum zu sitzen und ihre Hand zu halten, während unsere tiefen Atemzüge die schwere Stille durchdrangen.

KAPITEL 23

Liora

Als ich am Abend im Bett lag, konnte ich nicht einschlafen. Ich war müde, ich hätte schlafen müssen, und trotzdem wanderten meine Gedanken immer wieder zu dem Mann, der mir heute einen Teil seiner Welt gezeigt hatte.

Es war komisch zu wissen, dass er gerade in der Wohnung unter mir im Bett lag.

Es war komisch zu wissen, dass keine zehn Meter zwischen seinem Herzschlag und meinem lagen.

Und am komischsten war, dass ich mir gerade nichts sehnlicher wünschte, als bei ihm zu sein und seinen Herzschlag zu fühlen.

Und könnte er meinen fühlen, dann würde er wissen, wie aufgeregt mein Herz seit unserem Besuch im Creekwood Hill Medical Center für ihn schlug.

Er war ein guter Mensch. Ich hatte es die ganze Zeit gewusst, egal, wie abweisend er sich verhalten hatte. Mit jeder Kleinigkeit, die ich über ihn erfuhr, bestätigte sich diese Annahme nur noch mehr. Und langsam fragte ich mich, wie es sein konnte, dass er noch immer daran zweifelte. Er sprach seine Zweifel zwar nicht unbedingt aus, doch da waren diese Momente, in denen ich sie in seinen Augen sah. Diese Sekunden, in denen er sich unbeobachtet fühlte und seine Schutzmauern ein wenig sinken ließ.

Das waren die Augenblicke, in denen ich sein wahres Gefühlschaos sah, und ich hoffte, dass er eines Tages die Wahrheit sehen würde. Dass er sehen würde, wie gut er wirklich war. Und vielleicht konnte ich ihm dabei helfen, wenn er mich ließ.

Es war spät, und vermutlich schlief er schon, aber ich konnte mich nicht davon abhalten, nach meinem Handy zu greifen, um ihm eine Nachricht zu schicken.

Ich; 00:19 Uhr
Du kannst stolz auf dich sein, Kieran.

Hoffentlich würde er sich morgen, wenn er die Nachricht las, über meine Worte freuen. Hoffentlich sorgten sie dafür, dass er mit einem Lächeln aufwachte.

Ich legte mein Handy beiseite und zog die Decke ein Stückchen höher. Gott, ich musste unbedingt schlafen. Sonst würde ich morgen noch im Blumenladen umkippen. Ich schloss die Augen, doch ein paar Sekunden später öffnete ich sie auch schon wieder, weil ein helles Leuchten die Dunkelheit zerriss.

Fast schon automatisch griff ich nach meinem Handy.

Kieran; 00:22 Uhr
Danke.
Aber sag so was nur, wenn du die Person wirklich kennst. Wenn du dir sicher sein kannst, dass die Worte wahr sind.

Ich; 00:23 Uhr
Sie sind wahr. Da bin ich mir absolut sicher.

Und das war die Wahrheit. Leider hatten wir Menschen die Angewohnheit, immer nur unsere schlechten Seiten zu sehen. Dabei trug jeder von uns so viel Gutes in sich. Und ich war sicher, dass es bei Kieran genauso war. Er fokussierte sich viel zu sehr auf seine Ecken und Kanten, dabei waren sie es, die ihn auf diese rohe und echte Art perfekt machten. Sie waren ein Teil von ihm, und er musste lernen, auch diesen Teil zu lieben.

Mein Blick hing am Display, und ich beobachtete, wie Kieran schrieb, wieder aufhörte, kurz offline war, dann wieder schrieb, und es machte mich wahnsinnig.

Als er erneut offline war, rechnete ich schon längst nicht mehr mit einer neuen Nachricht und legte mein Handy beiseite, doch keine drei Sekunden später leuchtete das Display auf.

Kieran; 00:31 Uhr
Wieso bist du noch wach?

Ich; 00:32 Uhr
Das Gleiche könnte ich dich fragen.

Wieder ließ er sich Zeit mit seiner Antwort, und mit jeder vergehenden Sekunde wurde ich ein wenig nervöser.

Kieran; 00:36 Uhr
Manchmal sind die Gedanken einfach zu laut.

Ich; 00:37 Uhr
Und woran denkst du?

Kieran; 00:38 Uhr
An alles.

Ich seufzte.

Ich; 00:39 Uhr
Alles ist ganz schön viel. Aber ich weiß, was du meinst.

Kieran; 00:40 Uhr
Wie geht es deinem Kopf? Tobt da drin auch ein Sturm?

Ich; 00:41 Uhr
Es ist fast 1 Uhr, mitten in der Nacht. Und ich liege wach und kann nicht schlafen. Reicht dir das als Antwort?

Kieran; 00:42 Uhr
Ja, tut es. Ich kenne das Gefühl nur allzu gut.

Ich; 00:43 Uhr
Vielleicht sollten wir darüber reden?

Im nächsten Moment klingelte mein Handy und Kierans Name leuchtete auf dem Display auf. Ich hatte nicht gedacht, dass er anrufen würde, doch jetzt, wo er es tat, beschleunigte sich mein Puls mit einem Mal.

Ich atmete tief durch, dann ging ich ran.

»Hey«, flüsterte ich mit müder Stimme.

»Hey«, erwiderte Kieran, und seine raue Stimme jagte eine Gänsehaut über meinen Körper. Ich hörte ein Rascheln, als würde er sich gerade im Bett aufsetzen. Und dann war es ein paar Sekunden still, bis er mich aufforderte: »Erzähl mir alles. Jeden einzelnen Gedanken.«

Ich atmete laut aus. »Eigentlich gibt es da nicht wirklich etwas zu erzählen. Oder vielleicht ist es auch einfach nur so viel, dass ich gar nicht weiß, wo ich anfangen soll. Keine Ahnung.«

»Dann fang mit dem ersten Gedanken an. Teil ihn mit mir und lass ihn sich weiterentwickeln.«

»Luke«, flüsterte ich.

Einen Moment war es, als würden wir beide den Atem anhalten. Als würde die Welt gemeinsam mit unseren Atemzügen stillstehen.

»Was ist mit Luke?«, fragte er.

»Ich muss einfach viel an ihn denken. Daran, wie ungerecht das Leben manchmal ist. Er hat die Dinge, die ihm widerfahren sind, nicht verdient. Gleichzeitig bin ich so verdammt … stolz auf dich, dass du dich um ihn kümmerst.«

»Danke.«

»Und woran denkst du?«

Ein leises Seufzen. »An viel zu viel, um es in Worte zu fassen. Luke. Ganz oft an Luke. Daran, wie es für ihn weitergehen soll.

Daran, wie du heute mit ihm umgegangen bist.« Er hielt kurz inne, und mit einem Mal klangen seine Atemzüge so viel schwerer. »Und an dich.«

Mein Herz setzte einen Schlag aus. Ich wollte etwas sagen, irgendetwas, aber ich wusste nicht, was. Stattdessen schwieg ich und lauschte dem leisen Knistern, das vom anderen Ende der Leitung kam.

Irgendwann wurde ich müde. Meine Lider fielen andauernd zu, aber ich wollte noch nicht einschlafen. Ich wollte wach bleiben, zusammen mit Kieran. Ich wollte ihn so viele Dinge fragen, so viele seiner Gedanken kennenlernen, so viel von *ihm* kennenlernen.

Aber ich war einfach zu müde, und Kieran musste es gemerkt haben.

»Lass uns schlafen gehen, Liora.«

»Mir geht es gut.«

Er lachte kurz auf. »Ich kann deine Müdigkeit fast durch meine Zimmerdecke sehen.«

»Dann brauchst du eine Brille.«

Wieder lachte er. »Dann können wir ja morgen eine kaufen gehen. Aber heute sollten wir es erst mal gut sein lassen.«

Ich seufzte leise. »In Ordnung. Aber bevor wir auflegen: An meinem Geburtstag gebe ich eine kleine Feier bei mir zu Hause. Ich würde mich sehr freuen, wenn du dabei wärst. Bring auch gerne Avery mit.«

»Klingt super.«

Ich hatte keine Chance gegen das Lächeln, das sich auf meine Lippen schlich.

Und ich lächelte noch immer, als ich auflegte.

Und als ich einschlief.

Und ich war sicher, dass ich mit genau demselben Lächeln wieder aufwachen würde.

***

»Du siehst wunderschön aus, Liora«, sagte Jo mit weit aufgerissenen Augen, als ich aus der Umkleidekabine trat und ihr mitten im überfüllten Laden das Kleid präsentierte, das ich gerade anprobiert hatte. Ein kurzes rotes Kleid mit Herzausschnitt, das so eng war, dass es sich wie eine zweite Haut an meinen Körper schmiegte. Ein weißer Gürtel umschlang meine Taille, und in den Stoff waren kleine Blumenmuster eingestickt worden.

Ich drehte mich noch einmal um und warf einen skeptischen Blick in den Spiegel, der in der Umkleide hing.

Das Kleid war wundervoll, keine Frage, doch ich fühlte mich nicht wirklich wohl darin. Es war, als würde es all die Dinge, die ich an mir nicht mochte, betonen. Da war viel zu viel Haut, viel zu viel von meinen Kurven … viel zu viel von mir.

»Ich glaube, ich würde doch lieber etwas anderes anprobieren.« Ohne Jos Antwort abzuwarten, stürmte ich in die Kabine und zog die Tür hinter mir zu. Dann zerrte ich mir das Kleid vom Körper, und mit einem Mal spürte ich, wie ich wieder leichter atmen konnte.

Ich wusste, dass es nicht so war, doch ich hatte das Gefühl gehabt, als hätten mich alle Leute angestarrt. Als hätten sie nur nach einem winzigen Makel in meinem Auftreten gesucht, um ihn mir vorzuhalten.

Ich atmete tief durch und versuchte, mich zu beruhigen. Dann zog ich mir langsam wieder meine eigene Kleidung an und trat aus der Kabine. In dem Laden gab es sicherlich noch andere Kleider, die ich mir anschauen und anprobieren konnte.

»Ist alles in Ordnung?«, fragte Jo mich mit einem verunsicherten Ausdruck auf dem Gesicht.

Ich nickte, obwohl wir beide wussten, dass es nicht stimmte. Sie kannte mich und meine Vergangenheit gut genug, um zu wissen, welcher Sturm gerade in Wirklichkeit in mir getobt hatte. Aber zum Glück wusste sie genauso, dass ich nicht gerne darüber sprach. Mit der Zeit hatte ich immer besser gelernt, mit meiner Unsicherheit zurechtzukommen. Natürlich gab es noch immer Momente, in denen es mir schwerfiel. Tage, an denen es sogar wehtat, einfach nur in den Spiegel zu schauen. Aber mittlerweile akzeptierte ich diese Momente der Schwäche, weil ich wusste, dass sie in Ordnung waren. Zweifel waren in Ordnung. Man musste sich nur immer wieder daran erinnern, dass die Wirklichkeit anders aussah. Dass es in Wahrheit nicht so schlimm war, wie man es sich in seinem Kopf ausmalte. Und ich war froh, dass ich das mittlerweile erkannt hatte. Meine harten Tage waren nicht mehr ganz so hart, und die guten Tage zeigten sich immer häufiger. Ich wusste, dass die Zweifel mich vermutlich noch eine Weile begleiten würden, aber ich war stolz, dass ich sie mittlerweile besser im Griff hatte. Dass mein Verhältnis zu mir selbst immer gesünder wurde, auch wenn es bei Weitem noch nicht perfekt war.

»Vielleicht sollten wir einfach nach einem anderen Kleid gucken?«

Jo stimmte mir zu und machte sich sofort wieder auf die Suche. Sie nahm jedes einzelne Kleid in Augenschein, suchte mir die schönsten aus und wartete geduldig, während ich mich wieder in die Umkleidekabine zurückzog und eins nach dem anderen anprobierte.

Ich war ihr dankbar für ihre Geduld und Umsicht, weil ich wusste, dass das keine Selbstverständlichkeit war.

»Freust du dich schon auf die Feier?«, hörte ich Jos Stimme von außen, während ich ein weiteres Kleid anprobierte.

Ich öffnete den Reißverschluss eines pinken Kleides und schlüpfte hinein. »Es ist das erste Mal, dass ich eine Feier bei mir zu Hause gebe. Ich bin ein wenig aufgeregt, aber ich freue mich schon drauf.«

»Kommt Kieran auch?«

»Wie kommst du darauf?« Ich zog den Reißverschluss zu und öffnete die Kabinentür. Jo sah mich mit einem kritischen Blick an und schüttelte dann den Kopf.

»Ist nur so ein Gefühl.«

Ich schloss die Tür wieder und zog das Kleid aus. »Ich habe ihn eingeladen«, versuchte ich auszuweichen.

»Natürlich nur als Kollegen, richtig?« Das Grinsen in ihrer Stimme war kaum zu überhören.

Ich war froh, dass sie nicht sehen konnte, wie ich rot wurde. »Nur als Kollegen, genau.«

»Dann ist Rose auch eingeladen?«

»Ja, natürlich. Ihr seid alle eingeladen.«

»Zum Glück. Ich freu mich nämlich schon drauf!«

Ich betrachtete das Chaos, das ich innerhalb der Kabine angerichtet hatte. Überall lagen Kleider, die ich an-, aber sofort wieder ausgezogen hatte. Es hatte kein einziges Kleid gegeben, in dem ich mich wohlgefühlt hatte, was aber nicht an den Kleidern an sich gelegen hatte. In Momenten wie diesen wünschte ich mir, ich würde es schaffen, mit mir selbst Frieden zu schließen. Aber auf die Schnelle konnte ich es nicht ändern, also musste ich das Beste aus der Situation machen.

Nur noch ein Kleid hing zum Anprobieren auf dem Bügel neben dem Spiegel, und irgendwie ließ mich diese Tatsache verzweifeln. Trotzdem zog ich es an, und als ich mich im Spiegel ansah, war es, als würde sich ein Knoten in meiner Brust lösen.

Es war ein trägerloses grünes Kleid aus einem dünnen Stoff, das mir bis knapp über die Knie reichte. Der Stoff war glatt und kühl und schmiegte sich nicht zu eng an meinen Körper. Ein langer Schlitz zog sich am Bein hoch. Es saß, als wäre es maßgeschneidert.

Einen kurzen Moment hielt ich inne. War es nicht zu kurz? Zeigte ich nicht zu viel Haut?

Ich atmete tief durch.

Und dann warf ich meine Zweifel über Bord.

Es war meine Geburtstagsfeier, und ich hatte es verdient, an diesem Tag gut auszusehen. Ich hatte es verdient, mich mit mir selbst wohlzufühlen, und ich schuldete es mir, mehr zu mir selbst zu stehen.

Bevor ich wieder einen Rückzieher machen konnte, riss ich die Tür auf und präsentierte Jo mein Kleid. »Das ist es. Das möchte ich tragen.«

Sie hielt kurz inne, musterte mich, und dann sah ich, wie sich ihre Miene aufhellte und sie nickte. »Es steht dir ausgezeichnet.«

KAPITEL 24

Liora

Ich schloss die Augen und versuchte, einfach nur in diesem Moment zu leben, als ich Leona und Timothy in den Arm nahm. Seit ich ausgezogen war, sahen wir uns nicht mehr allzu oft. Wenn man sich irgendwann in sein eigenes Leben verstrickte, fand man immer seltener Zeit, die man sich für seine Liebsten nehmen konnte.

»Wie geht es euch?«, nuschelte ich in ihre Haare hinein, bevor ich sie losließ und mich wieder aufrichtete.

»Mom hat gesagt, dass es heute extra Kuchen gibt, weil du Geburtstag hast.« Timothys Augen, die meinen so ähnlich waren, funkelten, und er hüpfte aufgeregt auf und ab. Das war seine Art zu sagen, dass es ihm gut ging.

»Ja, aber nur ein Stück.« Mom warf meinen Geschwistern einen strengen Blick zu, bevor sie sich mit einem Lächeln an mich wandte. »Happy Birthday, mein Schatz.« Sie zog mich in eine feste Umarmung, und als sie sich von mir löste, fand ich mich auch schon in den Armen meines Vaters wieder.

Erst als er mich wieder losließ, entdeckte ich das kleine Kästchen, das Leona in ihren Händen hielt. Als sie bemerkte, dass mein Blick darauf gefallen war, drückte sie es schützend an ihre Brust. »Das Geschenk ist für dich, aber ich musste Mom versprechen, dir nicht zu sagen, was es ist, um die Überraschung nicht zu verderben.«

Ich lachte. »Danke, das ist super lieb von euch.« Ich sah meine Eltern und Geschwister nacheinander an. »Es freut mich einfach wahnsinnig, dass ihr hier seid.« Ich trat einen Schritt zur Seite, um den Weg freizugeben. »Die anderen warten schon im Wohnzimmer.«

Sie gingen vor, und ich folgte ihnen.

Ich ließ meinen Blick zufrieden durch den Raum gleiten. Auf der linken Seite hatte ich den Esstisch an die Wand geschoben und die Partysnacks darauf verteilt. In seiner Mitte thronte eine Vase, in der sich ein Strauß aus weißen Lilien und Eukalyptuszweigen befand. Links und rechts vom Tisch hatte ich Stühle an die Wand gereiht. Auf zweien davon saßen gerade Tessa und Jo und unterhielten sich. Gemeinsam mit Jo hatte ich Luftballons aufgeblasen und den Raum mit Luftschlangen und anderen Partyartikeln dekoriert. Ihre Idee war es auch gewesen, statt Rosenblättern bunte Seidenblumenköpfe auf der Tanzfläche in der Mitte des Raums zu verstreuen. Um die Fläche freizuräumen, hatten wir auch noch die Sofas sowie den Couchtisch an die Wand geschoben, und es war schön, wie die kleinen Blüten dem Ganzen einen letzten bunten Akzent verliehen.

Rose saß alleine auf der Couch und war in ihr Handy vertieft, als meine Eltern neben ihr Platz nahmen und versuchten, mit ihr ein Gespräch anzufangen, während ich mit meinen Geschwistern in der Küche verschwand.

»Wo ist der Kuchen?«, fragte Leona, die meinen Kühlschrank öffnete und dessen Inhalt inspizierte.

Ich liebte die Ungeduld und den Tatendrang von Kindern. Sie waren hemmungslos und machten, was ihnen in den Sinn kam. Manchmal fragte ich mich, ob wir nicht alle glücklicher wären, wenn wir uns hin und wieder ein Beispiel an ihnen nehmen würden.

»Den holt Jo gleich mit dem Auto ab. Sie hat ihn bei sich im Kühlschrank gelassen, damit es für uns alle eine Überraschung bleibt«, erklärte ich.

»Bitte sag mir, dass die Torte gelb ist«, bettelte Leona.

»Nein! Bitte grün!«, entgegnete Timothy.

Ich lachte. »Ich weiß es nicht. Jo hat die Torte gebacken. Nur sie kennt die Farbe.«

Im nächsten Moment rannten die beiden aus der Küche Richtung Wohnzimmer und brüllten dabei Jos Namen. Ich wusste, sie würden sie mit Fragen löchern, aber mindestens genauso sehr war mir klar, dass Jo es mit einem Lächeln über sich ergehen lassen würde.

Jemand klopfte an die Wohnungstür und riss mich aus meinen Gedanken. Ich brauchte ein paar Sekunden, um wieder im Hier und Jetzt anzukommen. Dann atmete ich tief durch und öffnete die Tür.

Kieran.

Er sah mich an.

Ich sah ihn an.

Nur ein winziges Lächeln, und dann löste sich der Rest der Welt auf. Es war, als würden die Stimmen, die aus dem Wohnzimmer drangen, zu dumpfen Hintergrundgeräuschen verblassen. Alles um mich herum wurde unscharf. Da war nur Kieran, seine dunklen Augen, die Locken, die kleine Narbe unter seiner rechten Augenbraue.

Ich fragte mich, wieso mich dieser Moment so überwältigte. Vermutlich lag es an unserem Besuch in Creekwood Hill. Er hatte mir eine Seite von sich gezeigt, die ich von jetzt an immer sehen würde, wenn ich ihm begegnete.

»Happy Birthday, Liora.«

Ich nickte, weil es mir schwerfiel zu sprechen, wenn er so nah vor mir stand.

Einen Augenblick zögerte er. Dann machte er einen Schritt auf mich zu und schloss seine Arme um mich. Sein herber Duft stieg mir in die Nase, während sein warmer und fester Körper sich an mich schmiegte.

Ich erwiderte die Umarmung und drückte ihn an mich, weil

es sich so unfassbar gut anfühlte. Ich versuchte, mir diesen Moment einzuprägen. Jeden Gedanken und jedes Gefühl.

Bis ein Räuspern uns auseinanderfahren ließ.

Ich blickte an Kieran vorbei und sah Avery, die mit einem breiten Grinsen im Gesicht hinter ihm stand und uns beobachtete.

»Ihr seid wirklich verdammt süß zusammen, aber ich dachte mir, ich greife mal kurz ein, bevor ihr euch noch dazu entscheidet durchzubrennen und die Party ohne Geburtstagskind stattfinden muss.«

Ich konnte spüren, wie mein Gesicht rot anlief. Ich mochte Avery, aber kein Mensch schaffte es, mich so oft in Verlegenheit zu bringen wie sie.

Sie sah mich an und lachte. »Ich mach doch nur Spaß. Lass dich drücken.« Sie nahm mich kurz in den Arm und gratulierte mir. Dann ließ sie von mir ab und zwinkerte mir zu, bevor sie sich an mir vorbeischob, um mich wieder mit Kieran allein zu lassen.

Als ich ihn wieder ansah, hielt er sich die Hand vors Gesicht und schüttelte verzweifelt den Kopf. »Diese Frau kann einfach nie die Klappe halten. Ich frage mich, ob sie wohl immer so bleiben wird.«

»Ich fürchte, manche Menschen ändern sich nie.«

»Das hatte ich bei ihr auch schon befürchtet.« Ein letztes Mal sah er mit einem Augenrollen in die Richtung, in die sie verschwunden war. Dann fiel sein Blick auf das Päckchen in seiner Hand, und er überreichte es mir. »Das habe ich für dich mitgebracht. Ich hoffe, es gefällt dir.«

Ich ließ meine Finger über das Geschenkpapier gleiten. »Ich bin sicher, es ist wundervoll. Danke.«

Seine Mundwinkel hoben sich, und ich spielte mit dem Gedanken, ihn noch einmal zu umarmen, doch dann hörte ich, wie Jo nach mir rief.

Als ich mich umdrehte, stand sie auch schon hinter mir. Ihr

Blick zuckte von mir zu Kieran und wieder zurück, bevor sie ihn ebenfalls zur Begrüßung kurz in den Arm nahm.

»Ich wollte dir nur schnell Bescheid geben, dass Kaden sich gleich auf den Weg macht. Er kann ein bisschen früher Feierabend machen und sollte innerhalb der nächsten Stunde hier sein. Und er bringt die Torte mit. Hast du in deinem Kühlschrank ein wenig Platz für sie, bis du sie später anschneidest?«

»Ich kann schnell ein wenig Platz schaffen, warte.« Auf dem Weg zur Küche legte ich Kierans Geschenk auf der Kommode ab und drehte mich noch einmal kurz zu ihm um. »Geh ruhig zu den anderen ins Wohnzimmer. Ich bin auch gleich da.« Bei jedem meiner weiteren Schritte fühlte ich seinen Blick im Rücken.

Ich öffnete den Kühlschrank und räumte den Inhalt ein wenig um, um Platz für die Torte zu schaffen.

»Ich mag ihn«, sagte Jo hinter mir.

Ich wandte mich ihr zu und sah sie fragend an.

»Ich wollte es dir nur sagen, weil du mich ja mal gefragt hattest. Ich glaube, er ist ein guter Mann.«

Mit einem Mal durchflutete mich ein Gefühl von Wärme. Jos Worte bedeuteten mir viel. Sie war wie eine zweite Mutter für mich, und zu wissen, dass sie ebenfalls das Gute in ihm sah, gab mir Rückhalt.

Als ich Platz geschaffen hatte und Kaden endlich ankam, scheuchte Jo mich aus der Küche, damit ich die Torte nicht sah, bevor ich sie später anschneiden durfte. Es hätte mich nicht gewundert, wenn sie die Kühlschranktür mit einem Schloss vor mir gesichert hätte.

Ich trat ins Wohnzimmer, wo Avery mittlerweile die Musikanlage angeschaltet hatte. Ich war erstaunt, als ich hörte, dass sie eine Playlist mit Kinderliedern abspielen ließ, um gemeinsam mit meinen Geschwistern mitten im Wohnzimmer tanzen zu können. Alle drei lachten, und mein Herz wurde leicht.

Wenn ich ehrlich war, dann hatte ich mir ein wenig Sorgen darum gemacht, wie sich alle untereinander verstehen würden.

Schließlich waren sich viele von ihnen noch nie begegnet, und manchmal stimmte die Chemie zwischen den Menschen einfach nicht. Doch hier war es anders. Alle – einschließlich Rose – waren in irgendwelche Unterhaltungen verstrickt, tanzten miteinander und feierten meinen Geburtstag. Es war genau so, wie ich es mir gewünscht hatte.

Mein Blick fiel auf Kieran, der neben meiner Mutter auf der Couch saß und sich mit ihr unterhielt. Ich hielt die Luft an. Ich wusste, dass Kieran auf den ersten Blick ein wenig bedrohlich wirken konnte. Die dunklen Haare, die breiten Schultern, das Tattoo auf seinem Handgelenk. Sein düsterer Blick. Ich hoffte so sehr, dass meine Mutter den Kieran sah, der sich hinter diesen Äußerlichkeiten verbarg.

Dann erzählte Kieran etwas, was Mom zum Lachen brachte. Ich spürte, wie die Erleichterung mich flutete. Ich liebte meine Familie, und Kieran war mir mit der Zeit immer mehr ans Herz gewachsen. Es war mir wichtig, dass sie sich gut verstanden, aber anscheinend musste ich mir darum keine Sorgen machen.

Einen Moment später tippte mich jemand am Bein an, und als ich mich zur Seite drehte, stand Leona mit einem entschuldigenden Ausdruck im Gesicht vor mir. »Ich weiß nicht, wie ich dir das jetzt sagen soll«, murmelte sie.

»Was willst du mir sagen?«

Sie überlegte kurz. »Ich hab dich wirklich lieb, aber ich glaube, Avery tanzt besser als du.«

Gespielt empört hielt ich mir die Hand an die Brust. »Und das sagst du mir ausgerechnet an meinem Geburtstag?«

Leona runzelte die Stirn, als würde sie sich über ihren eigenen Fehler ärgern. »Entschuldige. Ich meinte, Avery tanzt nicht halb so gut wie du. Du bist die beste Tänzerin, die ich kenne.«

Ich grinste und fuhr ihr durch das blonde Haar. »Schon gut.«

Im Vorbeilaufen tippte Timothy ihr auf die Schulter und rannte dann los. »Fang mich!«

Ohne zu zögern, rannte Leona ihm nach. Ich fragte mich, ob meine Geschwister jemals müde wurden.

»Ich hoffe, die beiden haben dir keine Probleme gemacht«, sagte ich zu Avery, als sie mit zwei Sektgläsern, von denen sie mir eins in die Hand drückte, auf mich zukam.

Sie schüttelte den Kopf. »Machst du Witze? Die beiden sind toll.«

»Wirklich?«

»Ja, voll.«

Wir unterhielten uns noch eine Weile und tanzten dann miteinander. Und ich tanzte mit meinen Eltern und mit Jo. Nach ein paar Versuchen gelang es uns sogar, Tessa auf die Tanzfläche zu bringen, auch wenn es nur für einen Song war.

Als ich die Tanzfläche wieder verließ, fiel mein Blick auf Kieran, der auf der anderen Raumseite mit Avery stand. Er sah mich an, während sie in ihr Handy vertieft war.

Er ließ den Blick kurz an mir auf und ab wandern. Ich hatte keine Ahnung, woran es lag, aber wenn er mich auf diese Art und Weise musterte, war es, als würde sich alles um mich herum auflösen, bis da nur noch er war. Er prostete mir unauffällig mit seinem Sektglas zu, bevor er es an die Lippen führte und einen Schluck daraus trank, ohne den Blick von mir zu nehmen.

Ich beobachtete jede seiner Bewegungen mit erschreckender Genauigkeit.

Die Art, wie wir einander ansahen – es fühlte sich beinahe an, als würden wir über all dem Lärm in diesem Raum hinweg miteinander kommunizieren. Und das … das musste doch etwas bedeuten, oder?

Kurz spielte ich mit dem Gedanken, einfach zu ihm rüberzugehen und mit ihm zu sprechen, doch ich wurde von Kaden abgelenkt, der mich in ein Gespräch verwickelte. Ich schaffte es an diesem Abend, mit beinahe jedem ein paar Minuten allein zu sein. Ich war dankbar, dass sie alle gekommen waren, und ich wollte ihnen die Aufmerksamkeit schenken, die sie verdienten.

Irgendwann setzte Jo mich auf die Couch und bat mich zu warten, damit sie mir die Torte bringen konnte. Und als sie das tat, kam ich aus dem Staunen nicht mehr raus. Es war eine zweistöckige Torte, die von außen vollständig in weißem Fondant eingedeckt worden war. Kleine Fondantschmetterlinge und -blüten in Blau, Grün, Rosa und Gelb zierten die Torte, und Jo hatte zweiundzwanzig Kerzen aufgesteckt, die hell flackerten.

Meine Freunde und Familie sangen für mich, und ich versuchte, die Tränen zurückzuhalten.

Ich wünschte, Eliza wäre hier.

Nach ihrem Tod hatte ich mich oft einsam und verloren gefühlt. Unvollständig. Doch hier und jetzt, mit all den Menschen um mich herum, die mir so viel bedeuteten, fühlte ich mich geborgen. Ich würde ihnen immer dafür dankbar sein, dass sie dieses Gefühl in mir auslösten.

Bevor ich die Kerzen ausblies, sah ich in die Runde, und mein Blick blieb an einer ganz bestimmten Person hängen. Ein feines Lächeln umspielte Kierans Lippen, während er mich aufmerksam musterte. Und ich tat es ihm gleich, denn es fühlte sich fast unmöglich an, meinen Blick von ihm zu lösen. Auch als ich die Kerzen ausblies und meinen Wunsch gemeinsam mit den Rauchschwaden in die Luft schickte.

Mittlerweile war die Sonne untergegangen. Timothy und Leona schliefen in meinem Bett, nachdem sie den ganzen Abend über getanzt und anschließend zwei Stücke von der Torte gegessen hatten. Die anderen saßen im Wohnzimmer und unterhielten sich, nur Kieran fehlte. Ich sah mich im Wohnzimmer um, konnte ihn aber nirgendwo entdecken.

Ich; 23:07 Uhr
Wo bist du?

Ich wollte gerade mein Handy beiseitelegen, als es auch schon in meiner Hand vibrierte.

Kieran; 23:07 Uhr
Ich sitze unten. Kurze Raucherpause.

Ohne darüber nachzudenken, zog ich meine Schuhe an, warf mir eine Jacke über und verließ die Wohnung. Während ich die Stufen hinabstieg, spürte ich, wie mein Herz mit jeder Treppenstufe ein wenig schneller schlug. Den ganzen Abend über waren wir von Menschen umgeben gewesen, und obwohl es ein wundervoller Abend gewesen war, freute ich mich, ein paar Minuten lang mit Kieran allein zu sein.

Ich fragte mich, wieso das so war. Wieso ich mich mit einem Mal so sehr danach sehnte, Zeit mit ihm zu verbringen.

Als ich unten ankam und die Tür öffnete, saß er auf der Stufe vor dem Haus. Ich lächelte, weil es mich so sehr an unsere erste Begegnung erinnerte. Ich dachte daran, wie abweisend er damals noch gewesen war und wie sehr er sich jetzt bemühte, ein offenerer Mensch zu sein. Wie hatte sich in kaum mehr als zwei Wochen so viel verändern können?

Wortlos deutete Kieran neben sich, und ich nahm Platz. Er heftete seinen Blick auf die Straße vor uns, doch ich konnte mich nicht gegen den Drang wehren, ihn genauer anzusehen. Das dunkle Hemd, das er extra zu meinem Geburtstag angezogen hatte. Die Zigarette, deren Glut im Dunkel der Nacht aufleuchtete. Die markanten Züge, die sich im blassen Licht der Straßenlaterne auf seinem Gesicht abzeichneten.

Dieser Moment war perfekt. Ein paar Herzschläge lang redeten wir nicht einmal miteinander, aber das brauchten wir auch gar nicht. Denn gerade die ruhigen Momente – die, in denen wir gemeinsam schweigen konnten – hatten etwas Besonderes an sich.

»Ich hoffe, du hattest heute Abend Spaß«, sagte ich irgendwann, nachdem Kierans Zigarette verglüht war.

»Den hatte ich. Deine Familie ist toll.«

Es freute mich, dass er sich gut mit ihnen verstand. »Mom und du seid jetzt also beste Freunde?«

Kieran lachte – ein raues und echtes Lachen, das mein Herz einen Schlag aussetzen ließ. »Ich glaube, sie und ich verstehen uns ganz gut.«

»Das war nicht zu übersehen.«

Er nickte. »Ich weiß, dass dich das heute bestimmt schon alle anderen gefragt haben, aber ich muss diese obligatorische Frage jetzt stellen.«

Ich warf ihm einen verwirrten Seitenblick zu und sah, wie etwas Freches in seinen Augen aufblitzte.

»Wie fühlt man sich mit zweiundzwanzig?«

Jetzt war ich es, die lachte. »Vielleicht glaubst du es mir nicht, aber du bist tatsächlich der Erste, der mich fragt. Und ich glaube, dass ich mich noch genauso fühle wie mit einundzwanzig.«

»Also hat sich dein Leben nicht von heute auf morgen verändert?«

Ich stieß ihm den Ellbogen in die Seite.

Er rieb sich die Stelle und murmelte ein leises »Aua«, obwohl ich ziemlich sicher war, dass er den Stoß kaum gespürt hatte. »Das ist dann wohl ein Nein?«

»Nein, leider nicht.«

Kieran drehte den Kopf zur Seite und musterte mich. »Würdest du dir denn eine Veränderung in deinem Leben wünschen?«

Seine Frage traf mich unvorbereitet. Sie war sehr persönlich und … wichtig, aber er gab mir das Gefühl, über diese Dinge mit ihm reden zu können. »Manchmal schon, ja.«

Er nickte verständnisvoll. »Und was würdest du dann verändern?«

Ich hielt kurz inne, um nach den richtigen Worten zu suchen. »Das mag vielleicht ein wenig übertrieben klingen, aber ich würde die Hemmungen, die mich jeden Tag begleiten, ablegen. Ich bin heute zweiundzwanzig geworden, aber ich habe das Gefühl, dass es Leute gibt, die in ihrem Leben schon so viel mehr als ich erlebt haben, und das, obwohl sie genauso alt oder vielleicht sogar jünger sind. Einfach weil sie mutig waren. Weil sie Risiken eingegangen sind und sich von ihren Gefühlen haben leiten lassen. Wenn ich etwas verändern könnte, dann wäre es vermutlich meine eigene Einstellung zum Leben. Ich würde es mehr so angehen, als wäre jeder Tag der letzte.«

Im nächsten Moment spürte ich Kierans raue Hand auf meiner. Seine Finger verflochten sich mit meinen und hielten mich fest. Es war nur eine kleine Geste, doch sie zeigte mir, dass er mich verstand und meinen Wunsch ernst nahm, und dafür war ich ihm dankbar.

»Es ist nie zu spät, um etwas an seinem Leben zu verändern, wenn man es wirklich möchte.«

Ich seufzte. »Das stimmt, aber es erfordert Mut, von dem ich nicht weiß, ob ich ihn habe.«

»Und was, wenn ich dir dabei helfe, ihn zu finden?«

Überrascht sah ich ihn an. »Wieso solltest du das tun?«

»Weil du …« Ein paar Herzschläge lang verstummte er und sah auf unsere verschränkten Finger hinab, als würde es ihn Überwindung kosten, seine nächsten Worte auszusprechen. »Weil du mir nicht egal bist, Liora.« Dann sah er auf, und die Ehrlichkeit in seinem Blick raubte mir den Atem.

Es war, als würde die Welt um uns herum stillstehen. Er war alles, was ich sah; seine schweren Atemzüge alles, was ich hörte. Ich wusste nicht, was ich sagen sollte, also entschied ich mich für die Wahrheit. »Du bist mir auch nicht egal, Kieran.«

Und als er diesmal lächelte, fiel mein Herz ins Bodenlose.

Ein paar Augenblicke lang blieben wir so sitzen. Wir sahen uns wortlos an und schwiegen, weil es vermutlich genau das war, was wir beide brauchten. Ein wenig Zeit, um die Dinge zu verarbeiten, die wir miteinander geteilt hatten.

»In Ordnung«, durchbrach Kieran die Stille nach einer Weile. »Was steht alles auf deiner Liste? Was möchtest du noch erleben?«

Ich dachte kurz über seine Frage nach. »Ich glaube, es sind vor allem die kleinen Sachen, die mir fehlen. Ich habe einen Großteil meiner Jugend mit Eliza im Krankenhaus oder bei ihr zu Hause verbracht, weil sie irgendwann kaum noch vor die Tür konnte. Ich möchte mich aus dem Haus schleichen und auf Partys gehen. Die Autoschlüssel meiner Eltern klauen, um mit meinen Freunden um die Häuser zu ziehen. Ich …« Ich verstummte.

»Was möchtest du?«, fragte Kieran, als ich nicht weitersprach.

»Ich möchte geküsst werden.«

Stille.

Gott, das war mir so verdammt peinlich. Es war mir unangenehm, noch nie geküsst worden zu sein. Immerhin war ich seit heute zweiundzwanzig. Hätte ich nicht schon längst solche Erfahrungen machen müssen?

»Du hast noch nie jemanden geküsst?«, fragte Kieran, als wollte er sich vergewissern, dass er mich richtig verstanden hatte.

»Ja.« Meine Stimme klang brüchig und schwach. »Ich glaube, das Mobbing hat mir damals mehr genommen, als mir eigentlich bisher bewusst gewesen ist. Die meisten Typen haben sich von mir ferngehalten. Niemand wollte das Mädchen küssen, das praktisch eine Zielscheibe auf dem Rücken trug. Und die wenigen, die mich nicht schlecht behandelt haben, habe ich weggestoßen, weil ich Angst hatte. Davor, dass sie mich nur verarschen. Ich konnte mir nicht vorstellen, dass sie wirklich Interesse an jemandem wie mir haben könnten, wenn es so viele Mädchen gab, die viel schöner waren als ich. Deswegen habe ich alle Chancen verstreichen lassen. Und so unangenehm mir das auch ist, jetzt bin ich zweiundzwanzig und ungeküsst.«

Ich merkte erst, dass ich mich von ihm abgewandt hatte, als er mich dazu aufforderte, ihn anzusehen. Seine Miene war mit einem Mal unendlich weich und verständnisvoll. »Das braucht dir nicht unangenehm zu sein. Jeder Mensch hat sein eigenes Tempo, und das ist vollkommen okay. Für solche Dinge gibt es keinen festen Zeitplan.«

Ich atmete laut aus. »Ich weiß, aber das Gefühl lässt sich trotzdem nicht ausstellen.«

»Und was wäre, wenn wir diesen Punkt auf deiner Liste angehen würden?«

Ich erstarrte.

Sekundenlang.

Im ersten Moment war ich nicht sicher, ob ich ihn richtig verstanden hatte. Doch als ich ihn ansah, war da nichts als Wärme in seinem Blick.

»Du möchtest, dass du … und ich …«

Er nickte. »Wenn das für dich okay ist, dann möchte ich das.«

Ich glaubte, noch nie in meinem Leben so überfordert gewesen zu sein. Ich wollte es, ja. Darin bestand kein Zweifel, denn aus irgendeinem Grund fühlte ich mich bei Kieran sicher. Gleichzeitig hatte ich große Angst davor, was dieser Kuss bedeuten könnte. Meine Gedanken drehten sich im Kreis, und ich wusste nicht, wie ich sie zum Stillstand bringen konnte.

»Ja … Ich meine, ich will … Aber ich weiß nicht …«

Die Worte, die ich mir im Kopf zurechtgelegt hatte, lösten sich in Luft auf, als er sich mir entgegenlehnte und mich küsste.

Seine Lippen berührten meine nur ganz sanft. Fast so, als würde er sich langsam herantasten wollen, um meine Grenzen nicht doch zu überschreiten.

Insgeheim spürten wir jedoch beide, dass es nicht so war.

Und obwohl dieser Moment mich – mein Herz und meine Seele – mitriss und meine Gedanken in ein einziges Chaos stürzte, war es, als würde mein Körper instinktiv genau wissen, wie er auf Kieran reagieren sollte.

Ich rückte näher an ihn heran und vergrub meine Finger in seinen Locken. Und damit schien ich ihm genau die Bestätigung zu geben, die er brauchte, denn im nächsten Moment spürte ich, wie sein Kuss drängender wurde. So viel intensiver.

Ich spürte, wie seine Zunge sanft über meine Lippen strich, nur um sie im nächsten Moment zu teilen und auf meine zu treffen. Ein leises Seufzen entglitt mir, und ich spürte, wie Kieran an meinen Lippen lächelte.

Er küsste mich, als wäre dieser Moment alles.

Ich küsste ihn, als würde ich ohne ihn ertrinken.

Und als wir uns voneinander lösten, lehnte er seine Stirn gegen meine. Ich hörte seine schweren Atemzüge, während ich selbst versuchte, mich langsam wieder zu fangen.

Dieser Kuss … Es war, als würde ich die Nachwirkungen noch immer in meinem gesamten Körper spüren. Mein schneller Herzschlag, das aufgeregte Kribbeln in meinem Bauch, die Gänsehaut. Es war mein erster Kuss gewesen, und er war perfekt.

Ich lehnte mich zurück und sammelte meinen Mut, um Kieran anzusehen, doch er sah nur auf den Boden.

»Danke«, murmelte ich, und ich konnte mich nicht gegen das aufsteigende Gefühl von Wärme in meinem Brustkorb wehren.

Kieran sah auf, und als ich die Dunkelheit in seinem Ausdruck sah, wurde mein Herz mit einem Mal schwer.

»Du brauchst dich nicht zu bedanken. Es war ja schließlich nur ein Kuss.«

Kieran

Lioras bis eben noch glücklicher Gesichtsausdruck fiel in sich zusammen, als ich diese Worte aussprach, und ich hasste mich dafür.

Ich hasste mich dafür, dass ich ihr wehtat.

Und ich hasste mich dafür, dass ich es so weit hatte kommen lassen.

Es war nicht so, dass ich sie nicht hatte küssen wollen. Verdammt, vermutlich hatte ich diesen Wunsch schon seit einer ganzen Weile mit mir herumgetragen. Doch ich hatte nicht damit gerechnet, dass es sich so bedeutend anfühlen würde.

Es war ihr allererster Kuss gewesen. Einer, an den sie sich vielleicht noch lange erinnern würde, denn ich war der Erste, dem sie sich auf diese Art restlos anvertraut hatte. Sie hatte mir ihre Narben und ihre Unsicherheiten gezeigt. Sie hatte so offensichtlich nach einem sicheren Hafen gesucht, und mit meinem Verhalten hatte ich ihr angeboten, dieser Hafen für sie zu sein.

Aber ich wusste nicht, ob ich das wirklich sein konnte.

Ich war eine stürmische See, aber ganz sicher kein sicherer Hafen.

Das zwischen uns … das war mehr als nur ein Kuss gewesen. Noch nie hatte sich einer derart intensiv angefühlt. So bedeutungsvoll. Und doch fragte ich mich, ob es der richtige Zeitpunkt gewesen war. Ob sie diesen Kuss wirklich gewollt hätte, wenn sie mich und vor allem meine Vergangenheit besser kennen würde.

Sie war mir mittlerweile so wichtig geworden, dass ich sie beschützen wollte, auch wenn das bedeutete, sie für eine Weile auf emotionaler Distanz zu halten.

Es ist ja nicht für immer, redete ich mir ein. Dabei wusste ich nicht, ob das stimmte.

»Wir sollten langsam wieder hochgehen«, flüsterte ich und sah, wie meine Worte ihre letzte Hoffnung an diesem Abend im Keim erstickten.

»Okay.«

Wortlos stiegen wir die Stufen wieder nach oben.

KAPITEL 25

Liora

Als ich am nächsten Tag aufwachte, waren Kierans Worte das Erste, woran ich dachte. Und obwohl ich sie am liebsten vergessen wollte, geisterten sie in einer Endlosschleife durch meinen Kopf.

Es war ja schließlich nur ein Kuss.

Seine Worte taten weh, denn für mich war es nicht einfach nur ein Kuss gewesen. Es war mein *erster* Kuss gewesen, und er hatte ihn mit diesem winzigen Satz in den Dreck gezogen.

Es war schon komisch, wie Worte manchmal mehr wehtaten als jeder physische Schmerz.

Doch neben dem Schmerz war da noch ein anderes Gefühl, das immer weiter in mir aufkeimte, je mehr ich über diese Situation nachdachte. Wut.

Ich hatte mich ihm anvertraut. Hatte ihm Dinge erzählt, die mir unfassbar unangenehm gewesen waren, und er hatte mir versichert, dass es okay war. Und dann das?

Ich verstand es einfach nicht. Verstand ihn nicht. Ich hatte keine Ahnung, wie ich ihn in dieser Situation so falsch einschätzen konnte. Für mich hatte es keinen Zweifel gegeben, dass es ihm auch etwas bedeutete, weil er es genauso hatte wirken lassen. Doch anscheinend hatte ich da falschgelegen.

Und selbst wenn er wirklich nichts dabei gespürt hatte: War diese respektlose Bemerkung am Ende wirklich nötig gewesen?

Ich war niemand, der schnell wütend wurde, doch in diesem Moment überrollte mich das Gefühl mit einer solchen Wucht, dass mir fast der Atem stockte. Ich lag noch eine Weile im Bett und dachte an den letzten Abend. Doch je öfter ich ihn im Kopf durchspielte, umso mehr spürte ich eine Enge im Brustkorb, die mich unruhig werden ließ, und ich hasste es, dass diese wenigen schmerzhaften Sekunden mit Kieran die Erinnerung an den gesamten Abend überschatteten.

Ich schüttelte den Kopf. Es brachte nichts, jetzt noch länger darüber nachzudenken. Stattdessen stand ich auf, ging ins Bad und machte mich zurecht. Normalerweise gehörten die Sonntage nur Tessa und mir, doch ich hatte ihr abgesagt, weil meine Familie heute zum Frühstücken vorbeikommen wollte.

Irgendwie würde ich diesen Tag schon hinter mich bringen. Und morgen … Ich hatte keine Ahnung, wie es sein würde, Kieran wieder gegenüberzustehen.

Kieran

Liora.

Sie war das Einzige, woran ich an dem Tag nach ihrem Geburtstag denken konnte. Dieses Gefühl von Leichtigkeit, wenn wir miteinander redeten. Dieses Gefühl von Unendlichkeit, das von mir Besitz ergriffen hatte, als wir uns geküsst hatten. Verdammt, ein Teil von mir wollte all das wieder spüren.

Doch stattdessen atmete ich tief durch und verdrängte diesen Gedanken, weil ich wusste, dass ich mich nicht darin verlieren durfte. Noch nicht. Denn da waren noch zu viele Geheimnisse zwischen uns. Zu vieles aus meinem Leben, was sie erst noch kennenlernen musste, bevor ich ruhigen Gewissens zulassen konnte, dass aus uns mehr wurde. Und im Gegenzug waren da auch noch so viele Dinge, die ich über sie erfahren wollte. So einiges, was ich wissen wollte.

Im nächsten Moment griff ich nach den Kurzhanteln, die ich vor mich auf den Boden gelegt hatte, und führte einen Satz Hammercurls für meinen Bizeps aus. Schon früher hatte der Kraftsport mir dabei geholfen, ein paar Augenblicke meine Gedanken auszuschalten, doch seit ich Creekwood Hill verlassen hatte, hatte ich auch den Sport ein wenig schleifen lassen. Ich hatte zwar kaum an Muskelmasse eingebüßt, trotzdem war da in den letzten Tagen immer häufiger das Gefühl gewesen, dass mir der körperliche Ausgleich fehlte.

Ich stemmte die Kurzhanteln, bis meine Muskeln brannten und mein ganzer Arm zu zittern begann. Erst dann legte ich sie wieder auf den Boden und atmete tief durch.

Und dann trainierte ich weiter und weiter, bis ich irgendwann das Gefühl hatte, kaum noch gerade stehen zu können. Ich trainierte, bis jeder einzelne Muskel zum Zerreißen gespannt war. Und erst als ich das Gefühl hatte, dass die Erschöpfung meinen gesamten Körper flutete und meine Gedanken ausschaltete, hörte ich auf und stellte mich unter die Dusche.

Ein paar Stunden später zog ich die Wohnungstür hinter mir zu und wollte mich auf den Weg zu Avery machen, als ich im Erdgeschoss Tessa über den Weg lief. Sie wollte gerade ihre Tür aufschließen, hielt jedoch in der Bewegung inne, als sie mich bemerkte. Sie drehte sich in meine Richtung, ihr Blick aus grünen Augen fixierte mich, und ich musste schwer schlucken.

Dieser Augenblick erinnerte mich an letzte Nacht. Mir war nicht entgangen, wie sie mich auf Lioras Geburtstag immer wieder beobachtet hatte. Und was mir dabei am meisten Angst einjagte, war, dass sie einem mit jedem Blick das Gefühl vermittelte, dass sie alles sehen konnte – auch die Dinge, die man vor anderen Menschen versteckte. Es war, als würde sie in Menschen lesen, wie andere Leute in Büchern lasen, und das war irgendwie beunruhigend. Gleichzeitig wusste ich, dass Liora sie schätzte, also wollte ich mich bemühen, es ihr gleichzutun.

»Hey«, grüßte ich sie also.

»Guten Tag.« Sie lächelte ein warmes Lächeln und legte den Kopf leicht schief.

»Ich bin Kieran«, schob ich noch hinterher, weil ich nicht sicher war, ob sie das bereits von Liora wusste.

Sie nickte langsam, und in ihren Augen blitzte etwas Wissendes auf. »Die dunkle Seite der Medaille.«

Wie hatte sie mich gerade genannt? »Ich ... verstehe nicht.«

»Man muss nicht immer alles verstehen, mein Kind. Manchmal muss man die Dinge einfach nur hinnehmen und akzeptieren. Wenn wir Menschen immer versuchen würden, alles zu verstehen, was sich so ereignet, dann würden wir uns wahrscheinlich vor lauter Kopfschmerzen kaum noch retten können.«

Wortlos starrte ich sie an. Das war vermutlich eines der seltsamsten Gespräche, die ich je geführt hatte. Ich hatte keine Ahnung, was ich darauf antworten sollte, und Tessa schien meine Überforderung zu spüren, denn im nächsten Augenblick fuhr sie auch schon fort.

»Ich rede vermutlich wieder zu viel. Nur das Geschwätz einer alten Frau.«

»Was meinen Sie mit *dunkle Seite der Medaille*?«

»Ich glaube, das musst du selbst herausfinden.« Einen Wimpernschlag später drehte sie sich wieder zur Tür, schloss sie auf und verschwand in ihrer Wohnung.

***

Es gab Dinge, vor denen man sich einfach fürchten sollte. Und in diesem Augenblick wurde mir bewusst, dass Avery mit einem Rasierapparat in der Hand zu genau diesen Dingen gehörte.

Ich saß – nur mit Boxershorts bekleidet – auf einem wackeligen kleinen Hocker aus Holz in ihrer Dusche. Währenddessen stand sie hinter mir, vergrub eine Hand in meinen Locken, um meinen Kopf zu fixieren, und führte mit der anderen den Rasierapparat immer wieder über meinen Hinterkopf und meine Seiten.

Eigentlich wusste ich, dass ich mir keine Sorgen machen musste, weil Avery in dem, was sie tat, wirklich ausgezeichnet war. Sie war trotz ihres jungen Alters eine Friseurmeisterin, die schon in den besten Salons Creekwood Hills gearbeitet hatte. Aber ich kannte auch ihre impulsive und wilde Seite, und ein Teil von mir hatte Angst, dass diese Seite Oberhand gewinnen und mich vollkommen entstellen könnte.

»Bitte pass auf«, sagte ich, als das Surren des Rasierers verstummte, weil sie den Aufsatz wechselte, um die Übergänge zu verfeinern.

»Keine Sorge. Ich weiß, was ich tue.« Das Geräusch lebte erneut auf, und sie fuhr unter größter Vorsicht fort. Irgendwann legte sie den Rasierapparat zur Seite und griff nach einer Schere, um meine Haare oben noch ein wenig zu kürzen. Ich war schon ewig nicht mehr beim Friseur gewesen. Dementsprechend brauchte Avery heute ungewöhnlich lange.

»Ich hoffe, du hattest gestern Abend Spaß.«

»Klar. Es war wirklich toll.« Und dann erzählte sie mir, wie sie mit Lioras Geschwistern getanzt hatte. Von den Gesprächen, die sie mit ihren Eltern geführt hatte, und davon, wie lecker das Essen gewesen war. Ich fand es unglaublich schön, dass sie es geschafft hatte, sich derart gut einzubinden, obwohl sie bis auf mich und Liora niemanden dort gekannt hatte.

»Fertig«, verkündete sie irgendwann und fegte mit einer kleinen Bürste grob die Haare von meinem Oberkörper, bevor sie mich aufstehen und zum Spiegel gehen ließ, wo ich mir meine Haare ansehen konnte. Oben waren sie noch relativ lang. Avery hatte lediglich mit ein paar gezielten Schnitten die Locken ein wenig in Form gebracht. Nach unten hin wurden meine Haare mit einem sanften Übergang immer kürzer. Mir gefiel, dass meine Frisur nun deutlich gepflegter aussah.

»Danke.« Ich warf ihr ein Lächeln zu.

»Immer gern. Und jetzt geh duschen und zieh dir etwas Frisches an, bevor du meine ganze Wohnung vollhaarst.«

»In Ordnung.« Ich öffnete den kleinen Schrank, um mir ein Handtuch herauszunehmen, als ich merkte, dass Avery mich beobachtete. Fragend zog ich eine Augenbraue hoch.

»Ach, die arme Liora«, seufzte Avery theatralisch.

Ich warf ihr einen fragenden Blick zu und erkannte das selbstgefällige Grinsen, das sich auf ihrem Gesicht abzeichnete.

»Ich darf hier stehen, während du dich in deiner Unterwäsche präsentierst, obwohl sie am liebsten diejenige wäre, die diesen Anblick genießen würde, nicht wahr?«

Ich kniff die Augen zusammen. »Worauf willst du hinaus?«

»Wieso glaubst du, dass ich auf irgendetwas hinauswill? Ich habe mir nur gerade vorgestellt, wie sehr sie sich freuen würde, dich so zu sehen. Natürlich nur, falls sie das noch nicht getan hat.«

»Darüber werden wir jetzt nicht reden.«

»Oh mein Gott!«, entfuhr es Avery so schlagartig, dass ich kurz zusammenzuckte. »Also hat sie?«

»Nein!« Ich wollte gerade den Duschvorhang zur Seite ziehen, um Avery zu verdeutlichen, dass ich jetzt duschen wollte, als mir eine Frage durch den Kopf schoss. »Wie kommst du darauf?«

»Ich habe euch beobachtet.«

»Auf der Party?«

»Genau. Und ich hab gesehen, wie zuerst du die Wohnung verlassen hast und dann sie. Aber als ihr später gemeinsam hochgekommen seid, ist etwas an euch anders gewesen. Ich dachte, vielleicht wäre da was bei dir in der Wohnung gelaufen.«

Ich erstarrte.

Hatte es wirklich so gewirkt? Fuck! Ich konnte nur hoffen, dass die anderen das nicht mitbekommen hatten, denn ich wollte nicht, dass ihre Eltern die gleichen Schlüsse wie Avery zogen. Mit ihrer Mutter hatte ich mich zwar gut verstanden, aber ihre Familie sollte trotzdem nicht denken, dass ich auf diese Weise hinter ihr her war.

»Alles okay?«, fragte Avery im nächsten Moment und legte die Hand auf meine Schulter. Der selbstgefällige Ausdruck auf ihrem Gesicht war verschwunden, und jetzt wirkte sie beinahe besorgt.

So war das mit Avery. Sie hatte oft eine unfassbar direkte, ehrliche, fast schon provokante Art an sich. Auf den ersten Blick würde man gar nicht erwarten, dass sie eine einfühlsame Seite hatte. Aber sie kannte mich besser als jeder andere. Sie erkannte, wenn etwas nicht stimmte, und in diesen Momenten war sie immer für mich da. Dafür liebte ich sie.

Ich räusperte mich kurz, weil ich das Gefühl hatte, dass sich in meiner Kehle alles zuschnürte. »Ja ... Es ist nur ... Es war nicht so, wie du denkst.«

»Wie war es dann?«, fragte sie.

»Wir haben uns geküsst.«

»Was?!«, entfuhr es Avery. Ihre Hand, die bisher auf meiner Schulter gelegen hatte, grub sich fest in meine Haut.

Ihre Lippen verzogen sich wieder zu diesem frechen Grinsen, und ein aufgeregtes Funkeln trat in ihre braunen Augen. »Ihr habt euch geküsst?«

»Ja.«

»Wahnsinn.« Sie knuffte mich gegen die Schulter, und ich zuckte kurz vor Schmerz zusammen, als die spitzen Verzierungen ihrer Ringe auf meine Haut trafen. »Erzähl mir mehr.«

»Da gibt es nicht viel zu erzählen.«

Sie seufzte. »Ich hoffe, das wird jetzt nicht wieder einer dieser Momente, in denen ich dir jedes Detail einzeln aus der Nase ziehen muss.«

Ich grinste, weil ich mich auf Anhieb an viel zu viele Situationen erinnern konnte, in denen genau das der Fall gewesen war. Avery war nun mal viel zu neugierig und ich wiederum viel zu verschlossen. Aber wahrscheinlich war es genau diese Kombination, die unsere Freundschaft so besonders machte.

Weil ich wusste, dass sie nicht lockerlassen würde, erzählte ich ihr davon, wie wir da unten auf der Stufe gesessen und geredet hatten, wobei ich ihr natürlich nichts über Lioras Vergangenheit erzählte. Immerhin hatte sie mir ihre Geschichte anvertraut, und ich würde dieses Vertrauen unter gar keinen Umständen missbrauchen. Ich erzählte davon, wie gut mir diese Momente mit ihr taten, und davon, wie sehr ich es liebte, Zeit mit ihr zu verbringen. Und von dem Kuss und den Worten, mit denen ich diesen Moment zwischen uns wieder kaputt gemacht hatte.

»Wieso hast du das gesagt?«, schleuderte Avery mir völlig entgeistert entgegen.

Ich wollte ihr die Wahrheit sagen, aber ich konnte es nicht. Denn auch Avery wusste nichts von der Nacht, die mein ganzes Leben auf den Kopf gestellt hatte. Ich war schlicht und ergreifend zu feige gewesen, um es ihr zu erzählen, und dieser Augenblick fühlte sich nicht nach dem richtigen an.

Es war ein Gefühl von Hilflosigkeit. Da waren so viele schwere Gedanken, die bis auf den Grund meiner Seele gesunken waren und dort nun verweilten, und es gab niemanden, mit dem ich darüber reden konnte. Niemand, dem ich sagen konnte, wieso ich Liora von mir gestoßen hatte. Die einzige Möglichkeit, die ich hatte, war, mit Liora weiterzumachen. Ihr immer mehr von mir zu zeigen, bis ich bereit war, ihr auch die finstersten Kapitel meines Lebens zu offenbaren. Und sobald ich das getan hatte, würde sie sich entscheiden müssen. Für mich oder gegen mich. Und ich hoffte so sehr, dass sie mich … *uns* wählen würde.

Dieser Gedanke überraschte mich. Bisher hatte ich nie daran geglaubt, dass es etwas wie ein *uns* geben könnte. Mit der Zeit hatte ich angefangen, Liora zu mögen. Nur freundschaftlich. Doch mittlerweile war ich an einem Punkt, an dem ich nicht mehr abstreiten konnte, dass ich mehr empfand. Dass ich mehr wollte. Liora wollte. *Verdammt …*

Ich zuckte mit den Schultern, denn ich wusste nicht, was ich Avery sonst hätte sagen können.

Ein schweres Seufzen entwich ihr. »Ich hoffe, du biegst das irgendwie wieder hin. Ich kenne sie vielleicht nicht so gut, aber Liora scheint eine tolle Frau zu sein, und sie hat Unehrlichkeit nicht verdient.«

»Was?«

»Du hast mich schon richtig verstanden. Du warst unehrlich zu ihr, denn es war nicht einfach nur ein Kuss. So wie du von ihr und von diesem Moment geredet hast, war es weit mehr als das. Ich hab dich bisher noch nie so über jemanden reden gehört, und ich bin sicher, dass das so schnell auch nicht wieder passieren wird.« Sie trat einen Schritt näher und bohrte mir ihren Zeigefinger in die Brust. »Also sieh zu, dass du das irgendwie wieder geradebiegst, Kieran.«

Einen Moment standen wir voreinander und duellierten uns mit Blicken. Ich hatte selten so ein Feuer in ihren braunen Augen gesehen, aber hier ging es um mich und mein Glück, und dafür hatte Avery schon immer gekämpft, auch wenn ich selbst es nicht gekonnt hatte.

Ich atmete laut aus und gab nach. »Du hast recht. Ich muss das irgendwie wieder hinkriegen.«

»Ich habe immer recht, Kieran.« Sie schenkte mir ein knappes Lächeln, doch es erreichte ihre Augen nicht. »Auch wenn ich mir manchmal wünschte, es wäre nicht so.«

Mochte sein, dass meine Gedanken ein finsterer Ort waren, doch Avery war wie ein Wegweiser, der jede Ecke und jeden Pfad zu kennen schien.

Vielleicht war es okay, wenn man sich hin und wieder seinen eigenen Narben widmete und sich in seinen Gedanken verlor, solange man die richtigen Menschen bei sich hatte, die einem wieder auf die Beine halfen. So wie sie es bei mir tat.

»Alles in Ordnung?«, fragte sie, nachdem ich ein paar Sekunden lang nichts gesagt hatte.

»Danke, Avery. Für alles.«

Sie lächelte, und ein warmes Gefühl breitete sich in mir aus. »Jederzeit.«

KAPITEL 26

Liora

»Die gelben sind meine liebsten«, sagte Jo und schaute über meine Schulter, während ich die Chrysanthemen goss.

»Ich denke, ich tendiere eher zu rosa.« Ich legte die Gießkanne zur Seite und verrückte den Topf, damit die Pflanze mehr im Sonnenlicht stand. Dann widmete ich mich den Orchideen.

»Ist alles okay bei dir?«, fragte Jo, die mich beobachtet haben musste.

Innerlich spannte sich etwas in mir an, doch ich versuchte, es mir nicht anmerken zu lassen. »Klar.«

»Sicher?«

»Es ist alles gut«, erwiderte ich und spielte an den weißen Blüten herum, um mich irgendwie zu beschäftigen.

»Hm, okay. Wenn etwas sein sollte, kannst du immer mit mir reden, Snowflake.«

Ich drehte mich kurz in ihre Richtung und versuchte mich an einem knappen Lächeln. »Ich weiß, danke.«

Das Problem war bloß, dass ich in diesem Augenblick nicht mit ihr reden wollte. Ich vertraute Jo zwar, aber innerlich war ich viel zu aufgebracht. Ich hatte gerade nicht die Kraft dazu, meine Emotionen zu kontrollieren, also behielt ich den Schmerz und die Wut lieber für mich.

Und eine Weile funktionierte das auch ganz gut. Jo verschwand für ein paar Telefonate im Aufenthaltsraum, und ich konnte mich der Arbeit widmen. Bis Kieran ins *Golden Flower* kam.

Er stieß die Tür auf, und dann stand er plötzlich vor mir. Sein Blick hielt meinen fest, und aus irgendeinem Grund konnte ich nicht anders, als ihn ein paar Sekunden einfach anzustarren. Doch dann widmete ich mich wieder dem kleinen Bund getrocknetem Lavendel vor mir.

»Guten Morgen«, grüßte Kieran mich, doch ich blickte nicht mehr auf.

»Hey.«

»Alles klar?« Er klang verunsichert.

»Ja.«

»Okay?« Er ging an mir vorbei nach hinten, wo er seinen Rucksack ablegte. Dann stellte er sich neben mich und sah mir dabei zu, wie ich weitere Lavendelzweige zu einem Bund zusammenschloss. »Kann ich bei irgendwas helfen?«

»Nein, ich komme klar«, erwiderte ich knapp. Ich brauchte seine Hilfe nicht. Ich hatte mich ihm anvertraut, hatte ihm einen Teil meiner verletzten Seele gezeigt, und er hatte alles mit Füßen getreten. Wenn es etwas gab, was ich im Augenblick absolut nicht wollte, dann war es die Hilfe von Kieran Montgomery.

»Liora, ist alles in Ordnung?«

»Natürlich.«

»Sicher?« Er legte eine Hand auf meinen Unterarm, und in diesem Moment brannte eine Sicherung bei mir durch.

»Nein, Kieran, es ist nicht alles in Ordnung.« Ich legte den Lavendel nieder und drehte mich zu ihm um. »Weißt du, wie ich mich fühle? Ich habe dir Sachen erzählt, für die ich wirklich meine Komfortzone verlassen musste. Aber weil ich mir eigentlich sicher war, dass du mich verstehen würdest, bin ich über meinen Schatten gesprungen. Ich hab mich fallen lassen. Verdammt, ich hab zugelassen, dass du mich küsst! Und nachdem du mir die ganze Zeit das Gefühl gegeben hast, dass du das auch willst, sagst du mir, dass es nichts bedeutet? Das ist einfach unfair.«

Kieran sah mich an, und ich erkannte, wie der Schmerz in seinen dunklen Augen aufflackerte. Die Reue.

Doch es war mir egal. Meine eigene Wut hatte mich fest im Griff, und hier und jetzt konnte ich einfach keine Rücksicht auf seinen Schmerz nehmen. Weil seine Worte der Grund für meinen gewesen waren.

»Liora, es tut …«

»Ich will nichts davon hören«, unterbrach ich ihn. Meine Stimme zitterte, doch ich riss mich zusammen. »Ich kann das gerade einfach nicht, also lass es, okay?«

Kieran presste die Lippen fest aufeinander. Ich konnte ihm deutlich ansehen, dass es da noch so vieles gab, was er am liebsten gesagt hätte. Und ein Teil von mir wünschte sich, er würde es tun.

Doch das war gerade nicht das, was ich brauchte. Ich war verletzt. Ich war sauer. Und ich brauchte ein wenig Freiraum. Ich brauchte Luft zum Atmen, und ich wusste, ginge ich jetzt eine Konfrontation mit Kieran ein, würde ich ersticken.

Ein paar Sekunden lang stand Kieran einfach so vor mir. Er sah mir ins Gesicht, und der Ausdruck in seinen Augen ließ ein beklemmendes Gefühl in mir aufsteigen. Doch dann wisperte er nur ein leises »Okay«, bevor er sich von mir abwandte und sich seinen eigenen Aufgaben widmete.

Während der ganzen Schicht über spürte ich seine Blicke auf mir, doch wir redeten nicht miteinander.

Ich konnte es einfach nicht. Und ich schuldete es mir selbst, endlich einmal auf meine eigenen Gefühle Rücksicht zu nehmen und mir die Zeit einzuräumen, die ich brauchte, um mit der ganzen Sache klarzukommen.

***

In den nächsten Tagen überraschte Kieran mich mit seinem Verhalten.

Insgeheim hatte ich damit gerechnet, dass er immer wieder versuchen würde, sich zu entschuldigen, nachdem ich ihm offen gezeigt hatte, dass ich wütend war und gerade einfach nicht mit ihm reden konnte. Doch er respektierte meinen Wunsch.

Wenn wir uns im Wohnkomplex oder im *Golden Flower* begegneten, grüßte er mich stets höflich, und wenn es der Job verlangte, kommunizierten wir auch miteinander. Aber es kamen keine Rechtfertigungsversuche von ihm. Wir sprachen das Nötigste, und ansonsten ließ er mich in Ruhe.

Ich merkte, dass es ihm schwerfiel. Hin und wieder sah er mich auf eine Art und Weise an, die fast schon etwas Sehnsüchtiges an sich hatte. Doch er respektierte die Grenzen, die ich gezogen hatte. Und obwohl ich noch immer wütend auf ihn war, rechnete ich ihm das hoch an.

Mittlerweile waren fünf Tage seit meinem Geburtstag vergangen. Ich kam gerade aus der Dusche und wollte mich für die Arbeit fertig machen, als mein Blick auf ein Geschenk fiel, das auf der Kommode lag. Es war das von Kieran. Ich hatte es dort abgelegt und vergessen.

Ein Teil von mir hatte große Angst davor, es zu öffnen, weil es Salz in meine Wunden streuen könnte. Aber auf der anderen Seite war ich auch neugierig, weil ich wissen wollte, was Kieran sich für mich überlegt hatte.

Also riss ich das Geschenkpapier auf und musterte den Handspiegel, der darunter zum Vorschein kam. Es war ein kleiner Spiegel, der in einen silberfarbenen Rahmen gefasst war. Sowohl der Griff als auch der Rahmen selbst wurden von ebenfalls silbernen Ranken und kleinen Blüten umspielt. Er sah elegant und hochwertig aus und war einfach wunderschön.

Ein paar Sekunden lang betrachtete ich mich darin. Meine blasse Haut war von der heißen Dusche noch gerötet, und der Handtuchturban auf meinem Kopf hing leicht schief.

Als ich den Spiegel auf die Kommode legte, fiel mein Blick auf eine Karte, die inmitten des zerrissenen Geschenkpapiers lag. Sie war mir vorhin gar nicht aufgefallen. Ich griff nach ihr, und als ich Kierans Handschrift erkannte, die ich schon so oft auf irgendwelchen Notizblöcken im *Golden Flower* gesehen hatte, wurde mein Herz leicht und schwer zugleich.

Liebe Liora,

zunächst einmal wünsche ich dir alles Gute zu deinem Geburtstag!

Ich habe lange überlegt, was ich dir schenken könnte. Ich hatte an etwas Großes und Teures gedacht. Etwas Spektakuläres, was dir niemand sonst schenken würde. Aber wenn ich ehrlich bin, dann glaube ich nicht, dass du der Typ für solche Geschenke bist. Du brauchst nichts Extravagantes, du brauchst das Richtige, und ich hoffe sehr, dass ich es gefunden habe.

Vielleicht fragst du dich jetzt, wieso ich dir ausgerechnet diesen Spiegel schenke.

Vor nicht allzu langer Zeit saßen wir zusammen in meiner Wohnung, und du hast mir einen Teil deiner Vergangenheit gezeigt. Einen Teil, der von Schmerz und Verzweiflung geprägt war. Du hast mir erzählt, wie schwer er dir manchmal fällt, dich selbst zu lieben, weil dir so oft das Gefühl vermittelt wurde, dass da nichts Liebenswertes sei.

Ich möchte mich an dieser Stelle noch einmal dafür bedanken, dass du mir das anvertraut hast. Denn in der Vergangenheit hat es bereits ein paar Momente gegeben, in denen mir deine Unsicherheiten aufgefallen sind. Die kleinen Momente, in denen ich gemerkt habe, wie schwer es dir manchmal fällt, dich selbst anzuschauen. Es tut mir leid, dass diese Menschen so viele Zweifel und Unwahrheiten in dir säen konnten.

Aber glaube mir, wenn ich dir sage, dass du wunderschön bist, Liora. Es gibt nichts an dir, was mir nicht gefällt. Angefangen bei deinem Haar bis hin zu deiner Haut, deinem Lächeln, deinen Augen … Ich könnte ewig so weitermachen. Es gibt so viel Schönes an dir, und ich würde alles dafür tun, damit du es auch erkennst. Ich weiß, die Zweifel haben sich tief in deine Seele gebrannt, aber ich werde bei dir sein, bis du die Wahrheit erkennen kannst. Ganz egal, wie lange es dauert.

Ich hoffe, dass du an manchen Tagen in diesen Spiegel schauen und dich selbst lieben kannst. Und ich hoffe, dass aus manchen Tagen viele Tage werden. Und aus vielen Tagen alle Tage.

Und wenn sie dir hundertmal gesagt haben, du seist nicht wunderschön, dann sage ich dir tausendmal, dass du es bist.

Du bist wunderschön, Liora White.

In Liebe
Kieran

PS: Ich wollte genau diesen Spiegel, weil ich glaube, dass er zu dir passt. Die Ranken und die Blüten. Alles daran erinnert mich sehr an dich.

Tränen brannten in meinen Augen, während ich die Karte las. Seine Worte trafen mich. Sie waren ehrlich und liebevoll, und sie gaben mir das Gefühl, dass er mich auf eine Art sah, wie ich noch nie gesehen worden war.

Ich klappte die Karte zu und legte sie zurück auf die Kommode. Ich legte meine Hand auf die Brust und atmete tief durch, um die Emotionen, die Kierans Worte in mir ausgelöst hatten, ein wenig unter Kontrolle zu bringen.

Und dann griff ich erneut nach dem Spiegel und sah hinein. Ich versuchte, mich so zu sehen, wie er mich sehen würde. Ich konzentrierte mich auf das stechende Blau meiner Augen, die blonden Haare, die sanfte Haut. Sobald ein Zweifel aufkeimte, verdrängte ich ihn, um mich weiterhin auf die schönen Dinge an mir zu konzentrieren.

Dieser Spiegel war etwas Besonderes. Er zeigte, dass Kieran mir zugehört hatte und ich ihm nicht egal war.

Denn wäre ich es gewesen, dann hätte er sich nicht die Mühe gemacht, ein derart gut durchdachtes Geschenk zu besorgen. Er hätte nicht diese Worte niedergeschrieben, die ausdrückten, wie er wirklich über mich dachte.

Aber wieso hat er dann so auf den Kuss reagiert?

Ich wusste keine Antwort darauf, aber ich war jetzt bereit, Kieran zuzuhören. Es musste einen Grund für sein Verhalten gegeben haben, denn diese Karte hatte er nur kurz zuvor geschrieben. Und ich wollte diesen Grund erfahren.

KAPITEL 27

Liora

Ich war erleichtert, dass ich heute mit Jo und Rose allein im *Golden Flower* war, bis Kierans Schicht gegen Mittag begann.

Denn wenn ich ehrlich war, dann hatte ich keine Ahnung, wie ich mich ihm gegenüber verhalten sollte. Ich war noch immer ein wenig sauer auf ihn. Doch gleichzeitig wusste ich jetzt, dass ich ihm zuhören wollte. Ich wollte wissen, was er zu sagen hatte, doch ein Teil von mir fürchtete sich vor dem, was er sagen würde. Es war ein Hin und Her in meinem Kopf, und vielleicht war es ganz gut, dass ich noch ein paar Stunden hatte, bis er hier war. Dann konnte ich zumindest versuchen, mich noch ein wenig zu sortieren.

»Ist alles okay?«, hörte ich plötzlich Jos Stimme hinter mir. Diese Frage hörte ich in letzter Zeit häufiger von ihr. War es so offensichtlich, dass mich etwas beschäftigte?

Ich zuckte zusammen und drehte mich zu ihr um. »Ja, wieso?«

»Weil du seit zehn Minuten dieselbe Blume umklammert hältst und ich mich schon die ganze Zeit frage, was du damit vorhast.«

Ertappt blickte ich auf die orangefarbene Tulpe in meiner Hand. Ich wollte nur schnell die Schnittblumen kontrolliert und die verwelkten aussortiert haben, um Platz für neue zu schaffen, doch dabei hatte ich mich anscheinend in meinen Gedanken verloren. »Es ist nichts.«

»Snowflake.« Ich wusste nicht, wie Jo es schaffte, dass ihre Stimme sanft und streng zugleich klang.

Ich sah auf. Jos Blick war weich und glich einer stummen Bitte, ihr zu vertrauen. Und ich konnte nicht weiterhin so tun, als wäre nichts passiert, wenn sie mich auf diese Art und Weise anschaute.

»Kieran und ich … Wir haben uns geküsst.«

Sie nickte und wirkte nicht überrascht. »Das freut mich für euch.«

Ich versuchte, ihr aufkommendes Lächeln zu erwidern, doch ich war sicher, dass es mir nicht gelang.

Jo schien es zu bemerken, denn mit einem Mal legte sich ihre Stirn in Falten. »Aber das war noch nicht alles.«

Ich seufzte. Und dann erzählte ich ihr von Kierans Reaktion auf unseren Kuss. Von seinen Worten, die mein Herz gebrochen hatten, und von denen auf der Karte, die einen Teil davon wieder zusammengefügt hatten.

Es fühlte sich befreiend an, endlich mit jemandem darüber zu sprechen, statt meine Trauer und meine Wut in mich hineinzufressen. Gleichzeitig fühlte ich mich schlecht, weil Jo Kieran kannte und ich nicht wollte, dass sie ihn meinetwegen mit anderen Augen sah. Aber das durfte jetzt keine Rolle spielen. In diesem Moment war sie nämlich nicht Jo, unsere Chefin, sondern Jo, meine Vertrauensperson.

»Das tut mir wahnsinnig leid«, sagte Jo, nachdem ich geendet hatte. Ein trauriger Ausdruck erschien auf ihrem Gesicht.

»Schon gut. Du kannst ja auch nichts dafür.«

»Vielleicht hilft es euch, wenn ihr darüber redet.«

»Ja, ich hab beschlossen, ihm zuzuhören. Aber ich weiß noch nicht so richtig, was ich ihm sagen soll. Vielleicht war es für ihn ja wirklich nur ein bedeutungsloser Kuss. Und ich kann ihn schließlich nicht zwingen, Dinge zu empfinden, die da nicht sind.«

Jo schüttelte den Kopf. »Wenn er nichts für dich empfinden

würde, hätte er dir nicht diese Karte geschrieben und den Spiegel geschenkt. Geschenke mit einer solchen Bedeutung macht man nicht jedem. Sie sind nur für die Menschen bestimmt, die wir besonders wertschätzen.«

Jos Worte ergaben Sinn, doch innerlich wehrte ich mich dagegen. Vermutlich war es purer Selbstschutz. Vielleicht wollte ich mich nicht auf ihre Worte verlassen, weil der Schmerz dann nur umso größer wäre, sollte sie sich irren.

»Ich weiß nicht.«

»Kommunikation.« Jo warf mir nur dieses eine Wort entgegen, und ich sah sie fragend an, damit sie fortfuhr. »Das ist mitunter das Wichtigste für Kaden und mich in unserer Ehe. Wir kommunizieren miteinander, egal, was los ist. Wenn mich etwas stört oder es mir nicht gut geht, dann sage ich es ihm. Und andersherum ist es genauso. Zusammen können wir nach einer Lösung suchen. Als …« Sie hielt kurz inne und schluckte schwer. »Als wir damals Eliza verloren haben, sind wir beide fast daran zerbrochen. Obwohl wir versuchten, stark zu bleiben, hatten wir uns dennoch fast in unserer Trauer verloren. Der Schmerz war schier unerträglich, und wir haben es nur geschafft, weil wir einander hatten. Weil wir über unseren Schmerz und unsere Gefühle geredet haben, statt sie in uns hineinzufressen. Er hat mir das Leben gerettet, und ich habe seins gerettet.« Sie sah mir direkt in die Augen. »Wenn ich dir also einen Rat für dein Leben geben kann, dann ist es offene Kommunikation. Rede einfach. Sag, was dir auf dem Herzen liegt. Auch wenn es im ersten Moment Überwindung kostet, wird es dein Leben und jegliche Beziehungen auf lange Sicht so viel besser machen. Vertrau mir, Snowflake.«

Ohne zu zögern, zog ich Jo in eine feste Umarmung. »Danke«, murmelte ich an ihrer Schulter, und ich hoffte so sehr, sie würde verstehen, wie ernst ich dieses Wort meinte. Wie sehr ich sie für all die Dinge schätzte, die sie für mich tat.

»Ich bin immer für dich da.« Sie löste sich von mir und

schenkte mir ein letztes Lächeln. Ein warmes Gefühl breitete sich in meinem Brustkorb aus. »Und jetzt wieder ran an die Arbeit.«

Gegen Mittag kam Kieran im *Golden Flower* an. Ein kleiner Teil von mir freute sich darüber, ihn zu sehen, doch ein anderer hatte einfach nur Panik davor, mit ihm zu reden. Aber mir blieb nichts anderes übrig, als es hinter mich zu bringen, also atmete ich tief durch und grüßte ihn.

»Hey, Kieran.«

Er sah mich überrascht an. Es war das erste Mal seit dem Kuss, dass ich ihn zuerst grüßte. »Hey.« Die Andeutung eines Lächelns machte sich auf seinem Gesicht breit.

Die erste Stunde verbrachten wir schweigend. Ich kümmerte mich um meine Aufgaben und er sich um seine. Und obwohl ich mich auf meinen Job konzentrieren wollte, konnte ich meinen Blick nicht davon abhalten, immer wieder zu ihm zu wandern. Ich bildete mir ein, dass es ihm genauso ging. Dass sein Blick mich immer wieder fand, aber vielleicht täuschte ich mich auch.

»Kannst du mir kurz helfen?«, fragte ich ihn irgendwann.

Er nickte und trat zu mir an die Theke. »Was gibt's?«

»Wir müssen diese Blumen hier anschneiden. Ich kümmere mich um die Tulpen. Es wäre gut, wenn du dich um die Rosen kümmern könntest.«

»Klar.« Er griff nach dem scharfen Messer, das neben dem Schneidebrett lag, und fing an, die Stiele anzuschneiden. Während ich aufgrund der weichen Tulpenstiele gerade Schnitte setzte, schnitt er die Rosen mit den harten Stielen schräg an.

Wir standen dicht nebeneinander, und als Kierans Ellbogen gegen meinen stieß, tanzte ein Kribbeln über meine Haut. Ich versuchte, das Gefühl zu ignorieren, aber es war so verdammt schwer.

Trotz der seltsamen Stimmung, die seit Tagen zwischen uns

herrschte, fühlte es sich noch immer viel zu gut an, wenn ich zusammen mit Kieran meiner Leidenschaft für die Floristik nachgehen konnte.

Als wir fertig waren, standen wir gemeinsam hinter der Theke – Jo hatte noch etwas mit Rose im Aufenthaltsraum besprechen wollen – und sagten kein Wort. Und obwohl es sich gerade noch gut angefühlt hatte, mit ihm zusammenzuarbeiten, war es nun unangenehm, mit ihm zu schweigen.

»Wie geht es Luke?«, fragte ich, als ich das Gefühl bekam, dass die Stille zwischen uns in meinem Kopf zu laut geworden war.

Den Bruchteil einer Sekunde huschte ein dunkler Schatten über seine Züge. Nur ganz kurz, doch ich bemerkte es. »Unverändert, würde ich sagen. Vielleicht ein bisschen besser, aber kaum.«

»Das tut mir leid.« Ich spürte einen schmerzhaften Stich in meiner Brust. Ich hatte Luke nur ein einziges Mal getroffen, aber ich hatte ihn irgendwie ins Herz geschlossen. Er war so ein liebenswerter kleiner Junge, und er hatte es nicht verdient, an dieses Krankenhausbett gefesselt zu sein.

»Danke.« Ein schweres Seufzen entwich ihm. »Ich mache mir auch langsam über seinen psychischen Zustand Sorgen. Er verbringt den ganzen Tag im Krankenhaus, sieht niemanden außer dem Krankenhauspersonal und mir, und ich habe das Gefühl, dass er sich deswegen auch nicht frei entfalten kann. Das kann doch nicht gut für ein Kind sein. Er hat nicht einmal die Möglichkeit, mit Gleichaltrigen zu spielen.«

»Ich kann mir kaum vorstellen, wie hart das für ihn sein muss. Aber ich fürchte, dass wir ihm gerade nicht helfen können. Wir können nur drauf vertrauen, dass er es schafft. Und das wird er. Davon bin ich überzeugt.«

Kierans Körper spannte sich an, und ein Muskel in seinem Kiefer zuckte. »Das ist unfair.«

»Ich weiß.«

Er sah mich an, und die Traurigkeit in seinem Blick brach mir das Herz. »Ich wünschte, ich könnte irgendetwas tun. Egal was. Irgendetwas, was ihm helfen würde.«

Ich wusste nicht, was ich tun konnte, um für ihn da zu sein, also griff ich nach seiner Hand. Ich hielt sie, bis sich seine Muskeln entspannten. Bis die Finsternis aus seinen Augen wich. Und ich hielt sie noch immer, als sich sein trauriger Ausdruck langsam in ein dankbares Lächeln verwandelte.

Wir fuhren erst auseinander, als Jo und Rose wieder nach vorne traten. Ertappt schaute ich zu Jo. Sie sah mich wissend an, und ich meinte Verständnis in ihren Augen sehen zu können.

Jo deutete auf mich. »Du und Kieran macht heute die Auslieferung. Ich habe das gerade schon mit Rose abgeklärt, und sie war damit einverstanden, dass du an ihrer Stelle fährst, Liora. Der Transporter muss noch mit den Blumen für die Trauerfeier beladen werden, aber das sollte nicht allzu lange dauern. Die Adresse hatte ich Kieran schon letzte Woche gegeben, als ich ihn für den Auftrag eingeteilt habe.«

Ich sah zu Rose und traf auf ihre steinharte Miene. Es war offensichtlich, dass sie von dieser Idee nicht allzu begeistert war.

Ich stimmte zu, und gemeinsam beluden wir den Transporter. Es waren tatsächlich nicht allzu viele Blumen und Gestecke. Vermutlich würde es eine kleinere Feier werden.

Kieran wartete am Auto, als ich noch einmal zur Kühlung lief, um den letzten Strauß zu holen. Ich griff danach, schloss die Kühlungstür wieder hinter mir und traf dann im Aufenthaltsraum auf Jo, die mir ein vielsagendes Lächeln zuwarf.

»Das ist deine Chance. Du solltest sie nutzen.«

Ich bedankte mich mit einer kurzen, aber festen Umarmung, bevor ich mich wieder auf den Weg zum Fahrzeug machte. Und ich schwor mir selbst, diese Chance wirklich zu nutzen und mit Kieran zu reden.

Er saß bereits im Wagen, als ich einstieg, die Tür hinter mir zuschlug und mich anschnallte. Dann warf er einen knappen Blick in den Rückspiegel, bevor der Wagen losrollte und sich in den Verkehr einfädelte.

»Du weißt, wie wir dorthin kommen?«, fragte ich.

Er nickte. »Ich habe vorhin bei Google Maps nachgesehen und mir den Weg eingeprägt – zumindest hoffe ich das.«

»Sehr gut.«

Und dann war es wieder still.

Ich warf Kieran immer wieder kurze Seitenblicke zu, und ein paarmal erwischte ich ihn dabei, wie er die Blicke erwiderte. Es war irgendwie komisch, wie wir hier saßen, beide etwas sagen wollten und doch niemand den ersten Schritt machte. In diesem Moment wirkte alles so verdammt kompliziert.

Ich atmete laut aus.

»Was ist los?«, fragte Kieran, als wir an einer roten Ampel zum Stillstand kamen. Er sah kurz zur Seite, und diese wenigen Sekunden, in denen ich in seine dunklen Augen schaute, brachten meinen Herzschlag aus dem Rhythmus.

»Ich glaube, wir müssen reden.«

»Ja, das glaube ich auch.« Kierans Blick richtete sich wieder auf die Straße vor uns, als die Ampel auf Grün umsprang und der Wagen losrollte. Nervös trommelte er mit den Fingerspitzen auf das Lenkrad.

»Der Kuss …«

»Es tut mir leid«, unterbrach er mich. »Was ich da zu dir gesagt habe. Es war falsch. Ich hätte das nicht sagen dürfen. Es war dein erster Kuss. Du hast mir vertraut, und ich habe es kaputt gemacht.« Er drehte den Kopf in meine Richtung, nur den Bruchteil einer Sekunde, doch die Reue in seinem Blick überwältigte mich. »Es tut mir wirklich wahnsinnig leid, Liora.«

»Ich war wirklich sauer.« Ich schluckte schwer. »Aber natürlich musst du nicht das Gleiche empfinden wie ich. Es ist in Ordnung, wenn dieser Kuss sich für dich nicht so angefühlt hat wie für mich. Und im Endeffekt warst du ja nur ehrlich zu mir, auch wenn du es ziemlich schlecht verpackt hast.«

»Fuck.« Kierans Kopf sackte gegen die Kopfstütze des Sitzes. »Ich war vieles, aber nicht ehrlich. Dieser Kuss … Es war nicht einfach nur ein Kuss für mich. Es hat sich nach mehr angefühlt. Mir hat dieser Kuss etwas bedeutet.«

Herzstillstand. Es war, als würden Kierans Worte sich in meinem Kopf festsetzen und dort nachhallen. Die Ehrlichkeit in seiner Stimme raubte mir den Atem, und die Bedeutung seiner Worte war in diesem Augenblick einfach alles für mich.

Gleichzeitig verstand ich nicht, wieso er es nicht von Anfang an zugegeben hatte. Wieso er nicht einfach gesagt hatte, dass dieser Moment ihm so wichtig gewesen war. Und dann dachte ich an Jo und den Ratschlag, den sie mir heute gegeben hatte.

»Wieso, Kieran? Wieso hast du mir das nicht sofort gesagt?«

Kieran steuerte den Wagen an den Straßenrand und hielt dort an. Dann sah er mich an, und ein dunkler Schatten huschte über sein Gesicht. »Weil ich Angst hatte.«

»Aber wovor?«

»Keine Ahnung.«

»Ich glaube, du weißt es.«

Kieran schlug den Blick nieder, und trotzdem erkannte ich den Krieg, der in ihm tobte. In diesem Moment verstand ich, dass er nicht schwieg, weil er nicht sprechen wollte. Er *konnte* es einfach nicht.

Ich streckte den Arm aus und legte meine Hand auf seinen Unterarm. Kurz spürte ich, wie sich seine sehnigen Muskeln anspannten, bevor er langsam wieder locker wurde. Er lehnte sich meiner Berührung entgegen, sein Atem wurde ruhiger, und ein warmes Gefühl breitete sich in meinem Brustkorb aus, weil ich diese Ruhe in ihm auslösen konnte.

Ein paar Herzschläge lang sagten wir nichts mehr, dann sah er mich wieder an und räusperte sich. »Ich vermute, ich war einfach überfordert.«

»Wovon?«, hakte ich nach, weil ich das Gefühl bekam, dass ich Kieran durch dieses Gespräch führen musste. Weil es ihm vielleicht zu schwerfiel, von sich aus darüber zu sprechen.

»Von den Gefühlen, die das in mir ausgelöst hat.«

Ich lächelte. »Mir ging es ähnlich.«

Er schüttelte den Kopf. »Es hat sich richtig angefühlt. Aber gleichzeitig war es auch zu früh. Zu schnell.«

»Warum?«

»Erinnerst du dich an den Tag, an dem du mich aus meinem Albtraum gerissen hast?«

Ich versteifte mich. Wie könnte ich das vergessen? »Ja.«

»Und erinnerst du dich noch an das Gespräch, das wir danach hatten?«

Ich nickte. Er hatte nicht darüber sprechen können, also hatte er mir angeboten, mir einfach die Teile seiner Vergangenheit zu zeigen, damit ich mir selbst ein Bild machen konnte. Und kurz darauf hatte ich Luke kennengelernt.

»Es gibt noch immer so viele Dinge, die du nicht über mich weißt. So viele Dinge, die du über mich wissen musst, bevor ich zulassen kann, dass sich das zwischen uns in diese Richtung bewegt. Ich brauche einfach noch Zeit. Zeit, um dir mehr von mir zu zeigen.«

Ich strich noch einmal über seinen Unterarm, dann zog ich meine Hand zurück. Irgendwie beunruhigten mich seine Worte. Ich kannte ihn – zumindest glaubte ich das. Und zu diesem Zeitpunkt konnte ich mir nicht vorstellen, dass es irgendetwas gab, was meine Meinung über ihn ändern würde. Er zeigte der Welt seine Finsternis, aber ich konnte das Licht hinter seiner Fassade sehen.

Mein Herz raste, als ich meinen Mut zusammennahm, um die nächsten Worte auszusprechen: »Ich will das. Das mit uns. Und das wird sich auch nicht ändern.«

Kieran lächelte, doch es wirkte irgendwie traurig. »Das kannst du nicht wissen.«

»Doch, ich weiß es. Ich kenne dich.«

»Man kann einen Menschen nach so kurzer Zeit nicht kennen, Liora.« Seine Stimme hatte mit einem Mal etwas Bitteres. »Es gibt immer etwas, womit man nicht rechnet. Manchmal braucht man ein ganzes Leben dafür, jemanden wirklich kennenzulernen. Und manchmal ist selbst ein Leben nicht lang genug.«

Ich schwieg, weil ich nicht wusste, was ich darauf erwidern sollte. Es war, als würde er es darauf anlegen, mir meine Hoffnung zu nehmen. Aber ich wollte sie mir nicht nehmen lassen, auch wenn ich wusste, dass das hier nicht der richtige Zeitpunkt war, um mit Kieran darüber zu diskutieren.

Aus dem Nichts veränderte sich etwas in seinem Ausdruck. Es war, als hätte er seinen Fehler bemerkt. Verlegen fuhr er sich mit der Hand in den Nacken. »Tut mir leid«, flüsterte er leise, als würde er sich für seine eigenen Worte schämen. »Ich bin zu weit gegangen.« Im nächsten Moment lehnte er sich mir entgegen, und als seine Lippen meine Schläfe berührten, setzte mein Herz einen Schlag aus. Er platzierte einen sanften Kuss, bevor er sich wieder zurücklehnte und laut ausatmete.

»Schon okay.«

»Falls es dich beruhigt, ich möchte wirklich mein Bestes geben, mich dir zu öffnen. Aber ich brauche einfach Zeit. Ich hoffe, das ist okay.«

Natürlich war das okay. Ich wusste, er würde mir auch Zeit geben, wenn ich sie benötigte. Er hatte mich – bis auf den kleinen Ausrutscher – immer respektiert, und jetzt war ich an der Reihe, ihn und seine Wünsche zu respektieren.

Kieran setzte den Blinker, und wir fuhren wieder los. Wir brachten die Blumen zur Trauerfeier und kehrten dann zum *Golden Flower* zurück. Und ich war erleichtert, weil die Stimmung zwischen uns mit jeder vergehenden Minute wieder lockerer wurde.

Jo hatte recht gehabt. Zu reden hatte geholfen.

Aber gleichzeitig war da dieser Teil in mir, der Angst hatte. Kieran schien sich so sicher zu sein, dass ich meine Meinung über ihn ändern würde. Und ich fragte mich, warum er das dachte. Und was passiert war, was meiner Meinung eine Hundertachtzig-Grad-Wendung verpassen könnte.

KAPITEL 28

Kieran

Die kommende Woche nutzte ich, um Liora mehr von mir zu geben und zu zeigen. Ich konnte nicht leugnen, dass es mich nervös machte, denn mit jedem Schritt, den wir gingen, lernte sie einen neuen kleinen Teil von mir kennen. Gleichzeitig liebte ich ihre Reaktionen auf jede einzelne Kleinigkeit, die sie über mich erfuhr.

Am Dienstagabend liefen wir an meiner ehemaligen Grundschule in Creekwood Hill vorbei. Erinnerungen kamen hoch, von denen ich jede einzelne mit Liora teilte, und ich liebte es, dass sie meinen Worten mit diesem sanften Lächeln auf den Lippen folgte.

Am Mittwochabend zeigte ich ihr meine alte Highschool, aber ich wusste, dass sie diese Institution aufgrund ihrer schlechten Erfahrungen nicht mochte, weswegen ich sie nach einem möglichst kurzen Rundgang um das Gebäude dazu überredete, mit mir ein Eis zu essen.

Wir spazierten zur nächsten Eisdiele, wo wir uns auf den kleinen Holzstühlen, die vor dem Laden standen, niederließen. Ich fand heraus, dass sie grundsätzlich eher die fruchtigen Sorten mochte, aber wir waren uns einig, dass Schokoeis trotzdem das beste war. Ich beobachtete sie dabei, wie sie genüsslich das Zitronensorbet aß, sah das Funkeln in ihren Augen und beschloss, sie irgendwann wieder hierherzubringen.

Donnerstag machten wir uns besonders früh auf den Weg, weil ich ihr den Sportplatz zeigen wollte, auf dem ich zu Schulzeiten mit meinen Freunden Fußball gespielt hatte. Es waren unbeschwerte Zeiten gewesen. Zeiten, in denen ich nicht einmal geahnt hatte, wie problematisch das Leben eines Tages werden würde.

Ich hatte extra einen Ball mitgebracht, doch wie sich herausstellte, war Liora eine katastrophale Fußballspielerin. Aber das war okay. Es machte trotzdem Spaß, ihr immer wieder den Ball zuzuspielen, obwohl klar war, dass sie weder das Tor treffen noch den Ball ordentlich zurückpassen würde.

Wir verloren die Zeit vollkommen aus den Augen, weswegen wir am Ende rennen mussten, um rechtzeitig die Fähre zu erwischen. Den Rest des Tages konnte ich nur an diese gemeinsamen Momente mit ihr denken.

Ich wusste nicht, wie es dazu gekommen war, doch am Freitagabend saßen wir gemeinsam auf dem Boden meines Schlafzimmers und redeten. Wir redeten über alles und nichts. Ernste Themen und weniger ernste. Wir lachten, und es gab Augenblicke, in denen wir einfach nur schwiegen. Sekunden, in denen wir einander nur ansahen und lächelten.

Und in diesem Moment wurde mir zum ersten Mal klar, was mein Herz schon seit einer Weile wusste: Ich hatte mich in Liora White verliebt.

Ich erkannte es daran, dass ich jedes Mal, wenn ich sie ansah, versuchte, mir jede einzelne Linie ihres Gesichts einzuprägen, um mich später daran erinnern zu können. Daran, dass ich häufiger lächelte, nur weil sie bei mir war. Und daran, dass mein Herz immer wieder einen Schlag aussetzte, wenn sie mich berührte.

Irgendwie machte mir dieses Gefühl Angst.

Und trotzdem liebte ich es.

»Ich möchte dir etwas zeigen.« Ich hatte gar nicht gemerkt, wie mir die Worte über die Lippen gekommen waren, bis Liora mich abwartend musterte.

Ich schluckte schwer, denn ich hätte niemals gedacht, dass ich meine Vergangenheit mit einem anderen Menschen teilen würde. Aber jetzt war es so weit. Ich würde ihr meine kostbarsten Erinnerungen und gleichzeitig meine verwundbarsten Punkte zeigen. Und obwohl ich aufgeregt war, fühlte es sich richtig an.

Bevor ich es mir anders überlegen konnte, schob ich meine Hände unters Bett. Im nächsten Moment zog ich die kleine Holzkiste hervor, in der die letzten gemeinsamen Fotos mit meinen Eltern steckten.

Ich übergab sie ihr und sah zu, wie sie sie öffnete und die Fotos herausnahm. Stumm betrachtete Liora sie, fuhr mit den Fingern darüber und prägte sie sich ein. Und dann sah ich die Tränen, die in ihren eisblauen Augen schimmerten. Sie fühlte mit mir. Sie litt mit mir. Sie war für mich da. Und dafür war ich ihr dankbar.

Ich lehnte mich mit dem Rücken gegen das Bett, und Liora rutschte dichter an mich heran. Und dann erzählte ich ihr die Geschichten zu jedem einzelnen Foto. Wann und wo es aufgenommen worden war. Was wir an diesem Tag getan hatten. Sie wollte alles wissen, und ich liebte ihre Neugier. Irgendwann lehnte sie ihren Kopf gegen meine Schulter, während wir zusammen die Fotos betrachteten. Ihr blumiger Duft stieg in meine Nase, und ich schloss die Augen, um mich ein paar Sekunden darin zu verlieren.

»Wie geht es dir?«, flüsterte sie, immer noch an mich gelehnt, nachdem sie auch das letzte Foto wieder zurück in die Kiste gelegt und sie wieder verschlossen hatte. Ihre Finger glitten meinen Unterarm hinab bis zu meiner Hand, wo sie sich mit meinen verflochten.

Ich wusste nicht, wie sie das machte, aber bei ihr fühlte ich mich sicher. Ich fühlte mich zu Hause. Und wenn ich auch nur einen Wunsch freihätte, dann würde ich mir wünschen, diesen Moment zwischen uns nie wieder gehen zu lassen.

»Mir geht es gut«, antwortete ich, und es fühlte sich nicht nach einer Lüge an. Jetzt, in diesem Augenblick, ging es mir gut. Und das hatte ich nur ihr zu verdanken.

Die Zeit mit Liora hatte meine Gefühle einen neuen Höhepunkt erreichen lassen. Ich konnte mich nicht erinnern, wann ich zuletzt so gute Laune gehabt hatte, und es war, als könnte ich alles andere ausblenden.

Trotzdem war da immer wieder diese leise Stimme in meinem Hinterkopf, die mir einredete, dass das alles nicht von Dauer war. Dass sie gehen würde, sobald sie die Wahrheit kannte. Doch ich versuchte, diese Stimme zu ignorieren, auch wenn ein kleiner Teil von mir wusste, dass sie womöglich recht hatte.

Ich hatte in den letzten Tagen viele schöne Erinnerungen mit Liora geteilt. Doch was war mit denen, die mich aus Creekwood Hill getrieben hatten? Noch immer schob ich es auf, mit ihr darüber zu reden, doch allmählich konnte ich es nicht weiter hinauszögern. Meine Gefühle für Liora wurden mit jedem Tag intensiver, und wenn ich ihre Blicke richtig deutete, dann ging es ihr genauso. Und es war unfair von mir weiterzumachen, wo ich doch wusste, dass das mit uns vielleicht zum Scheitern verurteilt war. Aber ich konnte nicht anders. Ich musste immerzu an sie denken, und dieser egoistische Teil in mir wollte sich an jede Sekunde, die er mit ihr kriegen konnte, klammern.

Obwohl ich insgeheim wusste, dass dieses Gespräch längst überfällig war, redete ich mir weiter ein, dass wir noch früh genug über all diese Dinge sprechen würden.

Ich versuchte, das Chaos in meinem Kopf auszublenden, als ich durch die kahlen Flure des Creekwood Hill Medical Center ging. In den nächsten Stunden würde meine gesamte Aufmerksamkeit nur Luke gehören.

Zimmer 107.

Ich atmete tief durch und wollte gerade nach der Klinke greifen, als ein lautes Lachen aus dem Zimmer drang. Und ich war mir ziemlich sicher, dass es nicht zu Luke gehörte.

Ohne darüber nachzudenken, riss ich die Tür auf – und sah in die Augen einer kleinen Version von Liora.

Leona stand mit der Popcornmaschine vor der Tür und musterte mich neugierig. Sie legte den Kopf schief, dann zuckte sie mit den Schultern und hüpfte fröhlich Richtung Bett, wo Timothy neben Luke saß.

Mein verwirrter Blick glitt durch den Raum, wo er auf Lioras traf, die auf einem der Stühle saß. Sie lächelte mich an, und mein Herz raste.

»Was ist denn hier los?«, fragte ich, während Liora aufstand und langsam auf mich zukam.

»Ich wollte Luke besuchen.«

»Müsstest du nicht eigentlich arbeiten?«

Sie verzog das Gesicht. »Ich habe Rose dazu überredet, die Schicht mit mir zu tauschen, und ich glaube, ich schulde ihr jetzt einen Gefallen. Ich hoffe nur, das geht nicht nach hinten los.«

Ich konnte mich nicht gegen das Grinsen wehren, das sich auf meinem Gesicht ausbreitete. »Du hast einen Pakt mit dem Teufel geschlossen. Ich hoffe, das ist dir bewusst.«

»Ich versuche, es zu verdrängen. Aus den Augen, aus dem Sinn.«

Mein Blick zuckte kurz zu Leona und Timothy, bevor ich mich wieder Liora zuwandte. »Und wieso sind die beiden hier?«

»Ich dachte mir, wenn ich schon herkomme, dann bringe ich noch Besuch mit.« Sie sah sich nach ihren Geschwistern um, die auf der Bettkante saßen und zusammen mit Luke Popcorn machten. Er war so abgelenkt, dass er noch nicht einmal bemerkt hatte, dass ich hier war, und lachte mit Leona und Timothy.

»Einfach so?«, hakte ich nach.

»Ich habe über das nachgedacht, was du mir letzte Woche im Blumenladen gesagt hast«, gab sie leise zu, damit nur ich sie hören konnte. »Dass es nicht gut für ihn sein kann, den ganzen Tag hier allein zu verbringen, ohne mit Gleichaltrigen zu spielen. Und ich dachte mir, dass meine Geschwister vielleicht Lust hätten, ihn kennenzulernen. Irgendwie hatte ich im Gefühl, dass sie sich verstehen würden, und wie es aussieht, lag ich damit gar nicht mal so falsch.«

Niemals hätte ich mit der Wärme gerechnet, die in diesem Moment wegen ihr meinen Brustkorb durchflutete.

»Du bist viel zu gut für diese Welt, Liora White.«

Eine zarte Röte legte sich auf ihre Wangen, als sie mich lächelnd ansah.

»Wer will Popcorn?«, rief Luke plötzlich in unsere Richtung. Er schien mich erst jetzt bemerkt zu haben, denn er winkte mir überschwänglich zu, bevor er auf die volle Schüssel auf seinem Schoß deutete.

»Ich glaube, wir haben keine Wahl«, flüsterte ich Liora zu, was sie zum Lachen brachte.

»Ich glaube, du hast recht.«

Wir gingen zum Bett und ließen uns ebenfalls auf der Bettkante nieder. Einen Augenblick fürchtete ich, das Bett könnte unter uns nachgeben, doch es war stabiler, als es auf den ersten Blick den Anschein hatte.

Ich wollte gerade nach dem Popcorn greifen, als mich ein kleiner Körper in die Seite traf und mich ein Stück von Liora abrücken ließ. Im nächsten Moment kletterte Leona aufgeregt auf ihren Schoß und sah sie aus großen blauen Augen an.

»Können wir bitte noch mal herkommen?«, bettelte sie.

»Ja, bitte«, schaltete Timothy sich ein und umklammerte Lioras Arm. »Es macht ganz viel Spaß hier.«

Liora lachte. »Diese Entscheidung liegt, glaube ich, nicht bei mir.« Sie drehte den Kopf zu Luke. »Ihr müsst Luke fragen, ob er euch wiedersehen will. Es sind schließlich sein Krankenhauszimmer und seine Spielsachen.«

Luke nickte aufgeregt. »Ja! Ihr könnt auch bei mir schlafen.

Und dann machen wir Popcorn. Und essen Sour Patches. Kann man Popcorn mit Sour-Patches-Geschmack machen? Oder mit Zuckerwattegeschmack? Leute, wir machen Popcorn mit Zuckerwattegeschmack! Geht so was?«

Ich unterdrückte ein Lachen. Ich liebte es, wenn Luke sich in seinem Redefluss verlor. Es waren Momente wie diese, in denen sich die Abenteuerlust in seinen Augen widerspiegelte. In denen ich fast schon vergaß, dass er verletzt war. Und diese Augenblicke bedeuteten mir so viel, weil sie mir vor Augen führten, dass er im Grunde ein ganz normaler Junge wie alle anderen war.

»Das geht bestimmt«, antwortete Timothy. »Ich habe schon Popcorn mit Salz, mit Zucker und mit Karamell gegessen. Dann geht das bestimmt auch mit Zuckerwatte.«

»Alles schmeckt mit Zuckerwatte besser«, kommentierte Leona. »Das sind ja auch Wolken, die die Feen machen.«

»Wirklich?« Lukes und Timothys Augen wurden groß.

Leona nickte. »Dad hat mir das verraten.« Im nächsten Moment schlug sie sich die Hände vor den Mund und sah entsetzt zu mir rüber. »Aber ich hatte ihm versprochen, das Geheimnis der Feen niemandem zu verraten. Bitte sagt es keinem. Sonst sind die Feen böse auf mich.«

»Kieran und ich schwören es hoch und heilig«, beruhigte Liora ihre kleine Schwester, die daraufhin erleichtert ausatmete.

Liora und ich zogen uns zurück und setzten uns auf die Stühle in der hinteren Raumecke, während die Kinder weiter miteinander spielten. Es war beeindruckend, wie lange sie sich miteinander beschäftigen konnten, ohne dass ihnen langweilig wurde.

»Das war wirklich eine tolle Idee«, sagte ich, ohne den Blick von den Kindern abzuwenden, »aber wie sollen wir die drei wieder voneinander trennen?«

Liora zuckte mit den Schultern. »Ich bin der gute Engel, der sie miteinander vereint hat. Du bist der Böse, der sie wieder voneinander trennen muss. Überleg dir was!«

»Klingt ziemlich unfair.«

»So ist das immer schon gewesen. Einer ist gut, einer ist böse.«

Ich schnaubte. »Das hättest du wohl gerne. Das ist vielleicht bei Cops oder Eltern so, aber das da sind nicht unsere Kinder.«

»Dann tun wir jetzt einfach so, als wären sie unsere Übungskinder zur Vorbereitung.«

Ich grinste in dem Moment, in dem Liora merkte, was sie da gerade gesagt hatte. »Du willst also später Kinder mit mir? Wow, das geht aber ein bisschen schnell, findest du nicht?«

Ihre Wangen liefen rot an, und ich lachte, als ich sah, wie verkrampft sie versuchte, nicht in meine Richtung zu gucken. »Das habe ich nie gesagt. So war das nicht gemeint. Das weißt du.«

»Tu ich das?«

»Ja.« Sie räusperte sich. »Hier spricht niemand von unseren Kindern. Wir haben keine Kinder.«

»Aber du hättest gerne welche. Und das auch noch von mir.« Ich wusste nicht, wieso, aber in diesem Moment liebte ich es einfach, sie ein wenig aufzuziehen. Die Röte auf ihren Wangen und die Verlegenheit, mit der sie den Blick senkte, waren irgendwie süß.

»Du verdrehst alles, was ich sage.«

Ich schüttelte den Kopf. »Nein, ich wiederhole nur alles, was du sagst.«

Im nächsten Moment stieß sie mir den Ellbogen in die Seite. »Dann wiederhol mal Folgendes: Ich, Kieran, bin ein Vollpfosten.«

Ein lautes Lachen brach aus mir hervor. »Ich, Kieran …« Ich sah zur Seite und nahm wahr, wie Liora mich gespielt böse anfunkelte, »stecke in Schwierigkeiten, wenn ich jetzt etwas Falsches sage.«

»In großen Schwierigkeiten«, bestätigte sie.

»Okay.« Ich hob beschwichtigend die Hände, beugte mich dann doch noch einmal zu ihr vor und flüsterte: »Aber unsere Kinder wären hübsch.«

Sie seufzte und rollte mit den Augen.

»Schon gut, ich höre ja auf.«

»Manchmal bist du echt ein Arsch.«

»Dass ich diesen Tag noch erleben darf. Liora White, das brave Mädchen von nebenan, hat gerade so ein böses Schimpfwort benutzt.«

Wieder versenkte sie ihren Ellbogen zwischen meinen Rippen, aber ich erkannte das leichte Lächeln, das sie vor mir zu verbergen versuchte.

Ein paar Sekunden redeten wir nicht, sondern beobachteten Leona, Timothy und Luke dabei, wie sie die Maiskörner einzeln in die Popcornmaschine warfen, um jeder Flocke beim Aufpoppen zuzusehen. Dann drehte ich mich zu Liora und verlor mich im eisigen Blau ihrer Augen.

»Danke, dass du das für Luke getan hast. Wirklich. Das ist einfach der Wahnsinn.«

Sie lächelte, und mein Herz raste. »Ich würde es jederzeit wieder tun.«

»Ich weiß.«

Ich hatte keine Ahnung, ob es angebracht war, weil wir noch immer nicht genau geklärt hatten, was das zwischen uns war. Weil da noch immer so unendlich viele Sachen waren, über die wir sprechen mussten. Aber hier und jetzt konnte ich einfach nicht anders, als nach ihrer Hand zu greifen und sie festzuhalten. Und ich hoffte, dass ich mit dieser Geste all die Dinge sagen konnte, die mir gerade nicht über die Lippen kamen.

Die Zeit verging, und irgendwann brach das Licht der Mittagssonne durch das Zimmerfenster und erinnerte uns daran, dass wir uns langsam auf den Weg machen mussten, um nicht zu spät zu unserer Schicht im *Golden Flower* zu kommen.

»Wir kommen wieder, oder?«, vergewisserte sich Leona, die Lioras Hand hielt.

»Ja, natürlich.« Sie warf ihrer kleinen Schwester einen liebevollen Blick zu. »Wir können Luke noch oft besuchen. Aber jetzt müsst ihr eurem Freund erst mal Tschüss sagen.«

Leona und Timothy winkten ihm zu, auch wenn man ihnen deutlich ansah, dass sie am liebsten geblieben wären. Und dem traurigen Ausdruck auf Lukes Gesicht nach zu urteilen, ging es ihm genauso.

Ich hasste es, dass wir gingen.

Ich hasste es, dass er jetzt wieder allein sein würde.

Aber in diesem Augenblick konnte ich es nicht ändern. Ich musste mich damit abfinden, aber ich würde wiederkommen. Das würde ich für Luke immer tun.

KAPITEL 29

Kieran

Es gab Dinge, von denen ich nicht genug bekommen konnte und es wahrscheinlich auch niemals würde. Und der Ausblick, der sich mir bot, wenn ich auf der Spitze des Sky Towers stand, gehörte zu diesen Dingen.

Ich befand mich am Rand der Aussichtsplattform und lehnte mich vorsichtig gegen das Geländer. Mein Blick schweifte über den Lake Beverly, auf dem das Leuchten der Fähre in der Ferne zu erkennen war, bis hin zu Creekwood Hill, wo kaum noch ein Licht brannte. Irgendwie fühlte es sich unfassbar befreiend an, hier oben zu stehen. Es war wie eine Auszeit von der Welt, und ich nahm sie mir, weil ich sie dringend brauchte.

Ich atmete tief und spielte die letzten Tage in meinem Kopf durch. Dachte über Liora nach und über die Tatsache, wie sehr ich mir meiner Gefühle für sie bewusst geworden war. Ich hatte sie bereits so weit in mein Leben treten lassen, aber wieso hatte ich so große Angst vor diesem letzten verdammten Schritt?

Wie von selbst zog ich mein Handy aus der Hosentasche heraus. Ohne darüber nachzudenken, öffnete ich meine Kontaktliste, tippte auf Chris' Namen und rief ihn an. Das Freizeichen ertönte zweimal, dann hob er mit einem Knacken in der Leitung ab.

»Kieran?«, hörte ich seine verwunderte Stimme an meinem

Ohr. Im Hintergrund nahm ich ein Rauschen wahr, das nach vorbeifahrenden Autos klang.

»Ja, ich bin's.«

»Was ist los?«

»Wieso glaubst du, dass etwas los ist?«

»Ist nur so ein Gefühl.«

Ich seufzte tief und schwer. »Kann ich dich etwas fragen?«

»Klar. Du kannst mich fragen, was du willst.«

»Ich ...« Meine Stimme erstarb. In diesem Augenblick fiel es mir so verdammt schwer zu sprechen, und ich wusste selbst nicht einmal, woran das lag. Dabei wollte ich etwas sagen, um endlich den ganzen Ballast abwerfen zu können.

Ich hörte, wie Chris flüchtig jemanden grüßte und sich bedankte. Kurz darauf war das Rauschen der Autos verstummt. Übrig blieben nur die Stille und Chris' Atemzüge. Er sagte nichts, als wartete er darauf, dass ich von selbst meine Stimme wiederfand.

»Wo bist du?«, fragte ich. Vielleicht würde es mir leichter fallen, wenn ich einen lockeren Einstieg ins Gespräch fand.

»Auf dem Rückweg.«

»Nach Hause?«

»Nach Hause«, bestätigte er. Beinahe hörte es sich an, als würde er beim Aussprechen dieser Worte lächeln, aber vielleicht bildete ich es mir auch nur ein.

»Und, hast du dich selbst auf deiner Reise gefunden?«

»Ich bin mir nicht ganz sicher. Eigentlich zweifle ich mittlerweile sogar daran, dass das überhaupt geht. Schließlich machen wir täglich neue Erfahrungen, die uns verändern. Wir entwickeln uns weiter, und wie sollen wir uns selbst finden, wenn wir nie lange dieselbe Person sind?«

Ich nickte, obwohl er es nicht sehen konnte. »Und was hat dich dazu bewogen heimzufahren?«

»Ich glaube, das waren viele Dinge.« Vom anderen Ende drang der Klang seiner gleichmäßigen Schritte auf einer Treppe. Ich fragte mich, wo er gerade war. Vermutlich in einem Hotel, das irgendwo zwischen Northlake City und seinem Zuhause lag. »Aber am entscheidendsten war wohl das Heimweh. Ich vermisse meine Freunde und meine Familie einfach zu sehr. Sie fehlen mir, und ich möchte sie wiedersehen. Außerdem glaube ich, dass ich jetzt erlebt habe, was ich mir vorgenommen hatte. Ich bin immer der verantwortungsvolle Typ gewesen, an den sich alle gewendet haben. Der immer alles dafür getan hat, anderen zu helfen. Ich habe die Bedürfnisse anderer viel zu oft über meine eigenen gestellt. Aber jetzt konnte ich mal ein paar Wochen einfach tun, wonach mir der Sinn stand. Ich habe nicht mit dem Kopf, sondern mit dem Herzen entschieden, und ich bereue keine einzelne Sekunde davon. Aber ich glaube, dass ich so langsam wieder meinen Alltag brauche.«

»Ich verstehe.«

»Wenn du auch einfach mit dem Herzen entscheiden könntest – nur ein paar Tage –, was würdest du tun?«

Ich dachte über seine Frage nach. Über all die Sachen, die ich nicht tat, weil mein Verstand oder vielmehr die Ängste, die sich darin eingenistet hatten, es mir befahlen. Und jeder einzelne Gedanke, jeder auf Emotionen basierte Wunsch führte zu ihr.

»Die Frau?«, fragte Chris, als hätte er in meinen Gedanken gelesen. Im Hintergrund hörte ich, wie eine Tür ins Schloss fiel.

»Die Frau«, bestätigte ich.

»Was hält dich ab?«

»Keine Ahnung.« Ich seufzte. »Seit unserem Gespräch habe ich mir wirklich verdammt viel Mühe gegeben, mich ihr zu öffnen. Ich habe ihr immer mehr von mir gezeigt, und es war ein wahnsinniges Gefühl. Ich glaube, dass es mich ihr näher gebracht hat. Aber jetzt stehe ich kurz vor der Zielgeraden, und es ist, als könnte ich nicht mehr weiterlaufen.«

»Inwiefern?«

»Ich weiß es nicht.«

»Bist du sicher?«

Ich hasste und liebte es zugleich, wie Chris mich mit seinen Fragen in die richtige Richtung drängte. »Ich habe ihr so viel von mir gezeigt, doch das, worum es eigentlich geht, habe ich ausgelassen. Ich habe es die ganze Zeit umschifft, weil ich Angst hatte, ihr die Wahrheit zu zeigen.«

»Glaubst du nicht, dass das eigentlich auch vollkommen okay ist?«

»Eigentlich nicht.«

»Aber ich glaube das.« Jetzt war er es, der schwer ausatmete. »Nicht alles funktioniert immer sofort. Und nicht alles muss immer auf dem direkten Weg zum Ziel führen. Niemand erwartet von dir, dass du ihr augenblicklich die finstersten Stunden deines Lebens zeigst. Es ist vollkommen in Ordnung, wenn man erst einmal kleinere Schritte geht, um sich der Person anzunähern, bevor man die letzten Meter zur Zielgeraden überwindet. Und so wie ich das verstanden habe, hast du genau das gemacht, und das ist okay. Der Kieran, den ich in Northlake City getroffen habe, hatte unfassbare Angst davor, sich überhaupt zu öffnen. Und der Kieran von heute spricht sogar schon über die letzten Schritte. Du kannst echt stolz auf dich sein.«

Ein warmes Gefühl breitete sich in meiner Brust aus. »Danke.«

»Jederzeit.«

Ich setzte mich auf den Boden und lehnte mich gegen das Sicherheitsgeländer der Aussichtsplattform. Und dann ließ ich mir Chris' Worte wieder und wieder durch den Kopf gehen, während er weiterhin still am Handy saß und darauf wartete, dass ich bereit war weiterzureden. Innerlich dankte ich ihm, dass er mich nicht mit dem Sturm in meinem Kopf allein ließ.

»Ich bin so weit gekommen …«, setzte ich an.

»Ja.«

»Wie gehe ich diesen letzten Schritt? Wie öffne ich mich einer Person auf diese angsteinflößende Art und Weise, Chris?«

»Ich bin tatsächlich nicht sicher, ob ich dir so viel dazu sagen kann, denn im Endeffekt sind wir alle unterschiedlich, und jeder von uns findet seine Überwindung auf anderen Wegen. Aber vielleicht fällt es dir leichter, die Ziellinie zu überschreiten, wenn du daran denkst, für wen du das Ganze machst. Wenn du an den Menschen denkst, für den es sich lohnt, dich deinen Ängsten zu stellen. Das macht deine Ängste zwar nicht weniger real, aber vielleicht hilft es dir zu erkennen, dass es Menschen gibt, für die es sich lohnt.«

Er hatte recht. Ich durfte das Ziel nicht aus den Augen verlieren, und wenn es auf dieser Welt einen Menschen gab, der es wert war, dann war es Liora.

»Ich hoffe, ich kann mich eines Tages bei dir revanchieren«, flüsterte ich mit zitternder Stimme.

»Schon gut. Es freut mich, dass ich helfen konnte.«

Ich lächelte. »Komm gut nach Hause, Chris.«

»Du auch.«

Ich wusste, was er meinte.

KAPITEL 30

Kieran

»Könnten Sie mir eventuell noch einen schönen Strauß binden?«, fragte mich die ältere Dame, die soeben in den Laden getreten war. Sie legte den Kopf leicht schief und sah mich freundlich an.

»Natürlich. Was für einen hätten Sie denn gerne?«

»Das überlasse ich Ihnen. Etwas, worüber meine Tochter sich freuen würde. Sie wurde befördert.«

»Ich bin sicher, da werde ich etwas für Sie finden.« Ich ging an der Theke vorbei zu den Schaufenstern, wo die Schnittblumen standen. Dann ließ ich meinen Blick über die Vasen gleiten und griff instinktiv nach rosafarbenen Nelken, weißem Prärieenzian und gleichfarbigem Strandflieder. »Ich bin gleich wieder für Sie da«, sagte ich im Vorbeigehen zu der Dame, bevor ich mich nach hinten an die Arbeitsplatte stellte.

Im nächsten Moment öffnete sich die Tür zur Kühlung, und Jo trat mit einer Liste in der Hand heraus.

Liora und Rose hatte sie bereits nach Hause geschickt, weil nicht mehr allzu viel zu tun war.

»Die Bestellungen hab ich jetzt auch erledigt«, teilte sie mir mit.

Ich warf ihr über die Schulter hinweg einen Blick zu und nickte.

»Was machst du da?« Jo stellte sich hinter mich und beobachtete mich dabei, wie ich die Blumen zu einem Strauß anordnete.

Ich ließ mich von ihr nicht aus dem Konzept bringen, denn dafür war jeder Handgriff mittlerweile viel zu routiniert. Als der Strauß fertig war, hielt ich ihn ihr hin. »Was sagst du?«

Sie drehte ihn prüfend im Kreis und zog dann anerkennend die Augenbrauen hoch. »Der ist verdammt gut geworden. Du bist wirklich ein Profi.«

Ich lächelte. »Danke.«

»Wo hast du deine Technik gelernt?«

Kurz zögerte ich, doch dann rang ich mich zu einer Antwort durch. »Das hat meine Mom mir beigebracht.«

Jo sah mich noch immer freundlich an, doch mir fiel der Hauch von Schwermut auf, der sich über ihre Züge gelegt hatte. Vermutlich hatte sie mittlerweile mitbekommen, dass meine Eltern nicht mehr lebten, aber das war okay. Ich hatte schließlich nie ein Geheimnis daraus gemacht.

Als Jo nicht antwortete, sprach ich weiter. »Wir hatten hinter unserem Haus einen riesigen Garten mit unzähligen Blumenbeeten, um die Mom sich gekümmert hat. Blumen waren schon immer ihre Leidenschaft gewesen, und das hatte sie mir als Kind mitgegeben. An warmen Tagen haben wir von früh bis spät im Garten gearbeitet. Sie hat mir beigebracht, wie man Blumen richtig pflegt, wie man Sträuße bindet, was jede Blume bedeutet. Einfach alles. Also bin ich Florist geworden. Weil das etwas ist, was meine Mutter und mich noch immer verbindet. Auch wenn sie nicht mehr da ist.«

Jo legte ihre Hand auf meine Schulter und drückte sie kurz. »Wenn deine Mutter sehen könnte, wie du ihre Leidenschaft behütest und pflegst, als wäre sie eine Blume, wäre sie unfassbar stolz auf dich. Da bin ich sicher.«

Ich spürte ein Brennen in den Augen, aber blinzelte die aufsteigenden Tränen schnell weg. »Danke.«

Ich drehte mich um und ging an Jo vorbei, um der Kundin ihren Blumenstrauß zu überreichen. Sie war begeistert, was wiederum mich glücklich machte.

Nachdem sie bezahlt hatte, verließ sie den Laden wieder, und während Jo sich mit der Bestellliste und ihrem Laptop nach hinten setzte, räumte ich vorne noch ein wenig auf.

Dabei musste ich immer wieder an das Gespräch mit Chris denken.

Ich atmete tief durch. Dann zog ich mein Handy aus der Hosentasche und schrieb Liora eine Nachricht.

Ich; 18:21 Uhr
Hey.

Ich legte das Handy zur Seite und widmete mich wieder dem Laden, doch schon wenige Minuten später nahm ich wahr, wie es auf der Theke vibrierte und den Eingang einer neuen Nachricht anzeigte.

Liora; 18:27 Uhr
Hey. Alles klar?

Wieder atmete ich tief durch und sammelte meinen Mut, um über meinen eigenen Schatten zu springen.

Ich; 18:28 Uhr
Ich wollte fragen, ob wir morgen vielleicht ein Picknick am Ufer des Lake Beverly machen wollen? Ich möchte dir was sagen.

Ein paar Minuten lang kam wieder nichts. Doch dann sagte sie zu.

Morgen würde es also so weit sein. Ich würde mit ihr reden. Ein Teil von mir war unfassbar aufgeregt und hatte Angst. Der andere schien nur auf diesen Moment zu warten, um es endlich hinter sich zu bringen.

Und ich schwirrte verloren zwischen diesen beiden Fronten hin und her.

KAPITEL 31

Liora

Kieran und ich zogen unsere Schuhe aus und setzten uns auf die Picknickdecke, die er an einer ruhigen Stelle am Ufer des Lake Beverly ausgebreitet hatte. Ich hatte bisher nur die Plätze gekannt, die bei der breiten Masse sehr beliebt waren, wie zum Beispiel die Hafenregionen, an denen sich zahlreiche Besucher tummelten. Doch dieser Abschnitt hier lag so weit abseits, dass weit und breit niemand zu sehen war. Um uns herum war nichts als Natur. Bäume, die dem Himmel entgegenwuchsen, und zahlreiche Büsche und Sträucher, die friedlich vor sich hin wucherten. Nur in der Ferne konnte man die Silhouetten von Northlake City auf der einen und Creekwood Hill auf der anderen Seite des Sees erkennen.

»Es ist so schön hier«, bemerkte ich und sah mich weiter um.

»Ja, das ist es. Wenn ich mal ein wenig Zeit für mich brauche, dann fahre ich meistens hierher. Auch wenn ich dafür etwas weiter fahren muss als bis zum Hafen, lohnt es sich. Hier finde ich Ruhe, um zu mir und meinen Gedanken zu finden. Weit weg vom Lärm des Alltags.«

Ich nickte, weil ich das nachvollziehen konnte. Mit dem Sky Tower ging es mir ähnlich.

»Früher bin ich ab und zu auch mit Avery hier gewesen«, fuhr er fort, als ich nichts sagte. »Meistens haben wir nur den

Sonnenuntergang beobachtet und dabei geredet, aber an warmen Tagen haben wir uns bis auf die Unterwäsche ausgezogen und sind in den See gesprungen. Es war der Wahnsinn. Man hat sich so unendlich frei gefühlt, wenn man in diesem See geschwommen ist.«

»Vielleicht solltet ihr das mal wiederholen«, schlug ich vor.

»Ja, vielleicht. Aber so distanziert, wie ich ihr gegenüber in der letzten Zeit gewesen bin, habe ich zu große Angst davor, dass sie mich ertränken könnte«, erwiderte er mit einem breiten Grinsen im Gesicht.

Und auch meine Mundwinkel zuckten bei dem Gedanken. Wenn ich das jemandem zutraute, dann war das vermutlich Avery. »Dann solltest du es lieber lassen.«

»Oder ich gehe mit dir schwimmen.«

Im ersten Moment gefiel mir die Vorstellung von Kieran und mir in diesem See, doch schon im nächsten begriff ich, was das für mich bedeuten würde: Ich würde mich vor ihm ausziehen müssen. Er würde alles sehen. Jeden Fleck Haut, jedes Gramm Körperfett, einfach alles. Und diese Vorstellung machte mir Angst. Mochte sein, dass Kieran kein oberflächlicher Mensch war, aber meine Unsicherheit saß einfach zu tief. Und obwohl ich es hasste, gewann sie in diesem Augenblick die Oberhand und nahm mir die Entscheidungsfreiheit.

»Ist alles in Ordnung?«, fragte Kieran, der meine Verunsicherung bemerkt haben musste.

»Ich glaube, ich will das nicht.« Meine Stimme zitterte, und irgendwie schämte ich mich so sehr für meine Schwäche, dass ich es nicht mal schaffte, Kieran in die Augen zu sehen.

Im nächsten Moment spürte ich seine Finger an meinem Kinn, die meinen Kopf leicht anhoben, bis sein Blick meinen kreuzte. Mein eisiges Blau traf auf sein finsteres Braun, und der Ausdruck in seinen Augen wirkte in diesem Augenblick unendlich warm. »Was ist los, Liora?«

»Ich … möchte mich einfach nicht ausziehen.« Es war die Wahrheit, aber die Worte schmeckten bitter auf meiner Zunge.

Kieran lächelte – aufmunternd und verständnisvoll. »Das ist vollkommen in Ordnung. Du musst nichts tun, was du nicht tun möchtest. Du hast deine Grenzen, und ich werde jede einzelne davon respektieren.«

Meine Finger fuhren seinen Unterarm entlang, umkreisten den Schriftzug aus schwarzer Tinte an seinem Handgelenk und verschränkten sich schließlich mit seinen.

»Möchtest du dich trotzdem ein wenig näher ans Ufer setzen? Wir könnten uns da vorne auf die großen Felsen setzen, die am Ufer aus dem Wasser ragen.«

Ich nickte.

Kieran stand auf, ohne meine Hand loszulassen, und zog mich dann mit so viel Schwung auf die Beine, dass ich gegen seinen Brustkorb prallte. Er schenkte mir ein entschuldigendes Lächeln, und ich lächelte zurück, weil ich einfach nicht anders konnte. Dann führte er mich Richtung Wasser, kletterte vorsichtig auf einen Felsen und reichte mir die Hand, damit ich ihm folgte. Glücklicherweise waren die Felsen groß genug, sodass wir zu zweit auf einem sitzen und die Füße ins Wasser baumeln lassen konnten.

»Können wir das bitte öfter machen?«, fragte ich, weil sich dieser Moment so unfassbar unbeschwert anfühlte.

»Die Füße ins Wasser halten?«

Ich schüttelte den Kopf und stieß ihm lachend gegen den Oberarm. »Ich meinte, einfach etwas gemeinsam unternehmen. Ein bisschen mehr … leben. Momente schaffen, die wir zusammen genießen können.«

Seine Mundwinkel zuckten ganz kurz, doch dann schlich sich wieder etwas Ernstes in seine Züge. »Ich weiß nicht, ob ich überhaupt derjenige bin, mit dem du so was wollen solltest.«

Diese Antwort fühlte sich wie ein Stich in meiner Brust an. Wie das Kaputtmachen von Hoffnung. »Wieso solltest du das nicht sein?«

Kieran

Da war sie. Die eine Frage, auf die ich die ganze Zeit gewartet hatte. Denn es war an der Zeit, dass ich ehrlich zu ihr war. Dass ich ihr erzählte, was erzählt werden musste. Sie hatte es verdient, auch diese Kapitel meiner Geschichte zu lesen.

»Weil es da ein paar Sachen gibt, von denen du wissen solltest. Sachen, auf die ich nicht stolz bin«, flüsterte ich mit bebender Stimme.

»Was meinst du?«

»Ich hatte dir versprochen, dir mehr von meinem Leben zu zeigen. Dir die Puzzleteile zu geben, die du brauchst, um mich und meine Geschichte verstehen zu können. Und, fuck, ich hab mich in den letzten Wochen wirklich bemüht. Ich habe dir all die Orte in Creekwood Hill gezeigt, die mir etwas bedeutet haben. Ich habe dir die Fetzen meiner Vergangenheit gegeben, weil ich wollte, dass du sie verstehst. Aber ich hab dir einen Teil vorenthalten. Nicht, weil ich ihn dir nicht zeigen wollte – Gott, ich wollte es so sehr –, sondern weil ich einfach nicht wusste, wie ich es dir sagen soll.«

Liora unterbrach meinen Redeschwall, indem sie nach meiner Hand griff und sie fest drückte. Einen Moment war da dieser Impuls, ihr die Hand zu entziehen, weil ihre Nähe es noch schwerer machte, ehrlich mit ihr zu reden, doch ich wehrte mich dagegen, weil es unfair wäre, mich jetzt von ihr zu distanzieren.

Verunsichert sah ich ihr in die Augen und entdeckte darin Zuversicht und Wärme – auch wenn mir der kleine Funke der Angst nicht entging.

Ich atmete tief durch, bevor ich fortfuhr. »Du erinnerst dich sicherlich noch an den Morgen, an dem ich einen Albtraum hatte?«

Sie nickte, und ich sah, wie sich ihr Körper kurz versteifte.

»Ehrlich gesagt war es nicht bloß ein Albtraum. Es war eher eine Erinnerung, die sich wieder und wieder vor meinen Augen abgespielt hat. Und das nicht zum ersten Mal.«

»Welche Erinnerung?«, hakte sie nach.

Ich nahm mir noch ein paar Sekunden, atmete tief durch und sammelte mich, bevor ich anfing zu erzählen. »Vor ein paar Wochen war ich mit einem Freund von mir, Damien, feiern. Ich bin eigentlich nicht wirklich der Partytyp, aber er hat es jedes Mal geschafft, mich dazu zu überreden. So auch dieses Mal. Ich habe ihn mit dem Auto abgeholt, weil ich eigentlich nicht vorhatte, etwas zu trinken, und dann sind wir zusammen zu dieser Party seines Kumpels gefahren. Ich hatte schon ein mulmiges Gefühl, als wir dort angekommen sind, und ich hasse mich bis heute dafür, dass ich nicht einfach auf mein Bauchgefühl gehört habe. Es war die wildeste und hemmungsloseste Party, die ich je gesehen habe. Schon als wir ankamen, war es, als wären alle im Vollrausch. Überall standen leere Flaschen und rote Plastikbecher, die Menschen haben Päckchen mit irgendwelchen Drogen rumgereicht, und man konnte vor lauter Qualm kaum die eigene Hand vor Augen sehen.«

Mir wurde noch immer schlecht, wenn ich daran dachte. Das hatte rein gar nichts mehr mit Spaß zu tun gehabt. Es war einfach nur eine pure Vernebelung des Verstandes gewesen. Ein gemeinsames Vergessen und Verlieren im Rausch.

»Aber Damien zuliebe bin ich geblieben. Ich wusste, wie sehr er sich auf diese Party gefreut hatte, und ich wollte nicht die Spaßbremse sein, die ihn davon abhält, sie zu genießen. Wir haben gemeinsam getanzt, er hat getrunken, und ich habe versucht, irgendwie nüchtern zu bleiben. Zunächst bin ich noch mit Wasser gut klargekommen, aber es kamen immer wieder Leute zu mir, die mir ihren Alkohol andrehen wollten. Und irgendwann hatte ich einfach keine Lust mehr, mich gegen jeden Einzelnen von ihnen zu wehren, also hab ich mich auf einen Drink eingelassen. Das Auto wollte ich einfach stehen lassen und am nächsten Tag abholen.«

»Und dann wurde aus einem Drink mehr«, äußerte Liora ihre Vermutung laut, und ich nickte.

Sie sah mich verständnisvoll und abwartend an, und irgendwie gab mir das die Kraft, um weiterzusprechen.

»Ich habe darauf geachtet, dass es nicht zu viel wird, weil ich einen klaren Kopf behalten wollte, im Gegensatz zu allen anderen. Damien ließ sich volllaufen. Bald war er so betrunken, dass er kaum noch aufrecht stehen konnte. Und wenn ich ehrlich bin, dann hatte ich in diesem Moment einfach eine beschissene Angst um ihn. Was, wenn ihm jemand irgendwas in seine Drinks gemischt hatte? Ich meine, auf dieser Party kursierten alle möglichen Drogen, da konnte ich das nicht ausschließen. Also wollte ich ihn von dort wegschaffen und ihn nach Hause bringen.«

»Das war die richtige Entscheidung.« Sie drückte meine Hand.

»Ja, in dem Moment dachte ich das auch.« Ich schluckte den Kloß, der sich in meinem Hals gebildet hatte, runter. »Ich war zwar nur angetrunken, aber ganz sicher nicht mehr fahrtüchtig. Deswegen dachte ich, es wäre eine gute Idee, ihn zu Fuß nach Hause zu bringen. Ich dachte, dass da nichts passieren kann, und bin mit ihm losgelaufen. Es war so verdammt anstrengend, weil er alle paar Meter stehen geblieben ist, obwohl ich ihn schon beim Gehen gestützt habe. Und manchmal hat er sich auch einfach von mir losgemacht und ist zur Seite getorkelt. Ich hatte die ganze Zeit Angst, dass er stürzen und sich verletzen würde.«

Ich holte tief Luft.

»Wir sind nur langsam vorangekommen, weil er ständig Fotos vom Nachthimmel gemacht oder sich vor irgendwelchen Häuserfassaden auf den Boden gesetzt hat. Es war so nervig und anstrengend, und irgendwann war ich so gereizt, dass ich nicht mehr richtig aufgepasst hab. Und das war mein verdammter Fehler. Ich hatte Damien gerade von der Straße gezogen, als er sich wieder von mir losriss und auf die Straße taumelte. Und …«

Mit einem Mal schossen die Bilder dieser Nacht in mein Bewusstsein und lähmten mich. Jede Sekunde, jeder einzelne Augenblick prasselte in diesem Moment auf mich ein, und meine Brust zog sich schmerzhaft zusammen und wurde immer enger. Meine eigenen Erinnerungen nahmen mir die Luft zum Atmen.

Und dann waren da Lioras Arme, die sich um meinen Körper legten. Sie drückte mich an sich, und ich ließ diese Umarmung zu, weil ich sie brauchte.

»Du musst nicht weiterreden, wenn du nicht kannst«, flüsterte sie an meinem Ohr, doch ich schüttelte den Kopf.

»Ich muss ... Wenn ich es jetzt nicht hinter mich bringe, schaffe ich es nie.«

Sie wisperte ein leises »Okay« und fuhr mir noch einmal mit der Hand über den Rücken, bevor sie sich wieder von mir löste.

»In dem Moment, in dem er auf die Straße getaumelt ist, kam ein Auto die Straße entlanggefahren. Ich habe noch versucht, nach Damien zu greifen, aber es war zu spät. Der Fahrer hat ihn bemerkt und wollte ausweichen, und bei seinem Ausweichmanöver ist er mit voller Geschwindigkeit gegen einen Baum am Straßenrand geprallt.«

Ich konnte mich noch zu gut an diesen Augenblick erinnern. Ein Knallen und die Gewissheit, dass mein Leben nie wieder dasselbe sein würde. Der laute Aufprall und die darauffolgende schier ohrenbetäubende Stille. Jedes einzelne Gefühl, jede noch so kleine Wahrnehmung hatte sich in mein Gedächtnis gebrannt. Sie zwangen mich dazu, diese Momente wieder und wieder zu durchleben, und ich fürchtete, ich würde ihnen niemals entkommen können.

Ich senkte den Blick, weil ich es einfach nicht schaffte, Liora jetzt in die Augen zu sehen, und erzählte weiter. »Ich bin nicht sicher, ob Damien den Unfall in seinem Zustand überhaupt mitbekommen hat. Nach dem Aufprall war es, als wäre mein ganzer Körper erstarrt. Und dann setzte ich mich plötzlich ganz von selbst in Bewegung. Ich habe den Notruf gewählt und bin zum Auto gelaufen. Die Scheiben auf der Fahrer- und Beifahrerseite waren vollkommen zerschmettert. Überall lagen Scherben, und als ich mich kurz hinkniete, um zu kontrollieren, ob der Benzintank ausläuft, habe ich mir in die Handflächen geschnitten.« Ich hob meine Hand und zeigte ihr die kleinen Narben auf meinen Handflächen. »Dann habe ich einen Blick ins Auto geworfen und … sie … sie … Sie haben sich nicht mehr bewegt. Ich dachte, sie wären vielleicht nur bewusstlos. Aber ich musste mich vergewissern, also bin ich näher ans Auto, weil ich ihren Puls messen und ihre Atmung kontrollieren wollte. Ich hab mich durch das Fenster geschoben und mich im Gesicht an einer Scherbe geschnitten, die noch im Rahmen der Seitenscheibe hing.«

»Die Narbe an deiner Augenbraue …«, flüsterte Liora leise, mehr zu sich selbst als zu mir.

Ich nickte, noch immer, ohne sie dabei anzusehen. »Der Schmerz war mir egal. Ich wollte nur sicher sein, dass sie noch leben. Also hab ich mich noch weiter hineingelehnt, bis ich nah genug war, um ihren Puls zu kontrollieren. Und … und … Fuck!«

Ein schmerzverzerrter Laut entfuhr mir, und im nächsten Moment musste ich schluchzen. Ich merkte erst, dass ich weinte, als Lioras Finger über meine Wangen strichen und die Tränen wegwischten. Hier und jetzt war sie mein Anker, und ich hoffte so sehr, dass sie wusste, wie viel Kraft sie mir mit dieser kleinen Geste schenkte.

»Da war kein Puls. Keine Atmung«, wimmerte ich.

»Kieran …«

»Nichts, Liora. Er war tot. Genau wie sie. Meinetwegen. Sie waren beide gerade einmal zweiundzwanzig Jahre alt. Jünger als ich, und ich habe sie umgebracht.«

Ich habe sie umgebracht. Diese Worte hatten sich seit diesem Tag in meinem Herzen und in meiner Seele festgesetzt. Sie hatten jeden meiner Atemzüge begleitet, und sie hatten sich in meine persönliche Hölle verwandelt.

Dieser Tag war zu meiner dunkelsten Wahrheit geworden.

Und ich hatte sie jetzt mit Liora geteilt.

In diesem Augenblick rechnete ich mit vielem. Damit, dass sie aufstehen und gehen würde. Dass sie mich für immer dafür hassen würde, Leben zerstört zu haben. Doch stattdessen nahm sie mein Gesicht in ihre Hände, zog mich etwas näher und drückte mir einen unendlich sanften Kuss auf die Stirn.

»Du hast sie nicht umgebracht«, wisperte sie gegen die Stimmen in meinem Kopf an, die das genaue Gegenteil behaupteten.

»Doch, ich …«

»Nein«, unterbrach sie mich entschlossen. »Du hast sie nicht umgebracht.«

Ich öffnete den Mund und schloss ihn wieder, ohne irgendetwas zu sagen. Die Gedanken und Worte kreisten unaufhörlich in meinem Kopf, und es war einfach unmöglich, sie zu sortieren. Ich verlor mich in ihnen – bis Liora eine Hand an meine Wange legte und meinen Kopf langsam in ihre Richtung drehte.

Ich zögerte.

Und dann sah ich in ihre unendlich blauen Augen, die in diesen Sekunden wie der sicherste Ort auf der Welt wirkten. Eisiges Blau, in das ich mich einfach fallen lassen konnte. Und vielleicht war das in diesem Augenblick genau das, was ich tun musste.

Also ließ ich los.

Liora drückte mich an sich. Es war, als würde ihre Seele meiner aus der Dunkelheit helfen, und ich fragte mich, womit ich das verdient hatte. Jemanden, der so viel Licht in sich trug, dass er es mit meiner Finsternis aufnehmen konnte.

Ich fiel, und ich fühlte den Schmerz, aber vielleicht musste ich ihn in diesem Augenblick annehmen und diese Tränen weinen, um in der Zukunft mein Leben wirklich leben zu können.

Ich hatte keine Ahnung, wie viel Zeit vergangen war, doch irgendwann beruhigte sich mein Körper. Mein Herzschlag normalisierte sich, und die Tränen trockneten.

Liora musste das auch spüren, denn sie lockerte ihre Arme und ließ von mir ab. Sie wischte meine letzten Tränen weg, dann schenkte sie mir ein Lächeln, das unendlich traurig und liebevoll zugleich aussah. »Darf ich fragen, was dann passiert ist?«

Ich nickte. »Wir hatten Angst, dass die Staatsanwaltschaft uns wegen fahrlässiger Tötung anklagen würde, aber aufgrund mangelnder Erfolgsaussichten ist es gar nicht erst so weit gekommen. Damien ist dermaßen betrunken gewesen, dass seine Schuldunfähigkeit offensichtlich war. Direkt danach hat er seine Sachen gepackt und ist spurlos verschwunden. Bei mir waren schon die Polizisten und Rettungssanitäter an der Unfallstelle der Ansicht, dass ich nichts hätte tun können, um den Unfall zu verhindern. Genauso wenig wie ich nach dem Aufprall etwas hätte für sie tun können. Ich war wohl nur eine Randfigur, die zur falschen Zeit am falschen Ort war.«

Liora wirkte mit einem Mal erleichtert. Sie griff nach meiner Hand und verschränkte ihre Finger mit meinen. »Und sie haben recht.«

»Sie waren nicht dabei.«

»Aber sie würden so etwas nicht leichtfertig behaupten. Hättest du irgendeine Schuld daran, dann hätten sie Anklage erhoben. Aber das haben sie nicht, und daran solltest du festhalten.«

Ich seufzte. »Aber ich hätte Damien aufhalten können. Ich hätte darauf achten müssen, dass er nicht auf die Straße läuft. Oder ich hätte einfach von Anfang an keinen Alkohol trinken dürfen. Was wäre, wenn ich nüchtern geblieben und ihn mit dem Auto heimgebracht hätte?«

»Diese Was-wäre-wenn-Fragen bringen niemanden weiter, Kieran. Stell dir vor, du wärst tatsächlich Auto gefahren und hättest einen Menschen angefahren. Niemand sagt, dass andere Entscheidungen zu einem besseren Ergebnis geführt hätten. Was passiert ist, ist passiert. Alle möglichen Szenarien durchzugehen, tut dir nur unnötig weh.« Sie hielt kurz inne und atmete laut aus. »Und außerdem ist Damien ein erwachsener Mann, der sich auf dieser Party einfach nicht unter Kontrolle hatte. Gib dir nicht die Schuld für seine Taten.«

Ich wusste, dass sie recht hatte. Und trotzdem fiel es mir so verdammt schwer, es zu akzeptieren. Aus irgendeinem Grund fiel es uns Menschen immer besonders leicht, schlecht von uns selbst zu denken. Ich fragte mich, wieso das so war. Wieso wir so verdammt selbstkritisch waren, wenn wir doch auch das Gute in anderen Menschen sehen konnten. Wäre das ein dunkles Kapitel in Lioras Geschichte gewesen, dann hätte ich alles dafür gegeben, um sie davon zu überzeugen, dass sie unschuldig war. Wieso konnte ich das Gleiche dann nicht für mich tun?

Ich hoffte, dass ich eines Tages auch zu hundert Prozent selbst daran glauben konnte. Egal, wie laut die Stimmen in meinem Kopf waren, die das Gegenteil behaupteten.

»Danke, dass du es mir anvertraut hast.«

»Danke, dass du mir zugehört hast und mich nicht verurteilst.«

»Selbstverständlich. Ich würde es immer wieder tun.«

»Ich hatte so eine beschissene Angst«, gab ich zu. »Davor, dich zu verlieren. Ich wollte dich die ganze Zeit bei mir haben. Dass du ein Teil meines Lebens bist, aber gleichzeitig wollte ich dich auch nicht zu nah an mich heranlassen, weil mein Leben so ein Trümmerhaufen ist. Und ich war nicht sicher, ob du in so einem stehen willst. Es tut mir leid, wenn ich abweisend war. Ich wusste nur nicht, ob du nach alldem zu mir stehen würdest, und das musste ich erst herausfinden, bevor ich dazu in der Lage war, dich noch näher an mich heranzulassen. Und vielleicht ging es mir auch darum, dich davor zu schützen«, gab ich zu.

Ich erwartete ein verständnisvolles Nicken.

Doch stattdessen küsste sie mich.

Liora White, die Frau, die von ihren eigenen Unsicherheiten zerfressen wurde, küsste mich. Und es fühlte sich unfassbar an.

Ihre Lippen waren sanft und weich. Ihre Küsse vorsichtig und liebevoll. Und Gott, sie brachten meinen Herzschlag aus dem Takt. Sie legte ihre Hand auf mein Gesicht, fuhr langsam über die Konturen meines Bartes, und sie verschwand schließlich in meinen Haaren. Mit der anderen Hand stützte sie sich auf meinem Oberschenkel ab. Sie hielt sich an mir fest, während sie mir mit ihren Küssen alles sagte, was mir Worte nicht hatten verständlich machen können, und in diesem Augenblick spürte ich, dass sie Licht in mein finsteres Herz gebracht hatte.

Den Bruchteil einer Sekunde blitzte ein Gedanke in meinem Kopf auf. Dass an diesem Abend noch so viel mehr passiert ist, wovon ich ihr erzählen musste. So viel mehr, was sie wissen musste, weil es so verdammt wichtig war. Doch der Gedanke verflüchtigte sich wie von selbst, als ihre Lippen wieder und wieder auf meine trafen.

Das kann warten, redete ich mir ein, weil es sich viel zu gut anfühlte, sie zu küssen.

Ich konnte nur hoffen, dass ich es mir damit nicht zu leicht machte.

KAPITEL 32

Liora

Mit Kieran zusammenzuarbeiten, stellte sich als schwieriger heraus als erwartet. Nicht weil wir das zwischen uns wegen des Kusses verkompliziert hatten, sondern weil ich das Gefühl hatte, dass sich alle meine Sinne nach ihm ausrichteten. Wenn er an mir vorbeilief, breitete sich Gänsehaut auf meinem gesamten Körper aus. Wenn sein Arm meinen streifte, wollte ich nichts anderes, als nach seiner Hand zu greifen. Und wenn er mich aus diesen dunklen Augen ansah, dann überkam mich der Impuls, ihn auf der Stelle zu küssen. Wieder und wieder, weil es nie genug sein konnte.

Unwillkürlich dachte ich an vorgestern Abend, wie wir auf diesem Felsen am Ufer gesessen und uns geküsst hatten. Kurz hatte ich das Gefühl gehabt, dass da noch mehr war, was er hatte sagen wollen, doch dann hatten wir uns beide in unserem Kuss verloren. Vermutlich hatte ich es mir nur eingebildet.

Ihn zu küssen, war einfach aus einem Impuls heraus geschehen.

Doch im *Golden Flower* hielt ich mich zurück, egal, wie schwer es mir fiel, weil ich Jo noch nichts davon erzählt hatte und ich nicht wollte, dass sie es auf diese Weise erfuhr.

»In den letzten Tagen sind ziemlich viele Vorbestellungen für Hochzeiten, Trauerfeiern und sonstige Anlässe eingetroffen«, verkündete sie, als sie am Vormittag kurz ihre Mails checkte.

Dann blickte sie auf und deutete auf Kieran und mich. »Würdet ihr euch darum kümmern? Geht die Bestellungen durch, notiert euch die Ideen für mögliche Arrangements und erstellt eine Liste der Blumen, die wir gegebenenfalls nachbestellen müssen.«

Ich nickte. »Leite mir die Bestellungen einfach weiter. Ich schaue sie mir dann an und kümmere mich mit Kieran darum.«

»Das ist lieb. Dann kann ich mit Rose vielleicht den Laden ein wenig auf Vordermann bringen. Wenn man das auch nur ein paar Tage schleifen lässt, versinkt aus irgendeinem Grund immer alles im Chaos.«

In den nächsten drei Stunden planten Kieran und ich unzählige Möglichkeiten für Arrangements, verschickten Mails an die Kunden, in denen wir ihre genauen Wünsche abklärten, und erstellten eine Liste der fehlenden Blumen, damit Jo sie am Abend noch nachbestellen konnte.

Nach der Mittagspause ging Rose nach Hause, und als es am Nachmittag langsam etwas ruhiger im Laden wurde, durfte auch Kieran gehen. Doch bevor er sich auf den Weg machte, schenkte er mir im Aufenthaltsraum einen heimlichen Abschiedskuss, der mein Herz sofort schneller schlagen ließ.

»Sehen wir uns heute Abend?«, fragte ich, weil ich wusste, dass ich anfangen würde, ihn zu vermissen, sobald er ging. Es war schon komisch, wie Menschen sich in unsere Herzen schleichen konnten. Und wie wir einfach nicht genug von ihnen bekamen, sobald sie sich einmal einen festen Platz darin gesichert hatten.

Er verzog entschuldigend das Gesicht. »Ich bin heute Abend mit Avery in *Dave's Diner*.«

»Ach so, okay. Dann viel Spaß!« Es war schön, dass er wieder mehr Zeit mit Avery verbrachte, und gleichzeitig empfand ich etwas wie Enttäuschung, weil ich darauf gehofft hatte, ihn heute Abend wiedersehen zu können.

»Du kannst mitkommen«, erwiderte er, ohne zu zögern, als hätte er meine Gedanken gelesen.

Ich schüttelte den Kopf. »Alles gut. Ich glaube, ich mache es mir mit einem Buch im Bett gemütlich.«

»Avery hätte damit kein Problem.«

»Ich weiß.«

»Was spricht dann dagegen?«

Ich mochte, dass er mir das Gefühl gab, mich unbedingt dabeihaben zu wollen. Und ich wollte es ja auch, aber er brauchte ein wenig Zeit mit Avery allein. Ich war mir sicher, dass sie ihm sein plötzliches Verschwinden noch immer nachtrug. Und es konnte ihrer Beziehung nicht schaden, wenn sie Möglichkeiten bekamen, um in Ruhe miteinander zu reden.

»Die Tatsache, dass es vielleicht ganz gut wäre, wenn ihr beide mal allein wärt«, antwortete ich deshalb und erklärte ihm, wieso ich das dachte.

Er seufzte. »Du hast vermutlich recht.« Ein Grinsen breitete sich auf seinem Gesicht aus. »Aber du bist natürlich pflichtbewusst und lässt mich nicht einfach gehen, ohne mir noch mal ein wenig Energie zu geben …«

Ich lachte.

Und dann küsste ich ihn.

»Bist du mit den Bestellungen fertig geworden?«, fragte ich Jo kurz vor Ladenschluss. Ich hatte ihr die Liste mit den fehlenden Blumen geschickt, und sie hatte sich sofort darangemacht, sie nachzubestellen.

»Vor fünf Minuten, ja.« Sie streckte sich kurz, als versuchte sie, die Strapazen des Tages loszuwerden.

»Perfekt, dann würde ich mich auch langsam auf den Weg machen.«

»Alles klar, mach das.«

Ich wandte mich ab und holte meine Tasche von hinten. Als ich mich von Jo verabschieden wollte, berührte sie mich sanft am Arm.

»Übrigens wollte ich dir noch sagen, dass ich mich wirklich sehr für dich und Kieran freue.«

Ich erstarrte. »Hat Kieran dir …?«

Sie schüttelte den Kopf. »Mir ist aufgefallen, dass die Art und Weise, wie ihr euch angesehen habt, heute eine andere war. Es war mit einem Mal so viel vertrauter, und ich dachte mir schon, was das bedeutet.«

Ich schluckte. »Ich wollte es dir wirklich sagen, aber ich dachte, es wäre der falsche Zeitpunkt, und außerdem …«

»Liora«, unterbrach sie mich. »Ich bin dir nicht böse. Ganz im Gegenteil.« Sie lächelte, und in diesem Moment verstand ich, dass sie es auch so meinte. »Ich bin froh, dass du glücklich zu sein scheinst, und ich wünsche euch nur das Beste.«

Wie von selbst hoben sich meine Mundwinkel. Sie hatte keine Ahnung, was ihre Worte mir bedeuteten.

KAPITEL 33

Kieran

»Oh mein Gott, endlich!«, brüllte Avery durch *Dave's Diner*, als ich ihr von Liora und mir erzählt hatte.

»Nicht so laut«, sagte ich leise, doch sie ignorierte mich geflissentlich.

»Ich bin ehrlich, ich habe es von Anfang an gewusst. Es war nur eine Frage der Zeit.«

»Mach bitte nicht so ein großes Ding daraus.« Ich legte meine Gabel, auf die ich die Spaghetti gerollt hatte, zurück auf den Teller. »Es ist noch ganz frisch, und wir haben auch noch nicht darüber geredet, was genau das mit uns ist. Also eigentlich gibt es noch keinen Grund, sich so zu freuen.«

Avery sah mich skeptisch an, während sie mit einer Hand an den zahlreichen Ketten an ihrem Hals herumspielte. »So, wie du von ihr redest, ist es ganz offensichtlich, was das zwischen euch ist. Und wenn wir uns mal ansehen, wie sich das zwischen euch entwickelt hat, ist es relativ eindeutig. Sie ist nicht gerade eine Clubbekanntschaft für eine Nacht.«

Avery hatte recht. Das war sie wirklich nicht, aber ich wollte der Sache zwischen uns noch keinen Stempel aufdrücken, solange wir nicht darüber geredet hatten, was das mit uns war. Wir brauchten noch Zeit, und außerdem musste Liora mit Sicherheit erst noch verarbeiten, was sie von mir erfahren hatte. Dennoch war da diese leise Stimme in meinem Kopf, die mir zuflüsterte, dass alles gut werden würde. Dass wir wirklich eine Chance hätten.

»Du solltest dir nicht so viele Gedanken machen«, sagte Avery, als hätte sie das Chaos in meinem Inneren gesehen. Aber zum ersten Mal hatte ich den Eindruck, dass es ein gutes Chaos war. Eins, das durch Liora und meine Gefühle für sie ausgelöst wurde.

»Ich gebe mein Bestes.« Ich blickte von meinem Teller auf und sah ihr direkt in die Augen, und mit einem Mal waren ihre Züge unendlich weich.

»Macht sie dich glücklich, Kieran?«, fragte Avery. Das war eine so simple Frage, aber ich wusste, wie bedeutungsschwer sie war.

Ich nickte, ohne auch nur einen Augenblick zu zögern.

Averys Mundwinkel verzogen sich zu einem Lächeln. »Das freut mich für dich – wirklich.«

»Danke. Nicht nur für dieses Gespräch. Auch dafür, dass du immer noch für mich da bist, obwohl ich es dir wirklich nicht leicht gemacht habe.«

»Du weißt, dass ich dich nicht fallen lassen würde, Kieran.«

Daran gab es keinen Zweifel. Sie zeigte mir immer wieder, was für eine wundervolle Freundin sie war. »Ja, und das ist mehr, als ich verdient habe.«

Avery schüttelte den Kopf. »Du hast alles Gute dieser Welt verdient, mein Freund. Alles Gute und noch viel mehr, egal, was passiert ist.«

Im nächsten Moment überrollte mich mein schlechtes Gewissen, weil ich mit Avery noch immer nicht über den Unfall gesprochen hatte. Diese Nacht – ich hatte das alles vor ihr geheim gehalten, damit sie sich keine Sorgen machte. Aber allmählich kam es mir falsch vor. Mir war nie in den Sinn gekommen, dass die Ungewissheit sie mehr quälen könnte, als wenn sie die Wahrheit kennen würde.

»Avery, vielleicht sollten wir reden.«

»Ich weiß, aber nicht jetzt«, erwiderte sie überraschenderweise. »Ich glaube, dass das eins von diesen alles verändernden und ernsten Gesprächen werden würde. Aber das ist nicht der richtige Zeitpunkt dafür. Du wirst deine Gründe gehabt haben, Creekwood Hill zu verlassen, und sie mir jetzt mitzuteilen, wird nichts an der Vergangenheit ändern. Lass uns wann anders darüber reden. Jetzt solltest du erst mal die Zeit mit Liora und dein neues Leben hier genießen.«

Ich wusste noch nicht, wie, aber eines Tages würde ich mich bei Avery dafür revanchieren, dass sie immer für mich da war. Mich immer verstand.

Wir aßen auf, und am Ende zahlte ich trotz ihres Protestes für uns beide. Als wir das Diner verließen, schlug mir die abgekühlte Nachtluft entgegen.

»Wollen wir noch eine Runde spazieren gehen?«, fragte ich, doch sie bedachte mich mit einem Blick, den ich nicht deuten konnte.

»Ich glaube, du wärst jetzt lieber bei ihr.«

Ich schüttelte den Kopf. »Ich verbringe gern Zeit mit dir.«

Avery lachte. »Das weiß ich doch. Jeder verbringt gerne Zeit mit mir, aber vielleicht solltest du jetzt trotzdem nach ihr sehen.«

»Nein, ich …«, wollte ich widersprechen, doch sie ließ mich nicht ausreden.

»Hör auf, dich zu weigern, und geh!« Sie schlug mir spielerisch gegen den Oberarm. Dann zwinkerte sie mir zu und lief ein paar Schritte rückwärts. »Und denk ans Kondom.«

Mein raues Lachen hallte durch die Straße. Ich wollte ihr noch etwas hinterherrufen, doch sie drehte sich bereits um und hielt sich demonstrativ die Ohren zu. Ich sah kurz nach oben und dankte dem Himmel für meine beste Freundin. Sie war einfach einzigartig – auf ihre eigene, perfekt unperfekte Art.

Liora

Ich liebte den Spiegel, den Kieran mir geschenkt hatte.

Als ich nach meiner Schicht nach Hause gekommen war, hatte ich mich nur schnell geduscht und mich dann mit einem Buch ins Bett gelegt. Und dann war mein Blick auf den Handspiegel gefallen, der auf meinem Nachttisch lag.

Ich betrachtete mich darin und musterte jede Kontur meines Gesichts, jedes noch so kleine Fältchen. Und komischerweise fiel es mir immer leichter, meinem Spiegelbild mit einem Lächeln entgegenzusehen. Wann immer ich mir nicht gefiel, dachte ich an Kieran und daran, wie er mich wahrnahm. Dass er es liebte, mich zu küssen. Er sah mich auf diese Art und Weise an, die mir das Gefühl gab, besonders zu sein, und wenn jemand einem dieses Gefühl vermitteln konnte, dann fing man fast schon automatisch an, daran festzuhalten, statt sich von den Zweifeln unterkriegen zu lassen.

Ich wusste, dass es wahrscheinlich noch dauern würde, bis ich den Schmerz, den meine Mobber in meinem Herzen gesät hatten, endgültig hinter mir lassen konnte, aber langsam glaubte ich, dass es möglich war. Dass diese Erfahrung nicht mein gesamtes Leben bestimmen würde.

Ein Klopfen an der Tür riss mich aus meinen Gedanken. Ich legte den Spiegel zur Seite, ging zur Tür, und obwohl ich es eigentlich nicht hätte wissen können, war mir klar, wer es war, bevor ich die Tür öffnete.

Kieran stand vor mir, und sein Anblick raubte mir wie immer den Atem. Er trug noch dasselbe enge schwarze T-Shirt wie vorhin, das seine muskulösen Arme und seine breiten Schultern betonte. Seine zerzausten Locken fielen ihm in die Stirn, und in diesem Augenblick hätte ich ihn am liebsten an seinem Kragen zu mir gezogen und ihn geküsst.

»Was machst du hier?«

»Bei dir sein.«

»Und was ist mit Avery?«

»Sie ist zu Hause.«

»Kieran, ich …« Die Worte blieben mir im Hals stecken, als er ein Stück näher kam. So nah, dass ich seinen Geruch wahrnehmen konnte. Und plötzlich konnte ich an nichts anderes mehr denken. Da war nur er, überall nur Kieran.

Er blickte auf mich herab, sah mich aus diesen dunklen Augen an und lächelte. »Ich habe dich vermisst.«

»Ich dich auch«, flüsterte ich. Ich hatte keine Ahnung, wieso ich so leise sprach, doch es fühlte sich an, als würde dieser Moment zwischen uns zerbrechen, wenn ich zu laut war.

Meine Worte ließen sein Lächeln noch breiter werden. Und dann nahm er mein Gesicht in seine Hände und küsste mich. Unendlich sanft. Seine Lippen trafen auf meine, während seine rauen Finger über meine Wange glitten.

Fast schon automatisch hob ich die Hände und legte sie an seine Oberarme. Meine Finger strichen über seine warme Haut, immer weiter bis zu seinen Unterarmen, an denen ich mich festhielt, während er mich weiter und weiter küsste.

Ich liebte dieses Gefühl.

Wenn wir hier standen, Körper an Körper, und uns küssten, war es, als würde rein gar nichts mehr eine Rolle spielen. Als hätten wir unsere eigene kleine Welt geschaffen, in der Probleme nicht existierten. Es gab nur ihn und mich, und es war perfekt.

Kierans Zunge strich über meine Lippen, sanft und vorsichtig, als würde er um eine Erlaubnis bitten, die ich ihm, ohne zu zögern, gewährte. Mein Mund öffnete sich, und im nächsten Moment traf seine Zunge auf meine. Der Kuss war intensiver als alles, was ich bisher gespürt hatte. Ich legte meine Arme um seinen Hals, und seine Hände strichen über meine Seite, bis sie an meiner Taille zur Ruhe kamen. Er hielt mich fest, während unsere vorsichtigen Küsse immer drängender wurden. Dann löste Kieran sich von mir.

Sein Brustkorb hob und senkte sich schwer, als er mich aus flatternden Lidern ansah. »Liora … Wenn dir das zu schnell geht, musst du nur ein Wort sagen, und ich höre auf. Okay? Wir tun nichts, was du nicht möchtest.«

Mit einem Mal breitete sich ein warmes Gefühl von Geborgenheit in meinem Herzen aus. Er wusste, dass ich noch keine Erfahrung hatte. Und deswegen bot er mir jetzt diesen Ausweg. Seine Worte waren der Beweis dafür, wie wichtig es ihm war, dass ich mich sicher fühlte, und er konnte nicht einmal erahnen, wie viel mir das bedeutete.

»Alles gut.« Ich lächelte. »Ich möchte das.«

Er lächelte zurück. »Du kannst aber trotzdem jederzeit einen Rückzieher machen. Okay?«

»Okay«, antwortete ich und küsste ihn. Ich küsste ihn mit allem, was ich war, und er gab mir mit jedem Mal, das seine Lippen auf meine trafen, alles von sich.

»Das Bett wäre sicher bequemer«, sagte Kieran nach einer Weile grinsend zwischen zwei Küssen.

Ich nickte nur und wollte mich gerade von ihm lösen, als er mit seinen Händen meine Oberschenkel umfasste und mich hochhob. Reflexartig schlang ich meine Beine um seine Hüfte, während er mich problemlos hielt. Und dann waren da wieder meine Lippen auf seinen, während er fast schon blind Richtung Schlafzimmer stolperte.

Am Bett angekommen, setzte er sich auf die Kante. Seine Hände lösten sich von mir, und er überließ mir so die Wahl, ob ich weiter auf seinem Schoß sitzen wollte oder nicht.

Ich antwortete, indem ich meine Hände in seine muskulösen Schultern grub und noch ein Stück näher an ihn heranrückte. So nah, dass ich seine Erektion zwischen meinen Beinen spürte. Ein leises Stöhnen entwich ihm, dann umfasste er mit seinen Händen meinen Hintern und zog mich noch näher an sich heran, sodass ich seine gesamte Härte an meiner Mitte spürte, und dieses Gefühl raubte mir den Atem.

Hitze schoss durch meinen Körper und vernebelte meinen Verstand. Da waren keine Zweifel, keine Unklarheiten, keine Was-wäre-wenns. Keine negativen Gedanken, weil sich dieser Moment vielmehr nach Herzsache anfühlte.

Kieran löste seine Hände von mir und schob sie unter den Saum meines Tops, während er mich küsste. »Darf ich?«, fragte er.

Ich nickte.

Das Top landete auf dem Boden, und dann war da dieser eine Moment, vor dem ich Angst gehabt hatte.

Kieran war still. Sein Blick glitt über meinen Körper, über die leichten Kurven und jeden Zentimeter Haut, den ich so lange gehasst hatte. Mit seinen Blicken erforschte er jede Rundung meines Körpers, und während der Nebel in meinem Kopf sich langsam klärte, kehrten die Unsicherheiten zurück. *Ich kann ihm unmöglich gefallen*, dachte ich, doch dann küsste er mich.

»Du bist wunderschön, Liora White.«

Seine Worte sanken auf den Grund meiner Seele.

Es war das erste Mal, dass ich bedingungslos an diese Worte glaubte. Dass ich mich wunderschön fühlte, ohne auch nur den geringsten Zweifel zu hegen.

Er ließ seine Hand in meinen Nacken gleiten und zog mich zu sich heran, um mich zu küssen. Wieder ein wenig sanfter und liebevoller, und es war genau das, was ich brauchte. Seine Hand löste sich aus meinem Nacken und glitt langsam meine Wirbelsäule hinab. Eine Gänsehaut breitete sich bei dem Gefühl seiner rauen Finger auf meiner Haut über meinen ganzen Körper aus.

Im nächsten Moment spürte ich seine Fingerspitzen am Verschluss meines BHs, und als ich nickte, öffnete er ihn und zog ihn mir aus.

Kierans Blick glitt über meine Brüste, und seine Augen weiteten sich. Eine seiner Hände ruhte auf meinem unteren Rücken, während die Finger seiner anderen vorsichtig meine Seiten hinaufstrichen. Sein Daumen umkreiste meine Brustwarze, als er meine Brust erreichte, und im nächsten Moment umschloss er sie mit seiner Hand. Er massierte sie, und ein unkontrolliertes Stöhnen entwich mir, welches er sofort mit einem Kuss erstickte.

Es fühlte sich so verdammt gut an, und ich wollte mehr. Immer mehr von ihm. Also umfasste ich seinen Nacken und drängte mich seiner Erektion entgegen, fing langsam an, die Hüfte zu bewegen. Mein Keuchen vermischte sich mit seinem.

»Fuck, Liora …«

Meinen Namen auf diese Art und Weise aus seinem Mund zu hören, ließ noch mehr Hitze in mir aufsteigen. Ich löste meine Hände von seinem Nacken und ließ sie über seine Arme wandern. Über seine Brust. Seinen Rücken. Am liebsten über seinen ganzen Körper, weil ich alles von ihm wollte. Und er schien es zu merken, denn im nächsten Moment lehnte er sich ein Stück zurück und zog sich sein T-Shirt über den Kopf.

Ich hielt inne und versuchte, jedes einzelne Detail von Kieran in mir aufzunehmen. Sein Körper war perfekt. Die muskulöse Brust, die definierten Bauchmuskeln. Die starken Arme, die von Adern überzogen waren, wenn sie sich anspannten. Und dann war da das Tattoo an seinem Rippenbogen, das eine wunderschöne blaue Rose darstellte.

»Du bist wunderschön, Kieran Montgomery«, wiederholte ich, was er zu mir gesagt hatte.

Die Wärme, die in seinem Blick lag, überwältigte mich. Genau wie sein Lächeln. Er schlang die Arme um meinen Körper und drückte meinen Herzschlag an seinen. Dann ließ er sich rückwärts in die Matratze fallen und zog mich mit sich. Unser Lachen erfüllte den Raum, doch einen Wimpernschlag später waren seine Lippen wieder auf meinen. Er drückte mich noch immer an seinen Körper und wirbelte mich dann auf den Rücken, sodass er über mir war. Er stützte sich links und rechts von mir mit seinen Unterarmen ab, während er mit seinem Mund langsam über meinen Körper wanderte. Vorsichtig, fast schon forschend glitt seine Zunge meinen Hals entlang. Seine Stoppeln kratzten über meine Haut, und als er an meinem Hals saugte, konnte ich mein Wimmern nicht mehr unterdrücken.

»Kieran, ich …« Die anderen Worte lösten sich in Luft auf, denn ich war zu benebelt von all den Gefühlen, die gerade auf mich einprasselten.

Er küsste die Rundungen meiner Brüste. Wieder und wieder, und jedes Mal, wenn seine Bartstoppeln über meine Nippel strichen, verlor ich den Verstand. Ich versenkte meine Hände in seinen Haaren und drückte meinen Rücken durch, um mich ihm noch mehr entgegenzustrecken. Ein paar Herzschläge lang spürte ich, wie er an meinem Körper grinste. Dann schlossen sich seine Lippen um meine Brustwarze, und das war der Moment, in dem ich sicher war, ich würde wahnsinnig werden. Ich krallte mich in die Bettdecke unter mir.

Den Bruchteil einer Sekunde sah er auf, und ich meinte, ein amüsiertes Funkeln in seinen Augen zu entdecken. Dann senkte er seine Lippen wieder auf meinen Körper, und jeder Kuss, jedes Saugen und Lecken ließ immer mehr Hitze durch meinen Körper schießen. Und ich wusste, dass Kieran es liebte, wie ich auf ihn reagierte, denn im nächsten Moment spürte ich, wie seine Hand sich auf den Stoff meiner kurzen Hose legte, um Druck auf meine empfindlichste Stelle auszuüben.

Ein spitzer Schrei entfuhr mir, und Kieran lachte ein raues Lachen, das meinen ganzen Körper zum Kribbeln brachte.

»Gefällt es dir?«, fragte er, während seine Finger mich durch den Stoff der Hose hindurch massierten.

Ich wollte antworten, doch meine Worte verloren sich in einem Stöhnen, als Kieran den Druck seiner Finger noch weiter erhöhte. Dann löste er seine Lippen von meinen Brüsten und küsste eine Spur aus Feuer über die Haut meines Bauches, bis er am Bund meiner Hose angekommen war. Seine rauen Finger zogen eine Linie am Bund entlang, doch er zog mir die Hose nicht aus.

»Worauf wartest du?« Meine Stimme klang vollkommen atemlos.

Kieran lachte, bevor er mir in einer fließenden Bewegung die Hose samt Slip hinunterzog.

Plötzlich lag ich vollkommen nackt und verletzlich vor ihm. Ich hatte mir oft ausgemalt, wie es sein würde, mich zum ersten Mal auf diese Art und Weise einem Mann zu zeigen. Und jedes Mal hatte ich gedacht, dass ich Angst haben würde. Dass es mich unendlich viel Überwindung kosten würde. Doch wie Kieran mich in diesem Augenblick ansah, löste das genaue Gegenteil in mir aus. Ja, da war die Lust in seinem Blick, doch gleichzeitig war da unendlich viel Wärme. Er gab mir nicht das Gefühl, nur wegen meiner Nacktheit in diesem Moment schwach und verletzlich zu sein. Vielmehr fühlte ich mich geborgen und geliebt. Ich hatte mir nie vorgestellt, dass es so sein würde, doch in diesem Augenblick war mein Herz voll von … Liebe. Liebe für diesen Mann. Für ihn und all seine Ecken und Kanten. Er war nicht perfekt, er trug Narben auf seiner Seele, aber ich liebte jede einzelne davon.

Kieran stand auf und betrachtete mich. »Wow …«

»Ebenfalls wow«, erwiderte ich, während ich meinen Blick über seinen muskulösen Oberkörper schweifen ließ.

Ein leichtes Lächeln umspielte seine Lippen. Dann legte er sich neben mich aufs Bett und zog mich auf sich. Er küsste mich, langsam und gefühlvoll, während ich über ihm kniete und seine Finger über meine Hüfte tanzten.

»Ist es okay, wenn ich …«, fragte er und ließ seine Hand immer weiter in Richtung meiner Mitte wandern.

Ich konnte nicht abstreiten, dass ich nun doch ein wenig nervös war, aber wenn es jemanden gab, den ich hier und jetzt bei mir haben wollte, dann war es Kieran. Also nickte ich, umfasste sein Handgelenk und führte seine Hand dahin, wo ich sie haben wollte.

Ich beugte mich ihm entgegen, um ihn zu küssen, während seine Finger vorsichtig über meinen empfindlichsten Punkt streichelten. Ich stöhnte leise, doch Kieran erstickte den Laut mit seinen Küssen. Und dann spürte ich, wie ein Finger langsam in mich hineinglitt. Ein paar Sekunden lang spannte sich mein Körper an, weil es ein ungewohntes Gefühl war, jemanden in mir zu spüren, aber dann entspannte ich mich wieder, während Kierans Finger immer tiefer in mich eindrang.

»Ist das gut so?«

»Ja«, brachte ich atemlos hervor.

Er intensivierte seine Küsse und ließ seinen Daumen mit mehr Druck über meine empfindlichste Stelle kreisen, während einer seiner Finger in mir einen treibenden Rhythmus entwickelte. Es war atemberaubend. Immer schneller, immer fester, immer mehr Küsse, immer mehr Kieran.

Meine Hände krallten sich automatisch in seine feste Brust, als der Druck, den er in mir aufbaute, anfing, unerträglich zu werden. Und als ich dachte, es könnte nicht noch intensiver werden, schob er einen zweiten Finger in mich hinein.

»Kieran …« Ich wollte etwas sagen, irgendwas, doch mein Kopf war leer. Da waren nur die ganzen Empfindungen, die er in mir auslöste. Er beugte sich mir entgegen, küsste mich, nur um im nächsten Moment mit seiner Zunge meinen Hals entlangzufahren und an der zarten Haut zu saugen, während seine Finger noch immer in diesem teuflischen Rhythmus in mich stießen.

»Liora …«, keuchte er. »Sieh mich an.«

Ich krallte mich weiter an ihm fest und schob ihm meine Hüfte wie automatisch entgegen. Spürte die harten Brustmuskeln unter mir und seine Finger in mir. Seinen Daumen an meiner Mitte und die Hitze, die wie ein Inferno durch mein Blut schoss. Es war zu viel. Alles war zu viel. Doch als er seine Worte wiederholte, sammelte ich meine letzte Willenskraft, um meine Augen aufzuschlagen. Ich sah in seine von Lust verhangenen dunklen Augen. Ein zufriedenes Lächeln lag auf seinen Lippen.

Und dann – ein letztes Mal – erhöhte er den Druck seiner Finger. Schneller. Fester.

Und meine gesamte Welt löste sich vor meinen Augen auf. Mein Körper verkrampfte, während der Orgasmus über mich hereinbrach. In Wellen ergriff er Besitz von mir, und als er langsam abebbte, waren da Kierans Arme, die mich fest an ihn drückten.

»Das war … der Wahnsinn«, murmelte ich mit den Lippen an seiner Haut.

KAPITEL 34

Kieran

Wir hatten auch später, als wir gemeinsam unter der Dusche standen, keinen Sex im herkömmlichen Sinne, aber ich hatte das Gefühl, ihn auch gar nicht zu brauchen. Ich genoss es sehr, ihren Körper zu erkunden und sie auf diese Weise kennenzulernen. Auf diese ganz andere, spezielle Art. Zu sehen, an welchen Stellen sie besonders empfindlich war, wenn man sie küsste. Was sie vielleicht nicht mochte und wie sie am liebsten von mir berührt werden wollte.

Und das Gleiche tat sie bei mir. Sie fuhr mit ihren Fingern über jeden Zentimeter meiner Haut, tastete nach jedem einzelnen Muskel, fand heraus, was mir gefiel.

Als wir fertig waren und das heiße Wasser bereits anfing abzukühlen, stiegen wir aus der Dusche, und ich trocknete uns beide ab. Wir gingen zurück in ihr Schlafzimmer und ließen uns nackt auf ihre Matratze fallen. Liora wickelte uns in ihre Bettdecke ein, und dann lagen wir einfach nur nebeneinander und spürten den Atemzügen des jeweils anderen nach.

Wenn ich hier mit ihr lag, dann war es, als würde die Zeit nicht existieren. Wir waren gefangen in unserer eigenen kleinen Endlosigkeit, und ein Teil von mir wünschte sich verzweifelt, dass Augenblicke wie diese für immer währen konnten.

Die Minuten verstrichen, und irgendwann spürte ich Lioras warme Finger an meinem Rippenbogen. Sie zog die Decke ein

Stück zur Seite und fuhr mit ihren Fingern über die Tinte auf meiner Haut.

»Eine blaue Rose«, stellte sie fest, während ihr Blick fast schon hypnotisiert daran festhing.

»Meine Lieblingsblume«, erklärte ich.

»Rosen sind wunderschön.«

Ich nickte. »Ganz besonders die blauen. Kennst du ihre Bedeutung?«

»Das Symbol der erfüllten Liebe.« Sie lächelte, und ich tat es ihr gleich.

»Genau. Ich hab wirklich lange überlegt, welche Blume ich auf meinem Körper verewigen sollte. Es gibt so viele, die perfekte Blüten oder eine ganz besondere Geschichte haben. Aber die Bedeutung keiner einzigen hat mich so sehr berührt wie die der blauen Rose. Erfüllte Liebe … Ist es nicht das, was sich jeder von uns insgeheim wünscht? Wenn wir ehrlich sind, dann sehnen wir uns alle nach dieser einen Liebe, die uns unterstützt. Die jeden Tag hinter uns steht, wenn wir über uns hinauswachsen wollen.«

»Das klingt wundervoll«, sagte sie mit einem Funkeln in den Augen, bevor sie sich vorbeugte und einen unendlich sanften Kuss auf meine Lippen hauchte. Dann ließ sie ihre Finger weiterwandern und umkreiste das Tattoo an meinem Handgelenk. »Und dieses hier? Wofür steht es?«

Bei der Neugier, die sich in ihrem Blick widerspiegelte, konnte ich nicht anders, als zu lächeln. Es fühlte sich gut an, dass es jemanden gab, der sich für mich interessierte. Der alles über mich wissen wollte.

»Was man tief in seinem Herzen besitzt, kann man nicht durch den Tod verlieren«, las ich den deutschen Spruch von Johann Wolfgang von Goethe vor, bevor ich ihn für sie ins Englische übersetzte. »Dieses Tattoo habe ich mir nach dem Tod meiner Eltern stechen lassen. Ich habe mich in dieser Zeit unfassbar einsam gefühlt, weil ich das Gefühl hatte, alles und jeden, der

mir jemals wichtig gewesen war, verloren zu haben. Es hat eine Weile gedauert, bis ich verstanden habe, dass dem gar nicht so ist. Ich habe die Erinnerung an sie in meinem Herzen behalten. Und als mit der Zeit der Schmerz langsam abgeklungen ist, war da immer mehr das Gefühl, dass sie noch bei mir waren. Ich konnte sie weder sehen noch anfassen, aber irgendwie gab es immer wieder Momente, in denen ich ihre Anwesenheit gespürt habe. Und als ich dann irgendwann durch Zufall auf diesen Spruch gestoßen bin … Ich hab ihn so sehr gefühlt. Es war, als wäre er nur für mich verfasst worden. Er hat genau das eingefangen, was ich gefühlt habe, und mir war sofort klar, dass ich diesen Spruch, genau wie meine Eltern, für immer bei mir tragen möchte.«

Tränen schimmerten in Lioras Augen, als sie mein Handgelenk an ihren Mund führte und einen sanften Kuss auf der schwarzen Tinte hinterließ. »Es tut mir so leid, dass du sie verloren hast, aber es ist schön, dass du einen Teil von ihnen noch immer bei dir tragen kannst.«

»Danke«, wisperte ich und küsste sie.

Sie rückte ein Stück näher an mich heran und schlang die Decke um unsere Körper. Und dann lagen wir einfach nur nebeneinander, Haut an Haut, und hielten einander fest. Denn wenn ich bei ihr war, dann war es, als würde jede noch so dunkle Ecke meiner Seele plötzlich aufleuchten.

KAPITEL 35

Kieran

Ich führe meine Finger an den Hals des Mannes.

Ich positioniere sie an der richtigen Stelle.

Und dann warte ich …

Nichts …

Kein Puls.

Ich kontrolliere seine Atmung.

Wieder nichts.

Nein! Nein, nein, nein …

Ich versuche es noch einmal. Ich taste an seinen Hals, warte auf einen Puls, auf eine kleine Regung, die mir verrät, dass er noch lebt. Dass sein Herz noch schlägt. Aber wieder ist da nichts als pure Leblosigkeit.

Er ist tot.

Ich leugne diese bittere Erkenntnis. Immer wieder rede ich mir ein, dass ich mich täusche. Dass ich einfach nicht genau weiß, wie man den Puls eines Menschen ertastet oder seine Atmung feststellt. Ich sage es mir in Gedanken so oft, bis ich anfange, daran zu glauben, obwohl ich insgeheim weiß, dass es eine Lüge ist. Dass es für ihn keine Hoffnung mehr gibt.

Im nächsten Moment schießt mir seine Begleitung durch den Kopf. Ich lehne mich noch weiter durchs Fenster ins Wageninnere und taste auch nach ihrem Puls.

Wieder nichts.

In meinem Inneren herrscht ein Chaos, wie ich es noch nie empfunden habe. Schmerz, Taubheit, Entsetzen, Angst. Alles wirbelt in mir durcheinander. Und es ist alles zu viel.

Als diese Gefühle mich unter sich zu begraben drohen, will ich mich aus dem Wageninneren zurückziehen. Doch dann fällt mein Blick auf die Rückbank. Und erst jetzt begreife ich das wahre Ausmaß der Dinge …

Schweißgebadet richtete ich mich im Bett auf und rang nach Atem. Ich spürte, wie mein Herz gegen meine Rippen hämmerte, während die letzten Schatten, die mein Albtraum auf meinen Verstand geworfen hatte, sich langsam verflüchtigten.

Ich atmete tief durch und versuchte, mich zu beruhigen, aber es war so verdammt schwer, wenn diese Bilder unaufhörlich durch meinen Kopf rasten. Jedes Mal, wenn ich die Erinnerungen wegzusperren versuchte, schossen sie noch intensiver empor. Noch lebendiger, als würden sie mich zwingen wollen, jede einzelne Sekunde noch einmal zu durchleben.

Aber ich hatte keine Kraft dafür. Ich konnte sie nicht wieder und wieder durchleben, und ich fragte mich, wieso der eigene Verstand so grausam war, dass er die finstersten Momente unseres Lebens so unvergesslich machte. Wieso wir immer wieder die Dunkelheit durchleben mussten, wenn es doch so viel besser wäre, wenn sich unsere guten Momente in Endlosschleife in unseren Träumen abspielen würden.

»Kieran?«

Mit einem Mal spürte ich eine warme Hand auf meinem Oberarm. Ich sah zur Seite, und dann begegnete ich Lioras Blick aus eisblauen Augen. Die Sorge, die sich darin widerspiegelte, war nicht zu übersehen.

Sie hatte sich ebenfalls aufgerichtet und ein Laken um ihren nackten Körper gewickelt. Ihr blondes Haar hing ihr in zerzausten Strähnen ins Gesicht, während sie mich alarmiert musterte. »Was ist los?«

»Nichts«, blockte ich ab, weil es zu sehr wehtat, darüber zu reden. Jedes Mal, wenn ich diesen Abend in meinem Albträumen durchlebte, riss die Wunde erneut auf. Der Schmerz war wieder in seinem vollen Ausmaß da, und er war gewaltig. Er vermischte sich mit den Schuldgefühlen, die mich seitdem begleiteten, und er zwang mich in die Knie.

»Bitte verschließ dich nicht vor mir«, flüsterte sie mit vom Schlaf rauer Stimme. »Ich bin für dich da.«

Ich bin für dich da.

Es war merkwürdig, wie sehr mich diese Worte berührten. Vielleicht waren sie genau das, was ich in diesem Augenblick hatte hören müssen, denn obwohl da dieser innere Impuls war, mich vor allem und jedem zu verschließen, war da mit einem Mal auch der Wunsch, Liora an meiner Gefühlswelt teilhaben zu lassen. »Ich habe wieder von dem Abend geträumt«, sagte ich mit zitternder Stimme.

Sie rückte ein Stück näher an mich heran und legte eine Hand auf meinen Unterarm. »Das tut mir so leid.«

»Schuldgefühle sind echt eine beschissene Sache.« Ich lachte kurz auf, doch es klang verbittert. Und dann kam mir plötzlich ein neuer Gedanke. Etwas, was ich mit ihr teilen wollte. »Ich möchte dir etwas zeigen.«

Sie legte den Kopf schief und hob fragend eine Augenbraue, als ich mich zum Nachttisch beugte und nach meinen Ringen griff, die ich dort abgelegt hatte.

»Diese Ringe habe ich nach dem Unfall anfertigen lassen. Mag sein, dass manche der Ansicht sind, ich sei unschuldig, aber Tatsache ist, dass ich in irgendeiner Art und Weise zumindest mitverantwortlich für diesen Unfall gewesen bin. Diese Tatsache, auch wenn sie noch so schmerzhaft ist, wollte ich nicht vergessen. Sie war wie eine Lektion, dass unsere Fehler Konsequenzen nach sich ziehen.« Ich hielt die Ringe hoch und deutete auf die

Gravur an der Innenseite. »Das C in dem einen Ring steht für Cole. Das A in dem anderen für Alicia. Das sind die Namen der beiden Menschen, die bei dem Unfall ihr Leben lassen mussten. Ich werde sie niemals vergessen, und ich habe mir geschworen, dass mir so etwas nie wieder passieren wird.«

»Kieran, ich …« Lioras Stimme brach. »Ich dachte, dass diese Buchstaben für deine Eltern stehen.«

Mein Lächeln fühlte sich unglaublich traurig an. »Meine Eltern trage ich in meinem Herzen, das weißt du doch.«

Sie wischte sich vereinzelte Tränen von den Wangen und schüttelte verzweifelt den Kopf. »Je länger du an der Vergangenheit festhältst, desto mehr verpasst du von der Zukunft. Gott, ich kann mir nicht einmal vorstellen, wie es sein muss, so etwas zu durchleben, aber wenn es eine Sache gibt, die ich mir für dich wünsche, dann ist es, dass du damit Frieden schließen kannst.«

Ich spürte ein Brennen in den Augen. »Ich weiß nicht, ob ich das kann. Ich habe so verdammt viel Angst, Liora. Davor, dass sich so etwas wiederholt. Ich habe so viele Menschen verloren, die ich geliebt habe. Und dann kam dieser Abend und hat meine Welt endgültig auf den Kopf gestellt. Ich habe so beschissene Angst, dass ich irgendwann damit abschließe, anfange, mich in Sicherheit zu wiegen, und wenn ich nicht damit rechne, holt mich die nächste Tragödie ein. Ich halte das nicht noch einmal aus.« Im nächsten Moment liefen warme Tränen meine Wangen hinab, und dann war da Liora, die sie mit ihren Fingern wegwischte.

Sie strich mir durchs Haar, sah mir einfach nur in die Augen, und langsam gelang es mir, mich zu beruhigen. »Auf so was kann man leider nie wirklich vorbereitet sein. Es kann immer etwas passieren, womit man nicht rechnet. Aber du solltest nicht dein ganzes Leben von dieser Angst bestimmen lassen, weil du sonst auch die ganzen guten Momente verpasst, die noch vor dir liegen. Und auch die, die dich schon jetzt umgeben.«

Ich wusste, dass sie recht hatte. Mein Verstand wusste es, aber einem verwundeten Herzen fiel es manchmal schwer, die Dinge, die der Kopf begriff, ebenfalls zu begreifen.

»Komm her.« Liora lehnte sich mit dem Rücken gegen die Lehne des Betts und bedeutete mir, meinen Kopf auf ihren Schoß zu legen. Und während ihre Finger wieder und wieder durch mein Haar glitten, sortierte sich das Chaos in meinem Inneren wieder ein wenig.

»Wie schaffe ich das?«, fragte ich. »Wie lässt man die Vergangenheit los, wenn sie sich mit aller Macht an einem festklammert?«

»Zeit«, antwortete sie, führte meine Hand an ihren Mund und setzte einen Kuss darauf. »Manchmal brauchen wir nur ein wenig Zeit und jemanden, der uns die Richtung zeigt, wenn wir kurz davor sind, uns zu verlaufen.«

»Und wo findet man so jemanden?«

»Du hast ihn schon gefunden.« Sie sah zu mir herab, und die Wärme in ihrem Blick fand ihren Weg direkt in mein Herz.

Sie war so viel mehr, als ich verdient hatte.

KAPITEL 36

Liora

Ich wollte ihm helfen. Dieser Gedanke hatte sich in mir festgesetzt, seit Kieran neben mir gelegen und sich in seinen Albträumen verloren hatte. Ich wollte irgendetwas tun, um ihm die Last seiner Schuldgefühle zu nehmen.

Er hatte keine Ahnung, wie viel er mir gegeben hatte. Er war der erste Mensch, der mich dazu gebracht hatte, über mich hinauszuwachsen. Dank ihm hatte ich es geschafft, in dieser Schlacht gegen meine Unsicherheiten zu bestehen, auch wenn der Krieg noch lange nicht gewonnen war. Es mochten nur einige wenige Augenblicke gewesen sein, doch seinetwegen hatte ich mich zum ersten Mal wirklich schön gefühlt – und das würde ich ihm nie vergessen.

Aber wie half man einem Menschen, seine Vergangenheit loszulassen, wenn sie sich hartnäckig an ihm festklammerte?

Ich hatte keine Ahnung, aber wenn mir jemand dabei helfen konnte, dann war es Tessa. Vielleicht fielen unsere Überzeugungen oft auseinander, aber niemand hatte so viele Erfahrungen in ihrem Leben gesammelt wie sie. Und vielleicht konnten mir diese jetzt zugutekommen.

»Was kann ich für dich tun?«, fragte sie, als ich später mit einer dampfenden Tasse Kräutertee in ihrem Wohnzimmer saß.

»Ich glaube, ich brauche einen Ratschlag von dir.«

Sie nickte wissend und lehnte sich mit ihrer Tasse in der Hand in den smaragdgrünen Ohrensessel zurück. »Wie kann ich dir helfen, mein Kind?«

Ich zögerte. Irgendwie kam es mir falsch vor, mit Tessa über Kieran zu reden. Ich wollte das Vertrauen, das er mir entgegengebracht hatte, nicht missbrauchen. Aber vielleicht konnte ich ihr ja auch meine Fragen stellen, ohne Kieran zu erwähnen. »Ich bin mir nicht einmal sicher, ob es für meine Frage eine universelle Lösung gibt oder ob du sie mir beantworten kannst. Aber ich wollte dich trotzdem fragen, um sicherzugehen.«

Sie nickte und fixierte mich mit ihren waldgrünen Augen, während sie einen Schluck aus ihrer Tasse nahm.

Ich atmete tief durch, dann stellte ich diese tonnenschwere Frage: »Wie lässt man seine Vergangenheit los?«

Ein paar Herzschläge lang breitete sich Schweigen zwischen uns aus. Tessa legte den Kopf schief und musterte mich, als würde sie nach den Hintergründen meiner Frage suchen. Und wenn ich ihren Blick richtig deutete, dann war sie auf der richtigen Spur, auch wenn sie ihre Gedanken für sich behielt.

»Da stellst du eine sehr komplexe und schwierige Frage, Snowflake.«

»Ich weiß. Aber ich würde sie nicht stellen, wenn es mir nicht wirklich wichtig wäre.« Und womöglich konnte ich sogar etwas für mich selbst daraus mitnehmen. Schließlich lagen auch in meiner Vergangenheit noch so viele Ereignisse, die mich bis heute belasteten.

»Nun, ich glaube, dass das Zurücklassen der Vergangenheit etwas ist, was viel Mut und vor allem Stärke erfordert. Denn die Vergangenheit ist ein Teil von uns, auch wenn sie sich manchmal als ein besonders toxischer entpuppen kann. Also ist die Frage wohl, wie wir es schaffen, Dinge loszulassen, die so eng mit unserer Seele verbunden sind, dass sie fast schon untrennbar zu uns gehören.«

»Ja, genau.« Ich atmete tief durch, weil es mich irgendwie nervös machte, Tessa beim Denken zuzusehen. Sie schwieg, ließ ihre Gedanken kreisen, und ich konnte nichts anderes tun, als darauf zu warten, zu welchem Schluss sie kommen würde.

»Ich glaube nicht, dass es ein Universalrezept fürs Loslassen der Vergangenheit gibt, mein Kind. Ich denke, dass es viele Dinge sind, die da zusammenkommen, und jeder muss für sich selbst herausfinden, was für ihn funktioniert. Aber mit Sicherheit kann ich sagen, dass es etwas sehr Persönliches ist. Man muss sich innerlich dazu bereit fühlen. Denn wenn die Wunde noch zu frisch ist und der Schmerz zu präsent, dann wird man vielleicht beim Versuch, ihn abzulegen, von ihm überrollt. Man muss ehrlich zu sich selbst sein und sich die Frage stellen, ob man wirklich bereit ist, diesen Teil gehen zu lassen.«

»Aber was, wenn man das Gefühl hat, keine andere Wahl zu haben?«, fragte ich, und ich hasste es, dass meine Stimme so verzweifelt klang. »Was, wenn einen die Vergangenheit so sehr quält, dass man sie einfach irgendwie loswerden *muss*?«

»Dann muss man sich die Frage stellen, wie man sich konstruktiv mit ihr auseinandersetzen kann.«

»Und wie geht das?«

Tessa seufzte und schüttelte den Kopf. »Du stellst Fragen, deren Antworten ich dir nicht leichtfertig geben sollte. Ich würde lieber noch eine Weile darüber nachdenken.« Sie senkte den Blick, hob ihn jedoch wieder, als ich ihren Namen mit zitternder Stimme sagte.

»Tessa, bitte … Es ist wirklich wichtig.«

Sie seufzte, aber ich sah, dass sich etwas an ihrer Mimik geändert hatte. »Es gibt viele Möglichkeiten, sich konstruktiv mit seiner Vergangenheit auseinanderzusetzen. Ich habe in meinem Leben viele Menschen getroffen, die den Ballast früherer Tage mit sich herumgeschleppt haben, und wie sie diesen Ballast wieder losgeworden sind, war von Person zu Person unterschiedlich. Manche trugen so viel Schmerz im Herzen, dass sie sich professionelle Hilfe in Form von Therapien gesucht haben. Manche haben Zuflucht in ihrem Glauben gesucht. Sie haben einen Gott um Stärke gebeten. Wieder andere haben ihre ganz persönlichen Methoden entwickelt, um sich absichtlich mit der Vergangenheit zu konfrontieren, und teilweise ist es ihnen dadurch gelungen, mit ihr Frieden zu schließen. Neben diesen Möglichkeiten hat vielen Menschen besonders die Manifestation geholfen.«

Ich richtete mich ein wenig auf. »Was ist das?«

»Es gibt Menschen, die ihre Vergangenheit durch Gegenstände manifestieren. Beispielsweise stellen sie sich vor, dass ein Papierschiff ihre Vergangenheit darstellt. Dann entlassen sie das Schiff in einen Fluss, und mit dem Schiff soll auch die Vergangenheit davonfließen. Ich glaube nicht, dass man etwas so Bedeutendes wie die Vergangenheit in ein Schiff verwandeln kann, aber ich bin sicher, dass es hilft und ein guter erster Schritt ist, wenn man seine Vergangenheit symbolisch gehen lässt, bevor man sie tatsächlich hinter sich lassen kann.«

»Das klingt irgendwie schön.«

Tessa strich sich eine Strähne ihres grauen Haares, das sie heute offen trug, hinters Ohr. »Ich glaube auch, dass es eine wundervolle Zeremonie sein kann. Vielleicht ist es nur ein kleiner Schritt, aber für manche einer in die richtige Richtung. Und vielleicht ist es auch genau das, was du und Kieran braucht.«

»Kieran? Ich hab nie gesagt …«

Tessa lachte. »Ich kenne dich gut, Snowflake. Du musst mir die Wahrheit nicht sagen, damit ich sie erkenne. Du weißt doch, vor mir bleibt nichts verborgen.«

Ich wusste nicht, wieso, aber in diesem Moment musste ich unwillkürlich lächeln. Tessa glaubte an Dinge, die jeder andere anzweifelte. Sie hatte ein Leben abseits des Greifbaren geführt, und viele Menschen mochten von ihrer direkten Art abgeschreckt sein. Aber ich hatte sie in mein Herz geschlossen. Schon seit wir uns damals bei meinem Einzug zum ersten Mal im Hausflur begegnet waren. Sie hatte mir einen kleinen Anhänger geschenkt, der mich beschützen sollte. Eine Art Einzugsgeschenk, das mir bis heute noch viel bedeutete.

»Erzähl mir von euch«, bat sie mich. »Lass mich aus der zweiten Reihe an deinem Leben und deiner Liebe teilhaben, mein Kind.«

Ich erfüllte ihr den Wunsch und erzählte von Kieran. Von unserem ersten Kuss und davon, dass er meinen von Zweifeln zerfressenen Verstand dazu brachte, das Gute in mir selbst zu sehen. Ich erzählte von all den Momenten, in denen er mein Herz einen Schlag aussetzen ließ, und die ganze Zeit hörte Tessa mir mit einem ehrlichen Lächeln auf den Lippen zu.

Und als ich gehen wollte, drehte ich mich noch einmal zu ihr um, schloss sie in die Arme und murmelte ein leises »Danke« in ihr Haar.

KAPITEL 37

Kieran

Liora; 13:04 Uhr
Ich warte heute Abend auf dem Sky Tower auf dich. 22:00 Uhr. Bis später!

Ich starrte verwirrt auf mein Handy, auf dem soeben eine Nachricht von Liora eingegangen war. Es war nicht ungewöhnlich, dass wir uns außerhalb des *Golden Flower* trafen, aber es war nicht ihre Art, direkt ein Treffen zu fordern. Doch es störte mich nicht, denn ich freute mich darauf, sie wiederzusehen.

Ich; 13:06 Uhr
Okay. Was verschafft mir die Ehre?

Liora; 13:07 Uhr
Das ist eine Überraschung. Siehst du dann heute Abend.

Ihre Nachricht löste Aufregung in mir aus. Ich fragte mich, was das wohl für eine Überraschung war und wieso sie sich so rätselhaft verhielt.

Im nächsten Moment sah ich aus dem Augenwinkel, wie Jo neben mir an die Theke trat und sich mit den Händen darauf abstützte.

»Schickes Grinsen, das du da hast.«

»Danke.«

»Gibt es dafür einen bestimmten Grund?« Sie sah mich fragend an, doch irgendetwas sagte mir, dass sie die Antwort bereits kannte.

»Alles gut, nur eine Nachricht von Liora.«

»Aha.« Ihre Mundwinkel zuckten amüsiert, doch dann legte sich etwas Weiches über ihre Züge. »Ich freue mich wirklich sehr für euch. Ich wollte nur, dass du das weißt.«

Ein warmes Gefühl machte sich in mir breit, und ich nickte.

Jo lächelte noch immer, als sie mir kurz eine Hand auf die Schulter legte. Dann griff sie nach einem Ordner, der in einem Schrank unter der Theke verstaut gewesen war, und verschwand damit im Aufenthaltsraum.

***

Mein Herz raste wie verrückt, als ich den Knopf im Aufzug betätigte und die Metalltüren vor meinen Augen zuglitten. Der Lift setzte sich in Bewegung, und mit jedem Meter, den ich mich der Aussichtsplattform des Sky Tower näherte, wurde ich nervöser. Seit ich ihre Nachricht gelesen hatte, fragte ich mich, was die Überraschung wohl sein würde, und ich konnte es kaum abwarten, es endlich zu erfahren.

Als ich oben ankam, glitten die Türen auf, und ich trat hinaus. Die kalte Luft erfasste mich. Rasendes Herz, peitschender Wind, Aufregung – in diesem Moment fühlte ich mich unfassbar lebendig.

Und dann schaute ich nach links. Da war sie.

Liora saß auf dem Boden der Aussichtsplattform und sah mir entgegen. Ihr blondes Haar hatte sie zu einem langen Zopf geflochten, und als ihr Blick auf mich fiel, ließ der Ausdruck in ihren blauen Augen meine Welt einen Augenblick stillstehen. Sie raubte mir den Atem, jedes verdammte Mal.

Fast schon automatisch setzte ich mich in Bewegung und lief auf sie zu. Erst als ich direkt vor ihr stand, fielen mir die Himmelslaternen auf, die sie um sich herum auf dem Boden verteilt hatte.

Ich lächelte. »Irgendwie gefällt mir das.«

Liora legte den Kopf schief und sah mich fragend an. »Was genau meinst du?«

»Einfach alles. Du, dieser Turm, die Himmelslaternen, die Nacht. Warte!« Ich trat einen Schritt zurück, zog mein Handy aus der Hosentasche und schoss ein Foto, um diesen Moment festzuhalten. Es war wunderschön. Sie war wunderschön.

»Setz dich zu mir«, forderte sie mich auf und klopfte auf den Platz gegenüber von sich.

Ohne zu zögern, setzte ich mich ihr gegenüber. Und dann verstrichen einige endlose Sekunden, in denen wir uns einfach nur gegenseitig ansahen. Ihre Augen wanderten über mein Gesicht, und meine taten es ihren gleich. Und wenn unsere Blicke sich kreuzten, fingen wir beide an zu lächeln. Es war eine Art zwischenmenschlicher Kommunikation, wie ich sie bisher nicht kennengelernt hatte. Eine, die ohne Worte funktionierte, und ich war mir sicher, es gab auf dieser Welt niemand anderen, der die Worte zwischen meinen Zeilen so lesen konnte wie sie.

»Was tun wir hier?«, unterbrach ich unser Schweigen irgendwann, auch wenn ich gerne noch Ewigkeiten wortlos hier mit ihr gesessen hätte.

»Ich habe mir etwas überlegt«, fing sie an und griff nach einer der Himmelslaternen. »Deine Albträume ... Ich weiß, dass deine Vergangenheit ihre Spuren hinterlassen hat. Und das ist vollkommen normal. Ich glaube, am Ende des Tages sind wir alle Produkte unserer Vergangenheit. Und dass wir Menschen alle so unterschiedlich sind, liegt vielleicht daran, dass jeder seine eigene Geschichte hat.« Sie schloss kurz die Augen und atmete tief durch. »Du hast so viele dunkle Tage durchleben müssen. Das hast du nicht verdient, Kieran, und ich wünschte, dass ich irgendetwas tun könnte, um deine Vergangenheit umzuschreiben.«

Ohne darüber nachzudenken, griff ich nach ihrer Hand und drückte sie. Unsere Finger verschränkten sich, während ich in ihre Augen blickte. »Das weiß ich wirklich zu schätzen, aber ich fürchte, dass das unmöglich ist.« Ich schenkte ihr ein wehmütiges Lächeln.

»Ja, da hast du wohl recht. Aber vielleicht kann ich trotzdem etwas für dich tun.« Im nächsten Moment griff sie hinter sich und zog einen Block und einen Stift hervor. »Die Grundidee kam von Tessa, aber ich wollte sie auf meine eigene Art und Weise für dich umsetzen. Mag sein, dass wir die Vergangenheit nicht verändern können, aber wir können damit anfangen, sie zu akzeptieren, damit wir sie irgendwann loslassen können. Denn das müssen wir früher oder später. Sie definiert einen Teil von uns, aber wenn wir ihr einen dauerhaften Zugang zu unserer Gegenwart ermöglichen, hält sie uns davon ab, das Beste aus uns und unserer Zukunft herauszuholen. Deswegen möchte ich, dass wir heute einen ersten Schritt machen.« Sie öffnete den Block und malte probeweise eine Linie auf das unbeschriftete Blatt. »Schreib auf, was dich belastet. Was dir wehtut. Welche Gedanken dich beschäftigen. Und binde dann den Zettel an die Himmelslaterne und schick sie in die Lüfte. Die Probleme verschwinden vielleicht nicht von heute auf morgen, aber es ist ein erster Schritt in die richtige Richtung.«

»Liora, ich …« Meine Stimme war nur ein raues Flüstern. »Das hättest du nicht tun müssen.«

Sie lächelte, und mein Herz setzte einen Schlag aus. »Ich weiß. Aber ich wollte es. Außerdem habe ich ja auch was davon. Da ist noch so einiges, das ich mit mir herumschleppe und loswerden sollte. Und wenn ich diesen Weg gemeinsam mit jemandem gehen will, dann mit dir.«

Ich beugte mich vor, um sie zu küssen. Worte konnten nicht ausdrücken, was ich in diesem Moment für sie empfand, also ließ ich sie es durch jede einzelne Berührung meiner Lippen spüren. Sie erwiderte den Kuss, bevor sie sich von mir löste und mir den Block hinhielt.

»Willst du anfangen?«

Ich nickte. Dann griff ich nach Stift und Papier und schrieb mir die ersten Worte von der Seele.

Mom, Dad, ich vermisse euch. Das Leben war so viel schöner, so viel heller, so viel leichter, als ihr noch da wart. Euer Verlust wird immer wehtun. Ich wünschte, ihr könntet mich noch einmal in den Arm nehmen, um mir zu sagen, dass alles wieder gut wird.

In Liebe, Kieran.

Ich riss den Zettel aus dem Block und band ihn mit einer Schnur an der Himmelslaterne fest. Liora entzündete die Kerze darin, und dann sahen wir gemeinsam der Laterne dabei zu, wie sie auf ihrem Weg zum Himmel die Dunkelheit der Nacht durchbrach und dabei einen Teil des Schmerzes, den der Verlust meiner Eltern hinterlassen hatte, mit sich nahm.

Mit einem Mal fühlte ich mich ein wenig leichter. Es war ein gutes Gefühl, wenn man sich mit den Dingen, die einen belasteten, auseinandersetzte, statt sie in sich hineinzufressen.

Liora nahm mir den Block und den Stift ab, und dann sah ich ihr dabei zu, wie sie einen schmerzhaften Teil ihrer Geschichte auf das Papier niederschrieb. Der Stift kratzte darüber, und ein paar Sekunden später riss sie es aus dem Block, um es ebenfalls in den Himmel zu schicken.

Und dann waren Stift und Block wieder bei mir.

Cole und Alicia. Es tut mir leid, dass ich nicht besser aufgepasst habe. Es tut mir leid, dass ich nicht schnell genug war. Es tut mir leid, dass ich atme und lebe und fühle, während eure Herzen stillstehen. Wenn es so etwas wie ein anderes Leben gibt, hoffe ich, dass ich diesen unverzeihlichen Fehler wiedergutmachen kann. Kieran.

Nachdem ich den Zettel festgebunden hatte, ließ ich die Laterne los und griff stattdessen nach Lioras Hand. Ich hielt sie fest, während diese Gedanken, die für so viele Narben auf meiner Seele verantwortlich waren, dem Himmel entgegenstiegen.

»Wie fühlt sich das an?«, fragte sie, als wüsste sie genau, wem dieser Zettel gegolten hatte.

Ich blinzelte gegen die Tränen an, die sich ihren Weg nach oben bahnten, und blickte zu den Sternen auf. »Gut … Sogar sehr gut.«

Sie drückte meine Hand.

Und dann reichten wir den Block noch ein paarmal hin und her. Wir schrieben über die Momente, die uns verletzt und niemals losgelassen hatten. Schrieben über den Schmerz, der sich über die Jahre in unseren Herzen eingenistet hatte. Immer mehr Himmelslaternen flogen gemeinsam mit unseren Zetteln davon, und je mehr es wurden, desto leichter fühlte ich mich.

»Noch eine einzige«, sagte Liora irgendwann und hielt mir die letzte Laterne entgegen. »Gibt es noch etwas, was du loswerden möchtest?«

Ich überlegte kurz – und dann war da mit einem Mal dieser glasklare Entschluss. Ich griff nach den Ringen an meinen Fingern und nahm sie ab. Dann band ich sie an die Himmelslaterne, doch bevor ich loslassen konnte, spürte ich Lioras warme Hand auf meinem Unterarm.

»Bist du sicher?«

Ich nickte. »Ich habe die Ringe getragen, weil ich nicht vergessen wollte. Ich wollte meine Fehler und die Lektion daraus nicht vergessen. Ich wollte Alicia und Cole nicht vergessen, aber ich glaube, dass diese ständige Erinnerung einfach nur selbstzerstörerisch gewesen ist. Die Schuldgefühle haben mich fast kaputt gemacht, und in einem Anflug von Selbsthass habe ich es mir selbst so schwer wie möglich gemacht. Weil ich dachte, dass ich es müsste. Aber so komme ich nicht weiter. Ich trete nur auf der Stelle, und das möchte ich nicht mehr.«

Im nächsten Augenblick veränderte sich etwas an Lioras Ausdruck. Da war etwas unendlich Warmes in ihrem Blick, das mich mitten in die Brust traf. »Ich bin so verdammt stolz auf dich, Kieran.«

»Danke, Liora. Für alles.«

Sie lächelte und wischte sich eine Träne aus dem Augenwinkel.

Und dann ließ ich die letzte Laterne los.

KAPITEL 38

Kieran

Vielleicht war das Leben doch nicht so finster, wie ich immer angenommen hatte. Ich hatte gedacht, dass es im Leben nur eine klare Richtung gab. Entweder man führte eins dieser Leben, die immer weiter auf den Abgrund zusteuerten, oder eins dieser Leben, die über die Jahre immer mehr von Glück und Erfolg gezeichnet waren.

Aber mittlerweile glaubte ich nicht mehr daran. Das Leben kannte nicht diese eine klare Richtung. Es war ein Auf und Ab. Es gab dunkle Tage und helle. Glückseligkeit sowie Schmerz. Und ich hatte das Gefühl, endlich an einem Wendepunkt angekommen zu sein. Von jetzt an wurde alles besser, davon war ich überzeugt, und daran wollte ich festhalten.

Nachdem wir letzte Nacht die Himmelslaternen hatten steigen lassen, war Liora noch mit zu mir gekommen. Wir hatten einen Film geschaut, Musik gehört, und dabei hatte sie die ganze Zeit in meinen Armen gelegen. Diese Momente, in denen ich sie einfach nur festhalten konnte, waren die glücklichsten meines Lebens.

Heute Morgen hatten wir zusammen gefrühstückt, und dann hatte ich sie noch hoch zu ihrer Wohnung gebracht, weil ich jede einzelne Sekunde, die ich mit ihr haben konnte, auskosten wollte. Wir hatten uns geküsst, und es hatte mich all meine Willenskraft gekostet, von ihr abzulassen, weil ich sie schon in dem Augenblick vermisste, in dem sie sich von mir löste.

Ich war verliebt.

Manchmal machte es mir Angst.

Und den Rest der Zeit war es das Schönste, was mir je widerfahren war.

Auch wenn das bedeutete, dass ich sie heute den ganzen Tag vermissen würde, weil sie arbeiten war und ich freihatte und auf der Couch lag. Vielleicht würde ich den Tag nutzen und trainieren. Oder ich würde Liora im Blumenladen überraschen. Irgendwie war der Gedanke verlockend.

Ich wollte ihr gerade eine Nachricht schreiben, um sie zu fragen, ob das für sie okay wäre, als mein Handy klingelte.

Unbekannte Nummer.

Zögerlich hob ich ab. »Kieran Montgomery.«

»Kieran?«, hörte ich eine Frauenstimme am anderen Ende der Leitung. Sie kam mir bekannt vor, doch ich konnte sie gerade nicht zuordnen.

»Ja. Wer ist da?«

»Kieran, hier ist Lia. Sie müssen so schnell wie möglich ins Krankenhaus kommen.«

Alarmiert setzte ich mich auf. »Was ist los?«

»Luke …«

Und da waren sie wieder.

Die Flammen.

Das Chaos.

Die Angst.

Ich rannte, als würde mein Leben davon abhängen. Stürzte durch die Eingangshalle des Creekwood Hill Medical Center, links an der Anmeldung vorbei und die Treppen hoch, weil ich es nicht aushielt, auf den Aufzug zu warten. Ich rannte und rannte und ignorierte dabei, wie sehr mir die Beine wehtaten. Ignorierte das schwere Heben und Senken meines Brustkorbes sowie die viel zu schnellen, von Angst erfüllten Schläge meines Herzens. Ich rannte, bis ich vor Lukes Zimmertür stand.

Und dann, auf einen Schlag, kamen alle meine Gedanken zum Stillstand. Ich stand vor der Tür, starrte auf die Klinke, fühlte mich taub und wurde von einer schier unendlichen Angst überrollt, die mich lähmte.

Luke braucht dich, sagte ich mir in Gedanken immer und immer wieder. Dann atmete ich tief durch, öffnete die Tür und trat in sein Zimmer.

Nichts.

Sein Bett stand leer, und er war auch sonst nirgendwo zu sehen. Ich ließ meinen Blick durch das Zimmer schweifen. Seine Spielsachen lagen ungeordnet auf dem Boden herum, die Laken waren zerwühlt, und in der Ecke des Raums stand sein Koffer, der sich seit meinem letzten Besuch nicht vom Fleck bewegt hatte. Alles war so wie immer, nur er fehlte.

Wo, zur Hölle, war er?

Mit einem Mal schlug meine Angst in blanke Panik um. Was, wenn ihm etwas passiert war? Was, wenn ich ihn nicht mehr wiedersehen würde? Was, wenn es *meine* Schuld war? Wenn ich auch ihn nicht hatte retten können?

Und dann schossen sie wieder hoch: Erinnerungen, die ich in der dunkelsten Ecke meiner Seele versteckt hatte.

Im nächsten Moment schießt mir seine Begleitung durch den Kopf. Ich lehne mich noch weiter durchs Fenster ins Wageninnere und taste auch nach ihrem Puls.

Wieder nichts.

In meinem Inneren herrscht ein Chaos, wie ich es noch nie empfunden habe. Schmerz, Taubheit, Entsetzen, Angst. Alles wirbelt in mir durcheinander. Und es ist alles zu viel.

Als diese Gefühle mich unter sich zu begraben drohen, will ich mich aus dem Wageninneren zurückziehen. Doch dann fällt mein Blick auf die Rückbank. Und erst jetzt begreife ich das wahre Ausmaß der Dinge …

Ein kleiner Junge, vielleicht fünf oder sechs Jahre alt, schaut mich aus flatternden Lidern an. Dunkelbraune Locken kleben ihm an der Stirn. Er sieht mich an, nur kurz, dann fallen seine braunen Augen wieder zu. Ich warte, dass er sie wieder öffnet, doch er tut es nicht.

Scheiße!

Im nächsten Moment laufe ich um das Auto herum zur Beifahrerseite und greife durch das zerborstene Fenster nach seiner Hand. Ich halte sie fest, während ich nach dem Puls an seinem Hals taste.

Er lebt! *Sein Puls ist schwach, aber ich spüre ihn.*

Und dann bleibe ich einfach bei ihm stehen. Ich halte seine Hand, sekunden-, vielleicht sogar minutenlang, weil ich ihn nicht allein lassen will, bis die Rettungskräfte eintreffen.

Und während ich sie halte, kann ich nichts gegen die Stimme in meinem Kopf unternehmen, die mir wieder und wieder einredet, dass es meine Schuld ist. Dass ich das alles hier hätte verhindern können, wenn ich nur ein wenig schneller und aufmerksamer gewesen wäre.

Mit einem Mal höre ich ein leises Wimmern.

Ich sehe ins Wageninnere, wo der kleine Junge die Augen wieder aufgeschlagen hat. Sein Blick ist unendlich müde, und er scheint gar nicht richtig hier zu sein.

»Hey, Kleiner. Kannst du mich hören?«, frage ich ein wenig zu panisch.

Sein Kopf neigt sich in meine Richtung, und er sieht mich verwirrt aus hängenden Lidern an. Er scheint kaum bei Bewusstsein zu sein. Ich bin nicht sicher, ob er überhaupt irgendetwas wahrnimmt.

»Wie heißt du?«

Seine Lippen öffnen sich. Ganz leicht, doch er sagt nichts. Stattdessen schließen sich seine Augen langsam, und sein Kopf fällt wie in Zeitlupe nach vorne.

Er darf jetzt nicht einschlafen. Vielleicht übertreibe ich, aber ich habe Angst, dass er nicht mehr aufwacht, wenn er einmal eingeschlafen ist.

»Wie heißt du?«, versuche ich es erneut.

Ein zitterndes »Luke« kommt über seine Lippen.

»Okay, Luke. Halt durch! Hilfe ist gleich da, Kleiner. Okay?«

Und dann halte ich einfach weiter seine Hand. Halte seine Hand und bete zu einem Gott, von dem ich nicht einmal weiß, ob ich an ihn glaube. Aber es ist meine letzte Hoffnung, denn dieser Junge … Luke darf nicht sterben.

Ich habe schon seine Eltern auf dem Gewissen.

Seinen Tod würde ich nicht auch noch aushalten.

Er muss überleben.

»Kieran?«

Ich spürte eine Hand an meiner Schulter und zuckte zusammen. Dann drehte ich mich um und sah direkt in Lias Augen. Sie waren vor Schreck geweitet.

»Ist alles in Ordnung?«, fragte sie, doch ich schüttelte nur den Kopf.

»Wo ist Luke?«

»Kieran, ich glaube, Sie sollten …«

»Verdammt, wo ist Luke?«, fuhr ich sie an.

Sie zuckte zusammen und wich einen Schritt zurück. Mein schlechtes Gewissen ergriff Besitz von mir, doch ich schob es mit aller Macht beiseite. Das war nicht der richtige Zeitpunkt für so was. Ich brauchte Antworten, sonst würde ich wahnsinnig werden.

Lia atmete tief durch. Und dann sagte sie die Worte, die sich wie ein Messer in meine Brust bohrten: »Er wurde auf die Intensivstation verlegt.«

Scherben. In diesem Moment kam mir mein Leben wie ein einziger Scherbenhaufen vor.

»Wieso?«

Wieder atmete sie tief durch. Es fiel ihr sichtlich schwer, dieses Gespräch zu führen. »Er muss sich hier irgendetwas eingefangen haben. Irgendein Bakterium, das zu einer Lungenentzündung geführt hat. Es ging ihm nicht sonderlich gut, aber sein Zustand war nicht besorgniserregend. Und dann …« Eine Träne löste sich aus Lias Augenwinkel, und sie wandte ihr Gesicht von mir ab, um sie fortzuwischen.

Ich wollte für sie da sein. Wollte ihr eine Hand auf die Schulter legen und sagen, dass alles gut werden würde. Aber ich tat es nicht, weil es sich wie eine Lüge anfühlte.

»Die Lungenentzündung hat zu einer Sepsis geführt. Sein Kreislauf ist vollständig zusammengebrochen, und seitdem … Seitdem liegt er im Koma.«

Ihre letzten Worte waren kaum mehr als ein gebrochenes Flüstern, das meine Seele in Brand setzte.

»Aber … Er wird wieder?« Ich hasste es, dass meine Stimme zitterte. Und ich hasste mich selbst für die Zweifel, die mich in diesem Augenblick überfielen.

»Er wird mit Antibiotika versorgt, und wir hoffen, dass wir damit die Sepsis wieder unter Kontrolle kriegen. Aber ich kann Ihnen keine Garantie geben.« Sie trat einen Schritt näher, bis sie direkt vor mir stand. Bis ich all die Zweifel und Ängste in ihren Augen lesen konnte. »Es tut mir so leid, Kieran.«

Nein!

Ich wollte es nicht hören.

Ich konnte es nicht hören.

Luke … Es war alles meine Schuld. Ich hätte den Unfall verhindern können, der seine Eltern das Leben gekostet hatte. Wegen dem er überhaupt hier in diesem Krankenhaus lag.

Diese Gewissheit war einfach zu viel, denn sie führte mir schmerzhaft vor Augen, was ich schon die ganze Zeit wusste: Auf meinem Weg lag nichts als Finsternis. Und ich würde jeden, der mir etwas bedeutete, mit hinabreißen.

»Kieran, ist alles …?«

»Nein!«, unterbrach ich Lia, die mich besorgt musterte. Nein, verdammt, nichts war in Ordnung! Und wie sollte es das auch jemals wieder werden?

»Möchten Sie sich setzen?«, versuchte sie es noch einmal, doch ich antwortete nicht.

Stattdessen stürmte ich an ihr vorbei und rannte um mein Leben. Ich flüchtete vor den Schuldgefühlen, der Angst, der Panik, einfach vor allem. Und obwohl ich wusste, dass es kein Entkommen gab, weil mich all diese Gefühle einholen würden, rannte ich. Ich rannte, weil es sich nach der einzigen Lösung anfühlte.

Ich konnte nicht hierbleiben. Ich konnte nicht noch mehr Verwüstung in das Leben anderer Menschen bringen. Ich musste hier weg.

Liora …

Mit einem Mal schoss der Gedanke an sie durch meinen Kopf. Ich dachte an sie, an das Licht, das sie umgab, und an das Gefühl von Liebe, das sie mir geschenkt hatte. Ich dachte daran, dass sie ein Grund war, nicht zu rennen. Sie war ein Grund zu bleiben.

Aber ich konnte nicht, denn früher oder später würde ich auch sie in die Tiefe reißen. Ich würde ihr Licht mit meiner Dunkelheit auslöschen, und das würde ich mir niemals verzeihen können.

Also hörte ich nicht auf zu rennen. Ich lief weiter und weiter. Ich rannte, so weit mich meine Beine tragen konnten.

Ein Teil von mir wollte bei ihr bleiben, so sehr, dass es fast schon wehtat. Denn ich liebte sie auf eine Art, dass mein dummes vernarbt-verliebtes Herz mir immer wieder zuflüsterte, dass es richtig sei, nicht zu gehen.

Aber ich konnte nicht bei ihr bleiben.

Sie hatte etwas Besseres verdient.

Es war eine simple Rechnung.

Also tat ich das Einzige, was mir in diesem Augenblick richtig vorkam.

Ich ging.

Mit den Erinnerungen an ihr Licht, während meine eigene Dunkelheit mich überwältigte.

DANKSAGUNG

Ich kann es kaum glauben, dass ich diese Worte hier gerade tippe. Dass mein Debütroman geschrieben ist. Dieses Buch liegt mir wahnsinnig am Herzen, und ohne die Unterstützung von ein paar ganz besonderen Menschen wäre das Buch in dieser Form niemals so entstanden.

Ich möchte mich zunächst bei meinem Agenten bedanken. Danke, Carsten, dass du immer hinter mir und meinen Projekten stehst und dich bestmöglich für meine Interessen einsetzt. Du hast immer ein offenes Ohr, und ich weiß, dass das nicht selbstverständlich ist. Ich könnte mir keinen besseren Agenten wünschen.

Danke an Lara für diese Chance. Ich hoffe so sehr, dass ich dich mit dieser Geschichte, für die du von Anfang an gebrannt hast, stolz machen kann.

Ann-Kathrin, ich danke dir für die tolle Zusammenarbeit bei diesem Buch. Ich habe mir sagen lassen, dass die Arbeit mit Debütautoren nicht immer einfach ist, besonders wenn sie so jung und ungeduldig sind. Trotzdem hast du es geschafft, mich und diese Geschichte zusammenzuhalten und das Beste aus ihr rauszuholen.

Und wenn ich schon bei meiner Lektorin bin, möchte ich natürlich auch dem gesamten Team vom reverie-Verlag danken. Es ist fast schon unfair, dass nur mein Name vorne auf dem Cover steht, denn es waren so viele wundervolle Menschen an diesem Projekt beteiligt. Und ich bin jedem einzelnen von ihnen dafür dankbar, dass sie aus meinem Manuskript ein richtiges Buch gezaubert haben.

Ein besonderer Dank gebührt auch Clara, Doris und Pia. Euer medizinisches Fachwissen hat dieser Geschichte den letzten Feinschliff gegeben. Danke, dass ihr mir alle meine Fragen beantwortet und an den entsprechenden Stellen noch einmal über den Text geschaut habt.

Ich danke meiner Familie und meinen Freunden. Ihr wisst, in was für einer harten Phase meines Lebens diese Geschichte entstanden ist. Ich bin euch wirklich dankbar, dass ihr mir den Rücken freigehalten und mich unterstützt habt. Ohne euch wäre das nicht möglich gewesen.

Danke an Anya für »Regenglanz«. Du weißt, warum.

Marie. Ganz besonders glücklich bin ich darüber, auf dieser Reise dich kennengelernt zu haben. Danke, dass du mich an die Hand genommen und mich ein wenig durch diese Branche geführt hast. Ich hatte so viele Fragen, als ich plötzlich Verlagsautor war. Du hast jede einzelne beantwortet und mir Sicherheit gegeben. Das tust du immer noch. Und dafür kann ich dir gar nicht genug danken.

Und zuletzt danke an dich. Dafür, dass du dieser Geschichte eine Chance gegeben hast. Ich hoffe, dass Liora und Kieran dich genauso berührt haben wie mich. Und vielleicht sehen wir uns ja bei »Auch am hellsten Tag« wieder, wenn ich die große Geschichte von Liora und Kieran zu Ende erzähle.

CONTENT NOTE

Dieses Buch enthält potenziell triggernde Inhalte:

Suizid
Tod/Trauer/Verlust
Mobbing